知識 × 故事 × 趣話，150 道古詩訓練題，經典名句張口就提！

張祥斌 —— 編著

橫向讀， 縱向看！

詩詞背誦好簡單

POETRY RECITATION SO EASY

詩詞填字 遊戲，寫空格記佳句

《詩經》、《唐詩三百首》、《宋詞三百首》、《元曲三百首》、《千家詩》……

從古詩詞集精華到日常都能用的經典名句，排遣煩憂 × 趣味燒腦，

每日一題，詩詞大王就是你！

目錄

前言

題目

◆ 001·····································14

◆ 002·····································17

◆ 003·····································20

◆ 004·····································22

◆ 005·····································24

◆ 006·····································27

◆ 007·····································29

◆ 008·····································31

◆ 009·····································33

◆ 010·····································36

◆ 011·····································38

◆ 012·····································40

◆ 013·····································42

◆ 014·····································44

◆ 015·····································46

◆ 016·····································48

◆ 017·····································51

◆ 018·····································53

◆ 019·····································55

◆ 020·····································57

◆ 021·····································59

◆ 022·····································62

◆ 023·····································64

◆ 024·····································66

◆ 025·····································68

◆ 026·····································70

◆ 027·····································72

◆ 028·····································75

◆ 029·····································77

◆ 030·····································80

◆ 031·····································82

◆ 032·····································84

◆ 033·····································87

◆ 034·····································89

◆ 035·····································91

◆ 036·····································93

◆ 037·····································96

◆ 038·····································98

◆ 039·····································100

◆ 040·····································102

◆ 041·····································104

◆ 042·····································107

目錄

043 · · · · · · · · · · · · · · · · 109

044 · · · · · · · · · · · · · · · · 111

045 · · · · · · · · · · · · · · · · 113

046 · · · · · · · · · · · · · · · · 115

047 · · · · · · · · · · · · · · · · 117

048 · · · · · · · · · · · · · · · · 119

049 · · · · · · · · · · · · · · · · 121

050 · · · · · · · · · · · · · · · · 123

051 · · · · · · · · · · · · · · · · 125

052 · · · · · · · · · · · · · · · · 127

053 · · · · · · · · · · · · · · · · 129

054 · · · · · · · · · · · · · · · · 131

055 · · · · · · · · · · · · · · · · 133

056 · · · · · · · · · · · · · · · · 135

057 · · · · · · · · · · · · · · · · 137

058 · · · · · · · · · · · · · · · · 139

059 · · · · · · · · · · · · · · · · 141

060 · · · · · · · · · · · · · · · · 143

061 · · · · · · · · · · · · · · · · 145

062 · · · · · · · · · · · · · · · · 147

063 · · · · · · · · · · · · · · · · 149

064 · · · · · · · · · · · · · · · · 151

065 · · · · · · · · · · · · · · · · 153

066 · · · · · · · · · · · · · · · · 155

067 · · · · · · · · · · · · · · · · 157

068 · · · · · · · · · · · · · · · · 159

069 · · · · · · · · · · · · · · · · 161

070 · · · · · · · · · · · · · · · · 163

071 · · · · · · · · · · · · · · · · 165

072 · · · · · · · · · · · · · · · · 167

073 · · · · · · · · · · · · · · · · 169

074 · · · · · · · · · · · · · · · · 171

075 · · · · · · · · · · · · · · · · 173

076 · · · · · · · · · · · · · · · · 175

077 · · · · · · · · · · · · · · · · 177

078 · · · · · · · · · · · · · · · · 179

079 · · · · · · · · · · · · · · · · 182

080 · · · · · · · · · · · · · · · · 184

081 · · · · · · · · · · · · · · · · 186

082 · · · · · · · · · · · · · · · · 188

083 · · · · · · · · · · · · · · · · 190

084 · · · · · · · · · · · · · · · · 192

085 · · · · · · · · · · · · · · · · 194

086 · · · · · · · · · · · · · · · · 196

087 · · · · · · · · · · · · · · · · 198

088 · · · · · · · · · · · · · · · · 200

089 · · · · · · · · · · · · · · · · 202

090 · · · · · · · · · · · · · · · · 204

091 · · · · · · · · · · · · · · · · 206

092 · · · · · · · · · · · · · · · · 208

093 · · · · · · · · · · · · · · · · 210

094 · · · · · · · · · · · · · · · · 212

095 - 214
096 - 216
097 - 219
098 - 221
099 - 223
100 - 226
101 - 228
102 - 230
103 - 232
104 - 234
105 - 236
106 - 238
107 - 240
108 - 243
109 - 245
110 - 247
111 - 250
112 - 252
113 - 254
114 - 256
115 - 258
116 - 260
117 - 262
118 - 264
119 - 266
120 - 268

121 - 271
122 - 273
123 - 275
124 - 277
125 - 279
126 - 281
127 - 283
128 - 286
129 - 288
130 - 290
131 - 292
132 - 295
133 - 297
134 - 299
135 - 301
136 - 303
137 - 305
138 - 307
139 - 309
140 - 311
141 - 313
142 - 315
143 - 318
144 - 320
145 - 322
146 - 324

目錄

◆ 147································ 327
◆ 148································ 329
◆ 149································ 332
◆ 150································ 335

解答

◆ 001 答案 ················· 338
◆ 002 答案 ················· 339
◆ 003 答案 ················· 340
◆ 004 答案 ················· 341
◆ 005 答案 ················· 342
◆ 006 答案 ················· 343
◆ 007 答案 ················· 344
◆ 008 答案 ················· 345
◆ 009 答案 ················· 346
◆ 010 答案 ················· 347
◆ 011 答案 ················· 348
◆ 012 答案 ················· 349
◆ 013 答案 ················· 350
◆ 014 答案 ················· 351
◆ 015 答案 ················· 352
◆ 016 答案 ················· 353
◆ 017 答案 ················· 354
◆ 018 答案 ················· 355
◆ 019 答案 ················· 356
◆ 020 答案 ················· 357
◆ 021 答案 ················· 358
◆ 022 答案 ················· 359
◆ 023 答案 ················· 360
◆ 024 答案 ················· 361
◆ 025 答案 ················· 362
◆ 026 答案 ················· 363
◆ 027 答案 ················· 364
◆ 028 答案 ················· 365
◆ 029 答案 ················· 366
◆ 030 答案 ················· 367
◆ 031 答案 ················· 368
◆ 032 答案 ················· 369
◆ 033 答案 ················· 370
◆ 034 答案 ················· 371
◆ 035 答案 ················· 372
◆ 036 答案 ················· 373
◆ 037 答案 ················· 374
◆ 038 答案 ················· 375
◆ 039 答案 ················· 376
◆ 040 答案 ················· 377

◆ 041 答案 ------------- 378　　◆ 067 答案 ------------ 404

◆ 042 答案 ------------- 379　　◆ 068 答案 ------------ 405

◆ 043 答案 ------------- 380　　◆ 069 答案 ------------ 406

◆ 044 答案 ------------- 381　　◆ 070 答案 ------------ 407

◆ 045 答案 ------------- 382　　◆ 071 答案 ------------ 408

◆ 046 答案 ------------- 383　　◆ 072 答案 ------------ 409

◆ 047 答案 ------------- 384　　◆ 073 答案 ------------ 410

◆ 048 答案 ------------- 385　　◆ 074 答案 ------------ 411

◆ 049 答案 ------------- 386　　◆ 075 答案 ------------ 412

◆ 050 答案 ------------- 387　　◆ 076 答案 ------------ 413

◆ 051 答案 ------------- 388　　◆ 077 答案 ------------ 414

◆ 052 答案 ------------- 389　　◆ 078 答案 ------------ 415

◆ 053 答案 ------------- 390　　◆ 079 答案 ------------ 416

◆ 054 答案 ------------- 391　　◆ 080 答案 ------------ 417

◆ 055 答案 ------------- 392　　◆ 081 答案 ------------ 418

◆ 056 答案 ------------- 393　　◆ 082 答案 ------------ 419

◆ 057 答案 ------------- 394　　◆ 083 答案 ------------ 420

◆ 058 答案 ------------- 395　　◆ 084 答案 ------------ 421

◆ 059 答案 ------------- 396　　◆ 085 答案 ------------ 422

◆ 060 答案 ------------- 397　　◆ 086 答案 ------------ 423

◆ 061 答案 ------------- 398　　◆ 087 答案 ------------ 424

◆ 062 答案 ------------- 399　　◆ 088 答案 ------------ 425

◆ 063 答案 ------------- 400　　◆ 089 答案 ------------ 426

◆ 064 答案 ------------- 401　　◆ 090 答案 ------------ 427

◆ 065 答案 ------------- 402　　◆ 091 答案 ------------ 428

◆ 066 答案 ------------- 403　　◆ 092 答案 ------------ 429

目錄

◆ 093 答案 ------------- 430
◆ 094 答案 ------------- 431
◆ 095 答案 ------------- 432
◆ 096 答案 ------------- 433
◆ 097 答案 ------------- 434
◆ 098 答案 ------------- 435
◆ 099 答案 ------------- 436
◆ 100 答案 ------------- 437
◆ 101 答案 ------------- 438
◆ 102 答案 ------------- 439
◆ 103 答案 ------------- 440
◆ 104 答案 ------------- 441
◆ 105 答案 ------------- 442
◆ 106 答案 ------------- 443
◆ 107 答案 ------------- 444
◆ 108 答案 ------------- 445
◆ 109 答案 ------------- 446
◆ 110 答案 ------------- 447
◆ 111 答案 ------------- 448
◆ 112 答案 ------------- 449
◆ 113 答案 ------------- 450
◆ 114 答案 ------------- 451
◆ 115 答案 ------------- 452
◆ 116 答案 ------------- 453
◆ 117 答案 ------------- 454
◆ 118 答案 ------------- 455

◆ 119 答案 ------------- 456
◆ 120 答案 ------------- 457
◆ 121 答案 ------------- 458
◆ 122 答案 ------------- 459
◆ 123 答案 ------------- 460
◆ 124 答案 ------------- 461
◆ 125 答案 ------------- 462
◆ 126 答案 ------------- 463
◆ 127 答案 ------------- 464
◆ 128 答案 ------------- 465
◆ 129 答案 ------------- 466
◆ 130 答案 ------------- 467
◆ 131 答案 ------------- 468
◆ 132 答案 ------------- 469
◆ 133 答案 ------------- 470
◆ 134 答案 ------------- 471
◆ 135 答案 ------------- 472
◆ 136 答案 ------------- 473
◆ 137 答案 ------------- 474
◆ 138 答案 ------------- 475
◆ 139 答案 ------------- 476
◆ 140 答案 ------------- 477
◆ 141 答案 ------------- 478
◆ 142 答案 ------------- 479
◆ 143 答案 ------------- 480
◆ 144 答案 ------------- 481

◆ 145 答案 --·-·--·--·--·--- 482

◆ 146 答案 --·-·--·--·--·--- 483

◆ 147 答案 --·-·--·--·--·--- 484

◆ 148 答案 --·-·--·--·--·--- 485

◆ 149 答案 --·-·--·--·--·--- 486

◆ 150 答案 --·-·--·--·--·--- 487

前言

　　曾經有這樣一個調查,「一年中你能寫大約多少個字?」很多人不約而同的說,除了簽名字的時候能寫兩、三個字以外,好像沒有什麼機會和場合寫字了。不過很多人又立刻補充說:「我在玩填字遊戲的時候能寫很多字!」資訊時代,網路發達,無論是傳播媒體還是閱讀,都已經普遍電子化,平面媒體雖然已退守一隅,卻仍有不可替代的地位。多年來一直風靡世界的填字遊戲能喚回久違的書寫習慣,讓你不會「提筆忘字」。儘管平日裡工作和學業很忙,當我們拿起一本填字遊戲的書,或者翻開一份報紙時,看到上面有填字遊戲,都會忍不住拿起筆揮灑一下,既鍛鍊了自己的智力,也順便舒緩了自己的心情;即使在手機上看到電子版的填字遊戲,也可以拿出紙筆又寫又畫,在螢幕上利用軟體也可以寫畫一番。可以一個人自娛自樂,體會一個個題目被攻克的喜悅;也可以三五好友一起推敲,在爭論中比試一下各自的聰明度和知識量。

　　詩詞填字遊戲是專門以詩句為載體的填字遊戲,主要由兩大部分構成:一是由表格組成的不同形式的圖案,每句詩的第一個空格裡標明了序號和首字;二是提示文字,包括橫向、縱向詩句的標題、作者及其年代,以及無序排列的部分詩句中文字。讀者可以透過這些提示,利用自己的詩詞知識、思考能力,填出所有的空格,使之無論從橫向讀還是縱向讀,都成為一句詩詞。本書中的詩句取自《詩經》、《唐詩三百首》、《宋詞三百首》、《元曲三百首》、《千家詩》等中國傳統優秀詩集的精華篇目,外加一些在寫作、生活、工作中能用到的詩詞名句。

　　本書錯落有致的圖案,構成了一座座詩詞迷宮,還根據內容配上詩詞故事、詩人故事、詩詞知識、詩詞趣話等內容,以擴大讀者知識面。讀者可以在遊戲中感受中國詩詞的魅力,喜歡詩詞的朋友可以從中學習到很多也許已經淡忘了或者還不太熟悉的詩詞佳句,進而將中華民族傳統文化發揚光大。

題目

◆ 001

¹蘭		ᴬ春			▓	ᴮ莫	▓	²花	ᶜ謝	
▓	▓				▓		▓			▓
³桂										▓
▓			▓		⁴古		ᴰ相			▓
⁵君				▓				▓		▓
					ᴱ花			▓		
	⁶才		ᶠ蠶					▓		
▓	▓			▓		▓				ᴳ濟
⁷啼				▓		ᴴ江		ᴵ留	▓	
▓	▓		▓			⁸南				
⁹蓬						▓		▓	▓	

（橫向題目）

1. 〈感遇・其一〉唐・張九齡
2. 〈十樣花〉宋・李彌遜
3. 〈感遇・其一〉唐・張九齡
4. 〈嶺南送使二首・其一〉唐・張說
5. 〈長干行〉唐・崔顥
6. 〈鄉村四月〉宋・翁卷
7. 〈伊州歌〉唐・金昌緒

8.〈在獄詠蟬〉唐・駱賓王
9.〈無題〉唐・李商隱

縱向題目

A.〈虞美人〉南唐・李煜
B.《詩經・終風》
C.〈廬山謠寄盧侍御虛舟〉唐・李白
D.〈下終南山過斛斯山人宿置酒〉唐・李白
E.〈酒泉子〉唐・溫庭筠
F.〈子夜吳歌・春歌〉唐・李白
G.《詩經・匏有苦葉》
H.〈風流子〉宋・朱敦儒
I.〈更漏子〉宋・晏殊

部分答案提示字

葳	蕤	皎	潔	插	田	客	田	蒼	深	往
妾	夢	路	處	住	多	醉	家	苔	涉	莫

●【詩詞知識】——《唐詩三百首》

《唐詩三百首》是清代學者孫洙編撰的唐詩選集。孫洙(西元一七一一年至西元一七七八年),字臨西(一作苓西),號蘅塘,晚號退士,因此世人稱其為「蘅塘退士」。他出生在江蘇無錫一個貧寒之家,從小就展現出非凡的才華和好學的天賦,乾隆九年(西元一七四四年)高中舉人,乾隆十六年(西元一七五一年)成為一名進士,得以投身仕途。孫洙深諳詩詞歌賦之道,深受杜甫的影響。他一生致力於文學創作,留下了大量著作,其中《蘅塘漫稿》一書充滿著他詩意盎然的筆墨和睿智的思考。他認為啟蒙課本的《千家詩》選詩標準不嚴格、體裁不完備、體例不統一,希望以新的選本取而代之。乾隆二十八年(西元一七六三年)春,他與夫人徐蘭英開始編選唐詩,最終於清乾隆二十九年(西元一七六四年)完成《唐詩三百首》。

《唐詩三百首》收錄了七十七位詩人的三百餘首作品，基本上按五言古詩、七言古詩、五言律詩、七言律詩、五言絕句、七言絕句、樂府等詩體編排，入選詩作有不少是唐詩中的名篇，大都通俗易懂。同時，編者重視詩的藝術性，並竭力突出「盛唐氣象」，盛唐詩人幾乎無一漏選。刊行之後，廣為流傳，是幾百年來流傳最廣、影響最大的唐詩經典選本之一，對普及唐詩知識、傳承唐詩文化產生了重要作用，它對中國詩歌選編學和中國人的審美心理都有深刻的影響。

　　當然，由於時代的局限性，《唐詩三百首》也存在一些缺點和問題，比如過分重視藝術性而忽視思想性，對一些思想價值高而藝術性稍弱的作品有所輕視，如杜甫的〈三吏〉、〈三別〉、白居易的〈秦中吟十首〉、〈新樂府五十首〉等均未選。此外，還有一些內容空洞、形式呆板的應制、酬答之作。該書雖然漏掉了不少名篇，但一般的名篇都還包括在內。從浩如煙海、近五萬首唐詩中選出一部數量僅三百餘首的選本，許多詩又經得起推敲，耐人咀嚼，具有鮮明的代表性，已經很不容易了。有句民諺稱「熟讀唐詩三百首，不會作詩也會吟」，就說明了《唐詩三百首》在弘揚中國的傳統文化、普及詩詞方面，做出了不可磨滅的貢獻。

◆ 002

欣[1]		此[A]			美[B]	只[C]	當[D]
					無[2]		
一[3][E]			子[F]				
			聲[4]				河[G]
		夜[5]			腸[H]		
	野[I]				濤[6]		
	芳[7]						

橫向題目

1. 〈感遇·其一〉唐·張九齡
2. 〈送杜少府之任蜀州〉唐·王勃
3. 〈何滿子〉唐·張祜
4. 〈青溪〉唐·王維
5. 〈長恨歌〉唐·白居易
6. 〈次韻鎦伯善康克正新春遊冶城謁卜壺墓〉元·丁復
7. 〈黃鶴樓〉唐·崔顥

縱向題目

A. 〈卜算子〉宋・李之儀

B. 《詩經・汾沮洳》

C. 〈尋隱者不遇〉唐・賈島

D. 〈留別王侍御維〉唐・孟浩然

E. 〈詠懷古跡・其四〉唐・杜甫

F. 〈鄉村四月〉宋・翁卷

G. 〈秋日赴闕題潼關驛樓〉唐・許渾

H. 〈望江南〉唐・溫庭筠

I. 《詩經・野有蔓草》

部分答案提示字

生	意	何	滿	歧	路	君	祭	蔓	海	相
鯤	濤	喧	亂	聞	鈴	臣	祀	草	遙	假

●【詩詞知識】──《唐詩三百首》開篇詩作

　　《唐詩三百首》是流傳最廣的唐詩選集，收錄了七十七位詩人的三百餘首作品，也收錄了李白、杜甫、王維等等大詩人的作品，為何開篇之作卻是張九齡的〈感遇・其一〉呢？讓我們先來欣賞一下張九齡的這首詩：

　　蘭葉春葳蕤，桂華秋皎潔。

　　欣欣此生意，自爾為佳節。

　　誰知林棲者，聞風坐相悅。

　　草木有本心，何求美人折。

　　詩人讚美了蘭和桂這兩種象徵高潔的植物，它們欣欣向榮，擁有沁人心脾的香氣，但它們的高潔美好並不是為了討好人、博得賞識，而是它們的本性。張九齡寫這首詩時已經從當朝宰相被貶為荊州長史，他以詩言志，借蘭、桂這兩種象徵高潔的植物來自比。

在中國詩歌發展史上，初唐上承魏晉南北朝的音樂，詩還是以五言為主，同時詩的格律尚未完全成型，所以初唐的主要詩歌作品就都是五言古詩，《唐詩三百首》的開篇必然是當時的作品主流五言古詩，然後才是七言古詩、樂府詩詞。武則天時期出現了格律詩，就有了五絕、五律、七絕和七律。中國詩歌發展史就是從這些詩呈現出來的狀態總結而來，《唐詩三百首》的先後順序符合這種發展規律。張九齡的詩作雖然不如李白、杜甫、王維、孟浩然等人名氣大，但他的作品在從初唐到盛唐的轉換過程中非常關鍵，代表著時代特徵，在中國詩歌發展史上有著獨特意義。

張九齡是初唐時期典型的知識分子，有高尚的品格、過人的才華。他一共寫了十二首〈感遇〉，這首被選為《唐詩三百首》開篇之作，以一種極為細膩的筆觸寫下了詩人對於人生的感悟，還有世間萬物的規律，非常唯美，哲理性也很強，對今天的我們也很有借鑑意義。

◆ 003

¹自		^A為				²牆	^B角			^C梅
³ ^D野						⁴書				
⁵無					⁶如					
	⁷嬌									
									^E深	
⁸橫	^F看				^G成			⁹春		
¹⁰杜					¹¹事					

橫向題目

1. 〈感遇‧其一〉唐‧張九齡
2. 〈梅花〉宋‧王安石
3. 〈春夜喜雨〉唐‧杜甫
4. 〈漁歌子〉唐‧李珣
5. 《詩經‧宛丘》
6. 《詩經‧采葛》
7. 〈茅屋為秋風所破歌〉唐‧杜甫

8.〈題西林壁〉宋‧蘇軾

9.〈滿庭芳‧催梅〉宋‧葛立方

10.〈揚州慢〉宋‧姜夔

11.〈孔雀東南飛〉漢樂府

縱向題目

A.〈為有〉唐‧李商隱

B.〈雁門太守行〉唐‧李賀

C.〈雪梅‧其一〉宋‧盧鉞

D.〈滁州西澗〉唐‧韋應物

E.〈風入松〉宋‧晏幾道

F.〈江城子‧密州出獵〉宋‧蘇軾

G.〈木蘭花慢‧南呂調〉宋‧柳永

部分答案提示字

佳	節	滿	架	意	動	孫	雲	三	秋	遜
惡	臥	裂	通	俊	賞	郎	屏	渡	峰	雪

題目

◆ 004

¹ᴬ 誰		ᴮ 林				ᶜ 亂		ᴰ 何		ᴱ 空
		² 草								
						³ 曲				
	⁴ᶠ 聞									
							ᴳ 西			
	⁵ 漢									ᴴ 臘
⁶ 受					ᴵ 初					
			⁷ 不							
⁸ 無										

橫向題目

1. 〈感遇·其一〉唐·張九齡
2. 〈感遇·其一〉唐·張九齡
3. 〈省試湘靈鼓瑟〉唐·錢起
4. 〈感遇·其一〉唐·張九齡
5. 〈燕歌行〉唐·高適
6. 《詩經·天保》
7. 〈長恨歌〉唐·白居易
8. 《詩經·碩人》

縱向題目

A.《詩經‧碩鼠》

B.〈和張僕射塞下曲‧其二〉唐‧盧綸

C.《詩經‧小戎》

D.〈感遇‧其一〉唐‧張九齡

E.〈鹿柴〉唐‧王維

F.〈長恨歌〉唐‧白居易

G.〈菩薩蠻‧書江西造口壁〉宋‧辛棄疾

H.〈龜雖壽〉漢‧曹操

I.〈鷓鴣天〉宋‧晏幾道

部分答案提示字

棲	者	本	心	百	祿	見	永	長	蛇	美
坐	相	塵	霧	君	勞	雁	號	安	乘	人

●【詩人故事】—— 長安米貴

　　白居易十五歲那年，到長安遊學，按照當時的慣例，他帶著自己的文稿到著名學者顧況的府上拜訪求教。顧況是名冠天下的學者，他見到一個乳臭未乾的後生前來拜訪，未免有輕視之心。當他看到白居易文稿上的名字時，對著眼前的少年，看了好一會，才開口說道：「京城長安米貴。居之不易啊！」但顧況畢竟是個學者，他還是認真閱讀了白居易的文稿。當顧況看到開篇第一首詩時，不由肅然，他信口讀出聲來：「離離原上草，一歲一枯榮。野火燒不盡，春風吹又生。」他將白居易呈上的文稿看完，不由讚嘆道：「我以前認為現在沒有大手筆來繼承前世的大家，今天看來，我是錯了。剛才，我說『長安米貴，居之不易』這句戲言是一語雙關，認為你在長安站住腳並不容易。看來應該改一下了。」顧況停了一下說：「長安雖然米貴，但你居之甚易！」

　　白居易得到名士顧況的稱讚以後，名聲大震，很快步入仕途並有了一番作為。

題目

◆ 005

A大		B自			1處	C處				
2江										
					3對		D人		E羞	
		4心			F春					
			5循				G尋			
	H反							I遠		
6卻										
						7隱				
8正										

◆ 橫向題目

1. 〈春曉〉唐·孟浩然
2. 〈感遇·其七〉唐·張九齡
3. 〈殿前歡·對菊自嘆〉元·張養浩
4. 〈雜詩·其三〉唐·王維
5. 〈感遇·其七〉唐·張九齡
6. 〈聲聲慢〉宋·李清照

7. 〈宿王昌齡隱居〉唐‧常建

8. 〈齊天樂‧蟋蟀〉宋‧姜夔

縱向題目

A. 〈廬山謠寄盧侍御虛舟〉唐‧李白

B. 〈感遇‧其七〉唐‧張九齡

C. 〈塞上曲〉唐‧王昌齡

D. 《詩經‧黃鳥》

E. 〈長干行‧其一〉唐‧李白

F. 〈春思〉唐‧李白

G. 〈水龍吟‧次韻章質夫楊花詞〉宋‧蘇軾

H. 《詩經‧氓》

I. 〈鳳簫吟‧芳草〉宋‧韓縝

部分答案提示字

丹	橘	思	婦	心	視	百	相	孤	蘆	歲
黃	花	無	眠	循	環	其	識	雲	草	寒

● 【詩詞知識】 —— 水龍吟

　　水龍吟，詞牌名，又名「水龍吟令」、「水龍吟慢」、「鼓笛慢」、「小樓連苑」、「海天闊處」、「莊椿歲」、「豐年瑞」。此調以蘇軾〈水龍吟‧露寒煙冷蒹葭老〉為正體，雙調一百零二字，前段十一句四仄韻，後段十一句五仄韻。另有雙調一百零二字，前段十一句五仄韻，後段十句四仄韻等二十四種變體。代表作品有蘇軾〈水龍吟‧次韻章質夫楊花詞〉等。

〈水龍吟‧次韻章質夫楊花詞〉宋‧蘇軾

　　露寒煙冷蒹葭老，天外征鴻寥唳。銀河秋晚，長門燈悄，一聲初至。應念瀟湘，岸遙人靜，水多菰米。乍望極平田，徘徊欲下，依前被、風驚起。

須信衡陽萬里，有誰家、錦書遙寄。萬重雲外，斜行橫陣，才疏又綴。仙掌月明，石頭城下，影搖寒水。念征衣未搗，佳人拂杵，有盈盈淚。

006

經¹	冬ᴬ		綠ᴮ		■	坐²	觀ᶜ		
■					■				■
■				雲³			■		
■		■					■	■	
■		酒⁴						張ᴰ	
■		■			■	■			■
魂⁵ᴱ		楓ᶠ			■				
	■			夏ᴳ					
	落⁶				■	望⁷			
		■			■	■			
						儀⁸			

橫向題目

1. 〈感遇‧其七〉唐‧張九齡
2. 〈望洞庭湖贈張丞相〉唐‧孟浩然
3. 〈濱州道中‧其四〉宋‧晁補之
4. 〈江城子‧密州出獵〉宋‧蘇軾
5. 〈夢李白‧其一〉唐‧杜甫
6. 〈夢李白‧其一〉唐‧杜甫
7. 〈水調歌頭‧登賞心亭懷古〉宋‧丘崈
8. 《詩經‧文王》

縱向題目

A. 〈冬至〉唐·杜甫

B. 〈問劉十九〉唐·白居易

C. 〈石鼓歌〉唐·韓愈

D. 〈石鼓歌〉唐·韓愈

E. 〈夢李白·其一〉唐·杜甫

F. 〈夜泊牛渚懷古〉唐·李白

G. 《詩經·權輿》

部分答案提示字

垂	釣	鴻	雁	文	王	渠	填	關	石	新
蟻	胸	膽	酣	屋	梁	刑	咽	塞	鼓	醅

007

A 名	■	B 天	■	I C 風					D 香
2 豈				■	■	■	■	■	
	■		■	3 鳥		E 池		F 樹	■
	■		■		■		■		
	■		■						
	G 雁		H 垂	■			■		
4 開							■		
		■						I 其	■
		■	5 已		J 長			■	
■		■		■		■			
	■		6 相						

橫向題目

1. 〈金陵酒肆留別〉唐・李白
2. 〈感遇・其七〉唐・張九齡
3. 〈題李凝幽居〉唐・賈島
4. 〈行路難・其一〉唐・李白
5. 〈新年作〉唐・劉長卿
6. 〈三五七言〉唐・李白

縱向題目

A.〈旅夜書懷〉唐・杜甫

B.〈旅夜書懷〉唐・杜甫

C.〈春宮怨〉唐・杜荀鶴

D.〈廬山謠寄盧侍御虛舟〉唐・李白

E.〈夏日南亭懷辛大〉唐・孟浩然

F.〈送梓州李使君〉唐・王維

G.〈清平樂〉南唐・李煜

H.〈青溪〉唐・王維

I.《詩經・何彼襛矣》

J.〈長相思・其一〉唐・李白

部分答案提示字

地	氣	垂	釣	無	音	聲	維	瀑	文	沙
柳	花	碧	溪	憑	信	碎	何	布	章	鷗

◆ 008

可(1,A)				客(B)	■	笑(2,C)	雙(D)		生(E)
	■	■	■		■			■	
		遂(3)							
	■		■		■				
		如(F)	■						■
神(4)			■	■		■		雲(G)	■
	■			失(5)		之(H)			■
■	安(6)				■			■	■
鬢(I)	■		秋(7)				■		
								■	■
秋(8)		■	卻(9)				■	■	

橫向題目

1. 〈感遇・其七〉唐・張九齡
2. 〈破陣子・春景〉宋・晏殊
3. 〈送綦毋潛落第還鄉〉唐・王維
4. 《詩經・小明》
5. 〈夢遊天姥吟留別〉唐・李白
6. 〈涼亭樂・嘆世〉元・阿里西瑛
7. 《詩經・氓》

8.〈三五七言〉唐‧李白

9.〈下終南山過斛斯山人宿置酒〉唐‧李白

縱向題目

A.〈韋諷錄事宅觀曹將軍畫馬圖〉唐‧杜甫

B.〈長安遇馮著〉唐‧韋應物

C.〈回鄉偶書‧其一〉唐‧賀知章

D.〈長干行‧其一〉唐‧李白

E.〈春泛若耶溪〉唐‧綦毋潛

F.〈琵琶行〉唐‧白居易

G.〈和晉陵路丞早春遊望〉唐‧杜審言

H.〈宿業師山房待丁大不至〉唐‧孟浩然

I.〈訴衷情〉宋‧陸游

部分答案提示字

薦	嘉	煙	霞	月	明	期	海	彌	西	九
東	山	樂	窩	顧	所	宿	曙	漫	園	馬

009

横向题目

1. 〈感遇・其七〉唐・張九齡
2. 〈青溪〉唐・王維
3. 〈白雪歌送武判官歸京〉唐・岑參
4. 〈念奴嬌〉宋・黃庭堅
5. 〈烈女操〉唐・孟郊
6. 〈輞川閒居贈裴秀才迪〉唐・王維
7. 〈夢李白・其二〉唐・杜甫

8. 〈塞下曲．其五〉唐．李白
9. 〈走馬川行奉送出師西征〉唐．岑參

縱向題目

A. 〈春思〉唐．李白
B. 〈宿府〉唐．杜甫
C. 〈聽蜀僧濬彈琴〉唐．李白
D. 〈送陳章甫〉唐．李頎
E. 〈夢李白．其二〉唐．杜甫
F. 〈賦得古原草送別〉唐．白居易
G. 〈留別王侍御維〉唐．孟浩然

部分答案提示字

阻	重	蒼	翠	珠	簾	反	鴻	井	塹	幕
川	澹	後	事	汗	氣	累	毛	梧	松	府

● 【詩詞趣話】 —— 錯評詠花詩

唐朝元和十二年（西元八一七年）春末，白居易與十六位朋友結伴遊江西廬山，寫了不少詩，其中有一首是〈大林寺桃花〉：

人間四月芳菲盡，山寺桃花始盛開。

長恨春歸無覓處，不知轉入此中來。

宋代著名的科學家、文學家沈括讀了這首詩，非常驚訝，帶著譏諷的口吻評論道：「既然『四月芳菲盡』了，怎麼會『桃花始盛開』呢？大詩人也寫出這樣自相矛盾的句子，可謂『智者千慮，必有一失』呀！」說完，他也就把這事給忘掉了。

想不到有一年春夏之交的季節，他到一座山上考察，見到了白居易詩中的奇景：四月天氣，山下眾花凋謝，山頂上卻是桃花紅豔，猛然想起白居易的詩來，才領悟到自己錯怪了大詩人，也從中發現了高度對季節的影響：由於山上

氣溫低，春季到來要晚於山下。

　　後來，他又找來白居易的詩讀，發現前面有一篇序，序中寫道：「（大林寺）山高地深，時節絕晚，於時孟夏月，如正二月天，梨桃始華（花），澗草猶短。人物風候，與平地聚落不同。」沈括讀了，很有感慨的說：「都怪我讀書不細，經驗太少啊！」

◆ 010

¹ᴬ運			ᴮ所			ᶜ狂		²唱	ᴰ曲	
			³或							
				⁴樓						
	ᴱ水		ᶠ醒				ᴳ坎		ᴴ素	
⁵復					ᴵ大					
		⁶更								
ᴶ明										
⁷共				⁸舟						

横向題目

1. 〈感遇·其七〉唐·張九齡
2. 〈惜奴嬌〉宋·蔡伸
3. 〈兵車行〉唐·杜甫
4. 〈小重山〉宋·賀鑄
5. 〈輞川閒居贈裴秀才迪〉唐·王維
6. 〈晚次鄂州〉唐·盧綸

7. 〈秋登蘭山寄張五〉唐・孟浩然

8. 〈夢李白・其二〉唐・杜甫

縱向題目

A. 〈詠懷古跡・其五〉唐・杜甫

B. 〈蜀道難〉唐・李白

C. 〈輞川閒居贈裴秀才迪〉唐・王維

D. 〈下終南山過斛斯山人宿置酒〉唐・李白

E. 〈滿庭芳・牧〉元・趙顯宏

F. 〈好事近〉宋・朱敦儒

G. 《詩經・伐木》

H. 〈八六子〉宋・秦觀

I. 〈送楊氏女〉唐・韋應物

J. 〈六州歌頭〉宋・賀鑄

部分答案提示字

北	防	前	柳	接	輿	平	時	漢	弦	河
兒	遇	鼓	聱	重	陽	蕪	節	祚	聲	星

◆ 011

¹徒	ᴬ言					²ᴮ雨			ᶜ葉	
³怕			ᴰ忽							
								⁴黃		
					⁵桃					
ᴱ山										
⁶晚		ᶠ都						⁷ᴳ簫		ᴴ咽
		付								
		⁸與								
	⁹黃									

橫向題目

1. 〈感遇·其七〉唐·張九齡
2. 〈喜外弟盧綸見宿〉唐·司空曙
3. 〈十二月過堯民歌·別情〉元·王實甫
4. 〈釵頭鳳·春思〉元·張可久
5. 〈釵頭鳳〉宋·陸游
6. 〈塞鴻秋·潯陽即景〉元·周德清
7. 〈憶秦娥〉唐·李白

8.〈將進酒〉唐·李白

9.〈哀江頭〉唐·杜甫

縱向題目

A.〈青溪〉唐·王維

B.〈釵頭鳳〉宋·唐婉

C.〈破陣子·春景〉宋·晏殊

D.〈賊退示官吏並序〉唐·元結

E.〈秋登宣城謝脁北樓〉唐·李白

F.〈湘春夜月〉宋·黃孝邁

G.《詩經·有瞽》

H.〈釵頭鳳〉宋·唐婉

部分答案提示字

桃	李	鸝	曉	花	落	然	花	望	管	淚
黃	昏	變	露	胡	騎	遭	川	晴	備	裝

◆ 012

¹此	^A木						^B此				
						²有					
³漢											
						⁴一					
⁵ ^C在		^D泉		^E清							
				⁶淮							
							^F招		^G呦		
			⁷余/餘								

橫向題目

1. 〈感遇·其七〉唐·張九齡
2. 〈山亭柳·贈歌者〉宋·晏殊
3. 〈關山月〉唐·李白
4. 〈天淨沙·冬〉元·白樸
5. 〈佳人〉唐·杜甫
6. 〈韓碑〉唐·李商隱
7. 〈夜歸鹿門山歌〉唐·孟浩然

縱向題目

- A.〈賣花聲·題岳陽樓〉宋·張舜民
- B.〈琵琶行〉唐·白居易
- C.〈長恨歌〉唐·白居易
- D.〈小池〉宋·楊萬里
- E.〈琴歌〉唐·李頎
- F.《詩經·匏有苦葉》
- G.《詩經·鹿鳴》

部分答案提示字

豈	無	高	遏	譙	門	舟	鹿	奉	比	君
白	登	畫	角	乘	舟	子	鳴	使	翼	山

●【詩人故事】── 誠實的晏殊

　　晏殊素以誠實著稱。在他十四歲時，有人把他作為神童舉薦給皇帝。皇帝召見了他，並要他與一千多名進士同時參加考試。結果晏殊發現考試是自己十天前剛練習過的，就如實向真宗報告，並請求改換其他題目。宋真宗非常讚賞晏殊的誠實品格，便賜給他「同進士出身」。

◆ 013

¹ᴬ春						²ᴮ日			
		³ᶜ不					ᴰ人		
									ᴱ江
				ᶠ江		⁴百			
⁵海									
平									
	ᴳ殘				ᴴ新			
⁶應									
⁷妝					⁸更				

橫向題目

1. 〈春曉〉唐・孟浩然

2. 〈佳人〉唐・杜甫

3. 〈春江花月夜〉唐・張若虛

4. 〈折桂令・李翰林〉元・張養浩

5. 〈春江花月夜〉唐・張若虛

6. 〈春江花月夜〉唐・張若虛

7. 〈八聲甘州〉宋・柳永

8. 〈念奴嬌〉宋・姜夔

縱向題目

A. 〈春江花月夜〉唐・張若虛

B. 《詩經・日月》

C. 〈春江花月夜〉唐・張若虛

D. 〈春江花月夜〉唐・張若虛

E. 〈春江花月夜〉唐・張若虛

F. 〈小梁州・秋〉元・貫雲石

G. 〈八聲甘州〉宋・柳永

H. 《詩經・新臺》

部分答案提示字

修	竹	潮	生	顒	望	漾	有	當	宛	芳
乘	月	妝	鏡	菰	蒲	諸	灑	樓	轉	甸

◆ 014

¹ᴬ 虍		ᴮ 聞				² 林				ꟲ 後
		³ 漢								
		⁴ 天					ᴰ 自		
⁵ᴱ 冠			ꟲ 官		⁶ 我				
			⁷ 恨						
		ᴳ 樓					⁸ 京		
	⁹ 謫								
							¹⁰ 女		

（横向題目）

1. 〈春曉〉唐‧孟浩然
2. 〈春泛若耶溪〉唐‧綦毋潛
3. 〈長恨歌〉唐‧白居易
4. 〈長恨歌〉唐‧白居易
5. 〈六州歌頭〉宋‧張孝祥
6. 〈廬山謠寄盧侍御虛舟〉唐‧李白
7. 〈江神子〉宋‧李之儀

8.《詩經・思齊》

9.〈琵琶行〉唐・白居易

10.《詩經・泉水》

縱向題目

A.〈宿龍興寺〉唐・綦毋潛

B.〈長恨歌〉唐・白居易

C.〈長恨歌〉唐・白居易

D.〈琵琶行〉唐・白居易

E.〈千秋歲・湖州暫來徐州重陽作〉宋・蘇軾

F.〈旅夜書懷〉唐・杜甫

G.〈木蘭花慢・思舊事有作〉宋・呂勝己

部分答案提示字

月	低	蓋	使	潯	陽	室	之	居	直	銜
傾	國	臥	病	應	同	有	行	共	縫	飛

◆ 015

¹ᴬ夜		ᴮ風					²夙	ᶜ夜		ᴰ公
						ᴱ兩				
		³仙		ꟳ風						
		ᴳ于							ᴴ求	
⁴麝				ᴵ聞			⁵ᴶ南			
			⁶語							

橫向題目

1. 〈春曉〉唐・孟浩然
2. 《詩經・小星》
3. 〈長恨歌〉唐・白居易
4. 〈銘座六言・其一〉宋・劉克莊
5. 《詩經・采蘋》
6. 〈喜見外弟又言別〉唐・李益

縱向題目

A.〈長恨歌〉唐・白居易

B.〈長恨歌〉唐・白居易

C.〈長恨歌〉唐・白居易

D.〈石鼓歌〉唐・韓愈

E.〈長恨歌〉唐・白居易

F.〈走馬川行奉送出師西征〉唐・岑參

G.《詩經・擊鼓》

H.《詩經・關雎》

I.〈漁家傲〉宋・李清照

J.〈長相思・題甘樓〉宋・胡翼龍

部分答案提示字

以	香	澗	之	紙	何	聞	茫	刀	袂	私
割	臍	天	鐘	本	處	鈴	皆	面	飄	語

◆ 016

¹ᴬ花						²朝		ᴮ黃		ꟲ樓
					ᴰ人					
³不										
		ᴱ峨		⁴今						
		⁵山								
ꟳ接			ᴳ歡		⁶ᴴ相					
⁷天										
						⁸難				

橫向題目

1. 〈春曉〉唐・孟浩然

2. 〈廬山謠寄盧侍御虛舟〉唐・李白

3. 〈長恨歌〉唐・白居易

4. 〈鷓鴣天・送人〉宋・辛棄疾

5. 〈長恨歌〉唐・白居易

6. 〈下終南山過斛斯山人宿置酒〉唐・李白

7.〈長恨歌〉唐・白居易

8.〈蜀道難〉唐・李白

縱向題目

A.〈長恨歌〉唐・白居易

B.〈涼州詞・其一〉唐・王之渙

C.〈長恨歌〉唐・白居易

D.〈過零丁洋〉宋・文天祥

E.〈長恨歌〉唐・白居易

F.〈攤破浣溪沙〉南唐・李璟

G.〈醉花間〉南唐・馮延巳

H.〈梧葉兒・別情〉元・關漢卿

部分答案提示字

重	生	縹	緲	相	見	流	人	會	玲	下
古	恨	攜	及	青	天	鶴	行	少	瓏	堂

●【詩人故事】 ── 寧死不降的文天祥

元世祖至元十九年（西元一二八二年）三月，元世祖下了一道命令，打算授予文天祥高官顯位。文天祥的一些降元舊友立即向文天祥通報了此事，並勸說文天祥投降，但遭到文天祥的拒絕。十二月八日，元世祖召見文天祥，親自勸降。文天祥對元世祖仍然是長揖不跪。元世祖說：「你在這裡的日子久了，如能改心易慮，用效忠宋朝的忠心對朕，那朕可以在中書省給你一個位置。」文天祥回答：「我是大宋的宰相。國家滅亡了，我只求速死。不當久生。」元世祖又問：「那你願意怎麼樣？」文天祥回答：「但願一死足矣！」元世祖十分氣惱，於是下令立即處死文天祥。

次日，文天祥被押解到柴市刑場。監斬官問：「丞相還有什麼話要說？回奏還能免死。」文天祥喝道：「死就死，還有什麼可說的？」他問監斬官：「哪邊是

題目

南方？」有人給他指了方向，文天祥向南方跪拜，說：「我的事情完結了，心中無愧了！」於是引頸就刑，從容就義，年僅四十七歲。

◆ 017

白[1]	日[A]			盡[B]		應[2]			魂[C]	
				君[3]						
		為[D]								
春[E]							將[4]			
從[5]										
							立[F]			
									悠[G]	
	轉[6]									
			一[7]							

橫向題目

1. 〈登鸛雀樓〉唐·王之渙
2. 〈天末懷李白〉唐·杜甫
3. 〈長恨歌〉唐·白居易
4. 《詩經·丘中有麻》
5. 〈長恨歌〉唐·白居易
6. 〈長恨歌〉唐·白居易
7. 〈絕句〉唐·杜甫

題目

縱向題目

A.〈鷓鴣天〉宋‧李清照

B.〈長恨歌〉唐‧白居易

C.〈長恨歌〉唐‧白居易

D.〈長恨歌〉唐‧白居易

E.〈長恨歌〉唐‧白居易

F.〈安公子〉宋‧柳永

G.《詩經‧黍離》

部分答案提示字

猶	春	夜	鷗	蒼	雙	成	來	食	共	冤
長	遊	專	鷺	天	早	朝	小	玉	掩	面

◆ 018

	1 A 黃						2 伊		B 胡	
						C 七				
3 飄					4 曷					
				D 梨						
5 春								6 射	E 天	
7 F 弦								8 天		
9 有							G 黃			
			10 秋							
11 聽										

橫向題目

1. 〈登鸛雀樓〉唐・王之渙
2. 《詩經・小旻》
3. 〈長生樂〉宋・晏殊
4. 《詩經・王風・揚之水》
5. 〈長恨歌〉唐・白居易
6. 〈江城子・密州出獵〉宋・蘇軾
7. 〈滿庭芳・酬徐守〉宋・洪適

8.〈望江南〉宋·張繼先

9.〈夜遊宮·般涉〉宋·周邦彥

10.〈長恨歌〉唐·白居易

11.〈夜遊宮·般涉〉宋·周邦彥

縱向題目

A.〈長恨歌〉唐·白居易

B.《詩經·式微》

C.〈長恨歌〉唐·白居易

D.〈長恨歌〉唐·白居易

E.〈長恨歌〉唐·白居易

F.〈小重山〉宋·岳飛

G.〈蘇幕遮〉宋·范仲淹

部分答案提示字

埃	蕭	枝	生	時	葉	落	桃	李	歌	聲
散	索	春	殿	盡	地	樂	雨	梧	歸	哉

019

1 A 欲					■	■	■	■	■	B 交
	■	■	■	■	2 C 有			D 省		
	■	■	■	■		■	■		■	
3 天							■		■	
	■	■	■	■		■	■		■	
4 明				E 有	■	5 門			■	
	■	■	■		■	■	■		■	
■	6 為					■	7 依			■
■	■	■	■		■	F 今	■	■	■	G 愁
8 錦							■	■	■	
■	■	■	■	■	■	9 白				

橫向題目

1. 〈登鸛雀樓〉唐・王之渙
2. 〈沉醉東風・贈歌者吹簫〉元・徐琰
3. 〈早春呈水部張十八員外・其一〉唐・韓愈
4. 〈水調歌頭〉宋・蘇軾
5. 〈最高樓〉宋・伍梅城
6. 〈梅花〉宋・王安石
7. 〈沁園春・答九華葉賢良〉宋・劉克莊

8.〈沉醉東風·贈歌者吹簫〉元·徐琰
9.〈秋浦歌〉唐·李白

縱向題目

A.〈宣州謝朓樓餞別校書叔雲〉唐·李白
B.〈鶯梭〉宋·劉克莊
C.《詩經·野有死麕》
D.〈酬郭給事〉唐·王維
E.〈醉花陰〉宋·李清照
F.〈歸自謠〉南唐·馮延巳
G.〈行香子·同前〉宋·晁補之

部分答案提示字

如	千	外	吏	上	香	弄	衣	穿	部	交
玉	丈	梳	頭	青	盈	機	翠	袖	千	丈

◆ 020

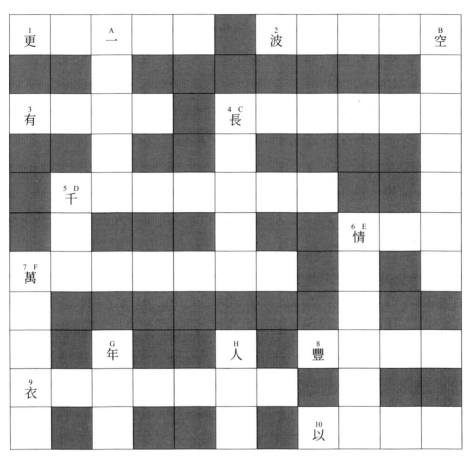

1. 〈登鸛雀樓〉唐‧王之渙

2. 〈漢江臨泛 〉唐‧王維

3. 《詩經‧小宛》

4. 〈青門飲‧寄寵人 〉宋‧時彥

5. 〈早發白帝城〉唐‧李白

6. 〈滿庭芳‧和富憲公權餞別〉宋‧王之道

7. 〈晚次鄂州〉唐‧盧綸

8.《詩經・烈祖》

9.〈蝶戀花〉宋・柳永

10.《詩經・良耜》

縱向題目

A.〈山村詠懷〉宋・邵雍

B.〈得勝樂〉元・白樸

C.〈子夜吳歌・秋歌〉唐・李白

D.〈漁家傲・秋思〉宋・范仲淹

E.〈喜遷鶯〉宋・晏幾道

F.〈子夜吳歌・秋歌〉唐・李白

G.〈訴衷情〉宋・柳永

H.〈漁家傲・秋思〉宋・范仲淹

部分答案提示字

戶	漸	不	續	嶂	遭	穰	小	妝	瀾	動
搗	晚	寐	懷	里	江	陵	千	萬	懷	二

021

床[1]	前[A]		月[B]			蟬[2 C]			
但[3]						露[4]			
			樓[5]	上[D]				獨[E]	
									悵[F]
	溪[G]					從[6]			
枝[7]									
						應[H]			
颺[8]						念[9]			

横向題目

1. 〈靜夜思〉唐·李白
2. 〈塞上曲〉唐·王昌齡
3. 〈佳人〉唐·杜甫
4. 〈月夜憶舍弟〉唐·杜甫
5. 〈春思〉唐·皇甫冉
6. 〈塞上曲〉唐·王昌齡
7. 〈水調歌頭·遊覽〉宋·黃庭堅

8.〈行香子〉宋·秦觀

9.〈揚州慢〉宋·姜夔

縱向題目

A.〈登幽州臺歌〉唐·陳子昂

B.〈長相思〉唐·白居易

C.〈涼思〉唐·李商隱

D.〈滁州西澗〉唐·韋應物

E.〈滁州西澗〉唐·韋應物

F.〈六醜·落花〉宋·周邦彥

G.〈清平樂·村居〉宋·辛棄疾

H.〈鳳凰臺上憶吹簫〉宋·李清照

部分答案提示字

客	草	滿	樹	邊	青	旗	幽	并	桑	林
裡	澗	枝	鳴	生	黃	鸝	紅	藥	鳴	空

●【詩人故事】── 乞詩樓外

唐天寶九年(西元七五〇年)春天,有一次,王昌齡在龍標芙蓉樓頭飲酒、舞劍吟詩豪興正濃,箜篌在側簫笛在旁,而窗外有一漂亮蠻女長跪。十八蠻女風姿綽約,奇裝異服溫柔漂亮,面如滿月、眼若星辰。王昌齡認識這個蠻女,她是酋長的公主,能歌善舞的阿朵,卻不明白為何要長跪遮道。當王昌齡走近阿朵身旁,卻見阿朵對王昌齡頂禮膜拜。王昌齡臉上一片尷尬。王昌齡與阿朵交談後,方知是索要他剛才的即興詩稿。王昌齡記得有次去拜訪酋長時,看見了漂亮的阿朵。她邀請王昌齡參觀了她的臥室,王昌齡當時即興為她題了一首〈初日〉:

初日淨金閨,先照床前暖。

斜光入羅幕，稍稍親絲管。

雲髮不能梳，楊花更吹滿。

今日之果，乃緣於前時之因。寫完後，王昌齡坦然將詩稿付與阿朵。

題目

◆ 022

¹疑	ᴬ是		ᴮ上			²花		ᶜ光		ᴰ射
						ᴱ畏				
	³ᶠ黃									
					⁴攀		ᴳ更		
⁵不							⁶落		

（橫向題目）

1. 〈靜夜思〉唐·李白
2. 〈解語花·上元〉宋·周邦彥
3. 〈蜀道難〉唐·李白
4. 〈清江引〉元·曹德
5. 〈登高〉唐·杜甫
6. 〈六州歌頭〉宋·賀鑄

縱向題目

A . 〈春思〉唐 · 李白

B . 〈蜀道難〉唐 · 李白

C . 〈石鼓歌〉唐 · 韓愈

D . 〈老將行〉唐 · 王維

E . 〈蜀道難〉唐 · 李白

F . 〈秦中感秋寄遠上人〉唐 · 孟浩然

G . 〈青玉案 · 元夕〉宋 · 辛棄疾

部分答案提示字

百	額	殺	價	途	金	回	六	妾	塵	籠
倍	虎	山	豈	巉	燃	日	龍	斷	滾	來

◆ 023

				A月		B鐵				C夜
¹舉										
						²衣				
³ᴰ五		ᴱ尋								
								ꟳ青		
				⁴殷						
	⁵彈									ᴳ不
⁶當	ᴴ路			⁷晴						
	⁸遙									

橫向題目

1. 〈靜夜思〉唐・李白
2. 〈長安遇馮著〉唐・韋應物
3. 〈廬山謠寄盧侍御虛舟〉唐・李白
4. 〈雁兒落過得勝令・憶別〉元・喬吉
5. 〈更漏子〉南唐・馮延巳
6. 〈留別王侍御維〉唐・孟浩然

7.〈雁兒落過得勝令‧閒適〉元‧鄧玉賓子

8.〈望廬山瀑布〉唐‧李白

縱向題目

A.〈月下獨酌‧其一〉唐‧李白

B.〈燕歌行〉唐‧高適

C.〈贈衛八處士〉唐‧杜甫

D.〈與高適薛據登慈恩寺浮圖〉唐‧岑參

E.〈琵琶行〉唐‧白居易

F.〈寄韓諫議〉唐‧杜甫

G.〈佳人〉唐‧杜甫

H.〈山坡羊〉元‧陳草庵

部分答案提示字

雨	解	遠	辛	棋	局	赤	骨	春	灞	陵
剪	飲	戍	勤	相	假	天	肉	韭	不	辭

◆ 024

¹ᴬ低		ᴮ思				ᶜ鶯					
						²枕				ᴰ鳳	
			ᴱ潯							
								ᶠ繞		
		³去								
		⁴茫								
	ᴳ牧						⁵如			
⁶主									
								⁷寒		
	⁸夢									

橫向題目

1. 〈靜夜思〉唐·李白
2. 〈蝶戀花〉宋·李清照
3. 〈琵琶行〉唐·白居易
4. 〈哭開孫〉宋·陸游
5. 《詩經·無羊》
6. 〈琵琶行〉唐·白居易

7. 〈長相思‧惜梅〉宋‧劉克莊

8. 〈琵琶行〉唐‧白居易

縱向題目

A. 〈琵琶行〉唐‧白居易

B. 〈浣溪沙〉唐‧孫光憲

C. 〈寨兒令〉元‧周文質

D. 〈破陣子〉南唐‧李煜

E. 〈琵琶行〉唐‧白居易

F. 〈琵琶行〉唐‧白居易

G. 《詩經‧無羊》

部分答案提示字

手	人	龍	正	長	如	漢	空	船	損	釵
續	乃	樓	闌	干	啼	妝	相	催	江	口

◆ 025

¹ ᴬ 千					▓	▓	ᴮ 能	▓	
	▓	▓	▓		² 映				ᶜ 鴻
³ 萬			▓	ᴰ 只	▓		▓	▓	▓
	▓	▓	▓		▓	ᴱ 別		ᶠ 楓	
⁴ 始		ᴳ 新					▓		▓
	▓		▓		▓		▓		
									▓
▓	▓		▓	⁵ ᴴ 唯				▓	▓
¹ 易		▓					▓	▓	▓
		▓		▓	▓		⁶ 瑟		
⁷ 傷		▓	▓	▓	▓	▓	▓	▓	

橫向題目

1. 〈江雪〉唐‧柳宗元

2. 〈石州慢〉宋‧賀鑄

3. 〈節節高‧題洞庭鹿角廟壁〉元‧盧摯

4. 〈長恨歌〉唐‧白居易

5. 〈琵琶行〉唐‧白居易

6. 〈水調歌頭‧歲暮飲酒〉清‧楊夔生

7. 〈滿江紅〉宋‧辛棄疾

縱向題目

A.〈琵琶行〉唐・白居易

B.〈唐多令〉宋・劉過

C.〈寄韓諫議〉唐・杜甫

D.〈駐馬聽〉宋・柳永

E.〈琵琶行〉唐・白居易

F.〈琵琶行〉唐・白居易

G.〈兵車行〉唐・杜甫

H.〈解語花・上元〉宋・周邦彥

I.〈訴衷情・眉意〉宋・歐陽脩

部分答案提示字

鬼	冥	只	荻	冤	里	別	難	工	帶	幾
煩	日	見	花	舊	承	恩	時	哭	點	歸

●【詩詞趣話】── 醋鴨血由來

據說唐憲宗時，出生於陝西的柳宗元因政治改革失敗被貶永州，一貶就是十年。有一日，柳宗元遊玩至湘江邊一村莊，由於靠江，村裡家家戶戶河邊都放養鴨子。晌午柳宗元在一農戶家吃飯，主人家去河邊挑了隻肥壯的鴨子回來。柳宗元是個十分細心的人，湊熱鬧去伙房觀察，看到主人將鴨血直接灑到地上，覺得甚為可惜。突然想起自己故鄉的醋，於是這次便留了個心眼，叫主人把鴨血倒進醋裡，並將血拌均勻，不讓血凝固，備用。主人按照平常炒鴨子的方法，先將紅鍋裡倒油，爆燒鴨子，將水分燒乾後放少許酒和醬油、鹽，然後放一小碗水淹沒鴨子。蓋上鍋蓋，待水分剩少許時放入當地辣椒、生薑、大蒜。柳宗元示意主人將醋血倒入，淋上醋血繼續翻炒。不久後，一股香辣味直撲鼻子，只見菜呈糊狀、紫紅色，嘗一嘗，卻比往常的味道更鮮美，一道流傳至今的名菜由此誕生。

◆ 026

A詩		B主				C不		D空		
1萬								2知		
		3歸								E猶
4 F鴛										
			5 G天					H顏	
		I背							
	6在								
							7殘		

﹝橫向題目﹞

1. 〈江雪〉唐・柳宗元
2. 〈小重山〉宋・岳飛
3. 〈長恨歌〉唐・白居易
4. 〈佳人〉唐・杜甫
5. 〈燕歌行〉唐・高適
6. 〈長恨歌〉唐・白居易
7. 〈六醜・落花〉宋・周邦彥

縱向題目

A．〈鷓鴣天・西都作〉宋・朱敦儒

B．〈琵琶行〉唐・白居易

C．〈寄生草・酒〉元・范康

D．〈酬張少府〉唐・王維

E．〈夢李白・其一〉唐・杜甫

F．〈水龍吟〉宋・曾覿

G．《詩經・北門》

H．《詩經・有女同車》

I．〈鵲橋仙〉宋・晁端禮

部分答案提示字

達	屈	瓦	舜	皆	英	小	獨	宿	音	少
時	原	寒	裡	笑	理	枝	常	賜	池	苑

● 【詩詞知識】 —— 連理枝、比翼鳥

連理枝、比翼鳥都用來比喻恩愛夫妻。

連理枝指連生在一起的兩棵樹。比翼鳥，傳說中的一種鳥，雌雄老在一起飛，古典詩歌裡用作恩愛夫妻的比喻。相傳舊中國時宋康王奪了隨從官韓憑的妻子，囚禁了韓憑。韓自殺，他的妻子把身上的衣服弄腐蝕，和康王登臺遊玩時自投臺下，大家拉她衣服，結果還是跌下去，死了，留下遺書說是與韓憑合葬，康王卻把他們分葬兩處。不久，兩座墳上各生一棵梓樹，十天就長得很粗大，兩棵樹的根和枝交錯在一起，樹上有鴛鴦一對，相向悲鳴。唐代詩人白居易的〈長恨歌〉：「七月七日長生殿，夜半無人私語時。在天願作比翼鳥，在地願為連理枝。」有了這些句子，難怪人們把結婚稱為「喜結連理」。

◆ 027

¹ᴬ孤						²羊	ᴮ公			ᶜ在
		³今		ᴰ楊						
⁴未		ᴱ曲					ᶠ蜉			
						⁵蜉				
			⁶人							
						⁷ᴳ翠				
⁸ᴴ殘										ᴵ無
						⁹如				
		¹⁰畫								

橫向題目

1. 〈江雪〉唐‧柳宗元
2. 〈與諸子登峴山〉唐‧孟浩然
3. 〈洛陽女兒行〉唐‧王維
4. 〈琵琶行〉唐‧白居易
5. 《詩經‧蜉蝣》
6. 〈天仙子〉宋‧張先
7. 〈水調歌頭‧徐州中秋〉宋‧蘇轍

8.〈湘春夜月〉宋·黃孝邁

9.《詩經·邶風·柏舟》

10.〈桂枝香·金陵懷古〉宋·王安石

縱向題目

A.〈長恨歌〉唐·白居易

B.《詩經·駉驪》

C.〈長恨歌〉唐·白居易

D.〈長恨歌〉唐·白居易

E.〈琵琶行〉唐·白居易

F.《詩經·蜉蝣》

G.〈桂枝香·金陵懷古〉宋·王安石

H.〈得勝樂〉元·白樸

I.〈涼亭樂·嘆世〉元·阿里西瑛

部分答案提示字

燈	日	收	帔	之	當	門	有	情	碑	尚
挑	左	撥	翼	羽	隱	憂	初	靜	日	垂

●【詩詞知識】── 水調歌頭

〈水調歌頭〉，詞牌名，又名〈元會曲〉、〈凱歌〉、〈臺城遊〉、〈水調歌〉、〈花犯念奴〉、〈花犯〉。以毛滂〈元會曲·九金增宋重〉為正體，詞調來源於〈水調〉曲，為隋煬帝所作，〈水調歌頭〉則是截取大曲〈水調〉的首章另倚新聲而成。雙調九十五字，前段九句四平韻，後段十句四平韻。另有雙調九十五字，前段九句四平韻、兩仄韻，後段十句四平韻、兩仄韻；雙調九十五字，前段九句四平韻、五葉韻，後段十句四平韻、五葉韻等變體。代表作品有蘇軾〈水調歌頭·明月幾時有〉、陳亮〈水調歌頭·送章德茂大卿使虜〉等。

〈水調歌頭・元會曲〉宋・毛滂

　　九金增宋重，八玉變秦餘。上手詔在廷云：六璽之用，尚循秦舊。千年清浸，洗淨河洛出圖書。一段升平光景，不但五星循軌，萬點共連珠。崇寧、大觀之間，太史數奏五星循軌，眾星順鄉，靡有錯亂垂衣本神聖，補袞妙工夫。

　　朝元去，鏘環佩，冷雲衢。芝房雅奏，儀鳳矯首聽笙竽。天近黃麾仗曉，春早紅鸞扇暖，遲日上金鋪。萬歲南山色，不老對唐虞。

◆ 028

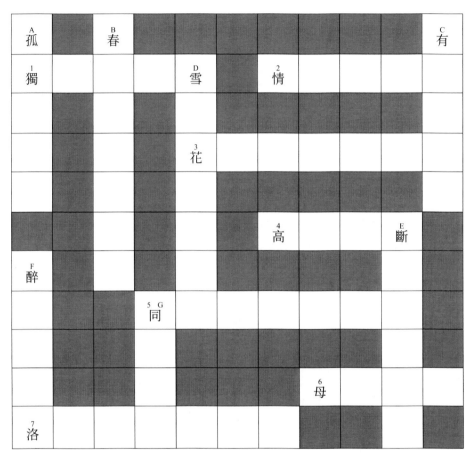

橫向題目

1. 〈江雪〉唐・柳宗元
2. 〈夢李白・其二〉唐・杜甫
3. 〈長恨歌〉唐・白居易
4. 〈滿庭芳〉宋・秦觀
5. 〈琵琶行〉唐・白居易
6. 《詩經・鄘風・柏舟》
7. 〈送陳章甫〉唐・李頎

縱向題目

A . 〈巴山道中除夜有懷〉唐‧崔塗

B . 〈長恨歌〉唐‧白居易

C . 〈水仙子‧贈江雲〉元‧喬吉

D . 〈長恨歌〉唐‧白居易

E . 〈天淨沙‧秋思〉元‧馬致遠

F . 〈水調歌頭‧平山堂用東坡韻〉宋‧方岳

G . 《詩經‧七月》

部分答案提示字

收	意	眼	我	貌	賜	鄉	天	只	君	意
放	能	渺	婦	參	浴	春	行	子	鈿	委

◆ 029

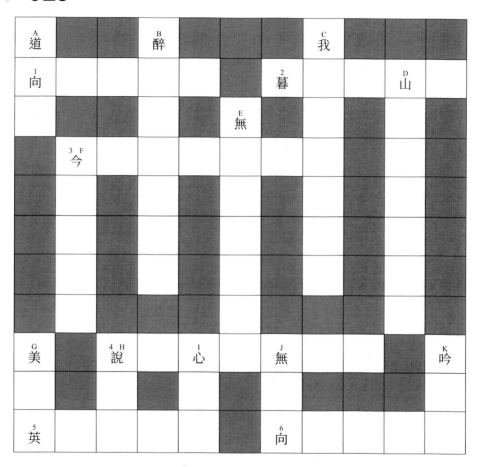

橫向題目

1. 〈登樂遊原〉唐・李商隱

2. 〈下終南山過斛斯山人宿置酒〉唐・李白

3. 〈琵琶行〉唐・白居易

4. 〈琵琶行〉唐・白居易

5. 〈送綦毋潛落第還鄉〉唐・王維

6. 〈酬程延秋夜即事見贈〉唐・韓翃

題目

縱向題目

A．〈征部樂〉宋．柳永

B．〈琵琶行〉唐．白居易

C．〈琵琶行〉唐．白居易

D．〈長恨歌〉唐．白居易

E．〈韋諷錄事宅觀曹將軍畫馬圖〉唐．杜甫

F．〈贈衛八處士〉唐．杜甫

G．《詩經．汾沮洳》

H．〈孤雁兒〉宋．李清照

I．〈河傳〉宋．孫光憲

J．〈漁家傲〉宋．歐陽脩

K．〈付金釵〉宋．賀鑄

部分答案提示字

警	慘	射	辭	不	在	緲	吟	秀	從	碧
句	將	蛟	帝	歸	虛	間	來	歸	限	事

● 【詩人故事】 —— 脩已知道你，你還不知脩

　　由於歐陽脩名氣很大，很多人都去拜訪他，請他指點詩文。有個能作幾首詩的公子哥兒，不服氣。這天，他去找歐陽脩。在路上，他碰見一個中年人，他問：「老兄，你是去找歐陽脩的嗎？」中年人點點頭說：「是呀！」於是兩人就一路同行。

　　公子哥兒把自己要去找歐陽脩的事向他說了一遍。中年人說：「看來你很有學問，作一首詩如何？」公子哥兒看見前邊有一棵枯樹，就隨口吟道：「前邊一枯樹，分成兩個杈。」中年人接下去說：「春至苔為葉，冬來雪作花。」公子哥兒一聽樂了：「太好了，老兄。有了你，我就更不怕歐陽脩了。」

　　二人走著走著，看見一群鵝跳到河裡。公子哥兒又來勁：「對面一群鵝，撲通跳下河。」中年人又接了下去：「毛浮綠波動，頸曲作清歌。」公子哥兒上上下

下打量了中年人一番，說：「想不到你還真有兩下子。」他們上了船，公子哥兒還在賣弄：「你我一隻舟，去找歐陽脩」。中年人微微一笑，又接了兩句：「脩已知道你，你還不知脩。」

◆ 030

1 驅	A 車								B 焉	
							2 國			
3 凍			C 欲							
						D 十				
		4 淮								
5 胡										
		6 無				7 展		E 君		
F 瀟	G 日									
8 瀟							9 念			
			10 唯							

橫向題目

1. 〈登樂遊原〉唐・李商隱
2. 《詩經・墓門》
3. 〈答丁元珍〉宋・歐陽脩
4. 〈韓碑〉唐・李商隱
5. 〈訴衷情〉宋・陸游
6. 〈漁家傲〉宋・歐陽脩
7. 《詩經・雄雉》

8.〈浣溪沙‧遊蘄水清泉寺〉宋‧蘇軾

9.〈踏莎行〉宋‧寇準

10.〈夜歸鹿門山歌〉唐‧孟浩然

縱向題目

A.〈無題〉唐‧李商隱

B.〈贈衛八處士〉唐‧杜甫

C.〈飲湖上初晴後雨‧其二〉宋‧蘇軾

D.〈長干行‧其一〉唐‧李白

E.〈雜詩‧其二〉唐‧王維

F.〈滿江紅‧寫懷〉宋‧岳飛

G.〈折桂令‧席上偶談蜀漢事因賦短柱休〉元‧虞集

部分答案提示字

走	桑	比	況	聲	十	載	抽	芽	知	之
雷	榆	規	啼	語	故	人	有	賊	驚	筍

●【詩人故事】── 梅花之緣

　　陸游愛梅花可以說是到了痴迷的程度，品酒賞梅是他人生的一大樂事，越是上了年紀，就越喜歡。陸游愛梅花真到了如醉、如痴、如狂的地步，但他對梅花的愛，並不像一般的封建文人那樣僅僅是孤芳自賞和懷才不遇的感嘆，而是把對梅花的愛與憂國憂民緊緊的相連在一起。陸游的一生，以能與梅花為友為榮。「五十年間萬事非，放翁依舊掩柴扉。相從不厭閒風月，只有梅花與釣磯。」（〈梅花〉）。人間萬事消磨淨盡，但梅花可以說是陸游終身相伴的朋友。

題目

◆ 031

（grid with characters）

夕[1A]						兩[2B]				
度[3]		幕[C]			時[4]			村[D]	
							花[5]		
	羽[6]								
玉[E]						人[7]		
			王[F]					
含[8]						向[9]		中[G]
	黃[10]							

橫向題目

1. 〈登樂遊原〉唐・李商隱
2. 〈送楊氏女〉唐・韋應物
3. 〈雙雙燕・詠燕〉宋・史達祖
4. 〈秋登蘭山寄張五〉唐・孟浩然
5. 〈壽陽曲・山市晴嵐〉元・馬致遠
6. 〈老將行〉唐・王維
7. 〈更漏子・雪中韓叔夏席上〉宋・向子諲

8. 〈長恨歌〉唐‧白居易

9. 〈賀新郎‧送陳真州子華〉宋‧劉克莊

10. 〈廬山謠寄盧侍御虛舟〉唐‧李白

縱向題目

A. 〈宿業師山房待丁大不至〉唐‧孟浩然

B. 〈即景〉宋‧朱淑貞

C. 〈走馬川行奉送出師西征〉唐‧岑參

D. 〈浣溪沙〉宋‧蘇軾

E. 〈小桃紅‧碧桃〉元‧李致遠

F. 〈西河‧金陵懷古〉宋‧周邦彥

G. 〈相見歡〉宋‧朱敦儒

部分答案提示字

西	禽	繰	謝	硯	凝	睇	村	外	別	泣
嶺	噪	車	鄰	水	橄	交	響	絕	見	歸

◆ 032

								B 一		C 聞
¹ A 只										
					² D 清					
³ 守			E 兒							
		⁴ 皆								
⁵ 羽					⁶ F 我					
⁷ 雲		G 月							H 鬥	
						⁸ 零				
⁹ 砌										

橫向題目

1. 〈登樂遊原〉唐‧李商隱
2. 〈西江月‧夜行黃沙道中〉宋‧辛棄疾
3. 〈聲聲慢〉宋‧李清照
4. 〈塞上曲〉唐‧王昌齡
5. 〈念奴嬌‧赤壁懷古〉宋‧蘇軾
6. 〈月下獨酌‧其一〉唐‧李白
7. 〈天仙子〉宋‧張先

8.〈佳人〉唐‧杜甫

9.〈清平樂〉南唐‧李煜

縱向題目

A.〈留別王侍御維〉唐‧孟浩然

B.〈夢遊天姥吟留別〉唐‧李白

C.〈秦中感秋寄遠上人〉唐‧孟浩然

D.〈晨詣超師院讀禪經〉唐‧柳宗元

E.〈送杜少府之任蜀州〉唐‧王勃

F.〈月下獨酌‧其一〉唐‧李白

G.〈青玉案〉宋‧毛滂

H.〈三臺‧清明應制〉宋‧萬俟詠

部分答案提示字

寂	心	益	未	草	扇	綸	月	徘	鳴	蟬
寞	拂	悲	落	聚	雪	亂	弄	影	沙	塵

●【詩人故事】── 一字千金

相傳，唐朝文學家王勃到南昌，趕上都督閻伯嶼的宴會，一氣呵成寫成〈滕王閣序〉，最後寫了序詩：

滕王高閣臨江渚，佩玉鳴鸞罷歌舞。

畫棟朝飛南浦雲，珠簾暮卷西山雨。

閒雲潭影日悠悠，物換星移幾度秋。

閣中帝子今何在？檻外長江　自流。

最後一句空了一個字不寫，將序文呈上就上馬走了。在座的人看到這裡，有人猜是「水」字，有人猜是「獨」字，閻伯嶼都覺得不對，派人去追回王勃，請他補上。

趕到驛館，王勃的隨從對來人說：「我家主人吩咐了，一字千金，不能再隨便寫了。」閻伯與知道後，說道：「人才難得。」便包好千兩銀子，親自率領文人們到驛館來見王勃。

王勃接過銀子，故作驚訝的問：「我不是把字都寫全了嗎？」大家都說：「那裡是個空字呀！」王勃說：「對呀！是『空』字，『檻外長江空自流』嘛！」

大家聽了都連稱：「絕妙！奇才！」

033

橫向題目

1. 〈鹿柴〉唐‧王維

2. 〈人月圓‧會稽懷古〉元‧張可久

3. 〈郡齋雨中與諸文士燕集〉唐‧韋應物

4. 〈夢遊天姥吟留別〉唐‧李白

5. 〈夢遊天姥吟留別〉唐‧李白

6. 〈水調歌頭‧遊覽〉宋‧黃庭堅

7. 〈瑞龍吟‧大石春景〉宋‧周邦彥

題目

縱向題目

A. 〈夢遊天姥吟留別〉唐·李白

B. 〈念奴嬌·題徐明叔海月吟笛圖〉宋·張元幹

C. 〈漁家傲〉宋·晏殊

D. 〈夢遊天姥吟留別〉唐·李白

E. 〈古意〉唐·李頎

F. 〈夢遊天姥吟留別〉唐·李白

G. 〈夢遊天姥吟留別〉唐·李白

H. 〈落花〉唐·李商隱

部分答案提示字

四	剡	轉	穿	蕩	清	中	萬	八	山	在
望	溪	路	仍	漾	猿	聞	騎	晚	蕃	地

◆ 034

橫向題目

1. 〈鹿柴〉唐‧王維

2. 〈佳人〉唐‧杜甫

3. 〈夢遊天姥吟留別〉唐‧李白

4. 〈臨江仙〉明‧楊慎

5. 〈贈衛八處士〉唐‧杜甫

6. 〈夜泊牛渚懷古〉唐‧李白

7. 〈與諸子登峴山〉唐‧孟浩然

縱向題目

A.〈夢遊天姥吟留別〉唐‧李白

B.〈與高適薛據登慈恩寺浮圖〉唐‧岑參

C.〈洞仙歌〉宋‧蘇軾

D.〈望薊門〉唐‧祖詠

E.〈夢遊天姥吟留別〉唐‧李白

F.〈清平樂〉宋‧晏殊

G.〈南歌子〉唐‧溫庭筠

H.〈夢李白‧其一〉唐‧杜甫

部分答案提示字

高	君	獨	西	屈	意	長	寒	夢	高	何
聳	心	倚	風	指	渚	西	澤	深	姥	連

◆ 035

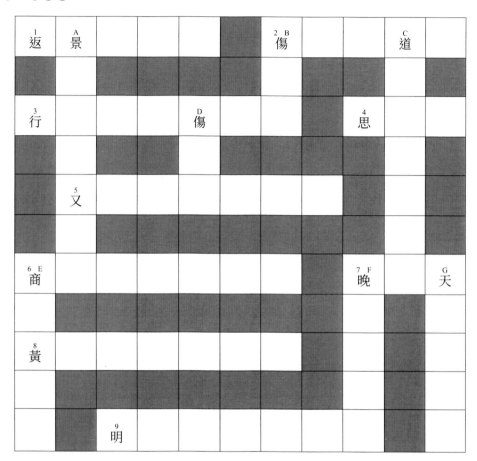

橫向題目

1. 〈鹿柴〉唐・王維

2. 〈經鄒魯祭孔子而嘆之〉唐・李隆基

3. 〈長恨歌〉唐・白居易

4. 〈憶王孫〉宋・汪元量

5. 〈琵琶行〉唐・白居易

6. 〈琵琶行〉唐・白居易

7. 〈南鄉子〉唐・李珣

8. 〈琵琶行〉唐‧白居易

9. 〈宣州謝朓樓餞別校書叔雲〉唐‧李白

縱向題目

A. 〈馬嵬坡〉唐‧鄭畋

B. 〈歸自謠〉南唐‧馮延巳

C. 〈竹枝詞‧其一〉唐‧劉禹錫

D. 〈滿江紅‧擬峴臺秋望〉清‧樂鈞

E. 〈點絳唇‧丁未冬過吳松作〉宋‧姜夔

F. 〈春泛若耶溪〉唐‧綦毋潛

G. 〈佳人〉唐‧杜甫

部分答案提示字

行	陽	心	昏	利	輕	袖	重	唧	麟	怨
色	宮	語	雨	略	扁	薄	蘆	苦	無	窮

◆ 036

¹復	ᴬ照				▓	▓	²ᴮ門		ꟲ梨	
▓		▓	▓		³畫			▓		▓
⁴門					▓	▓			▓	
▓		▓	▓		ᴰ雲			▓		▓
⁵ᴱ曉						▓		⁶被		
	▓	▓	▓			▓	ꟳ風		▓	
⁷清		ᴳ百		▓	⁸偏			▓		
	▓		▓			▓		▓	▓	ᴴ盡
	▓		▓			▓	⁹秋			
	▓		▓		▓	▓		▓		
		¹⁰巧		▓	▓		¹¹灑		▓	

（橫向題目）

1. 〈鹿柴〉唐・王維
2. 〈綺羅香・詠春雨〉宋・史達祖
3. 〈西溪子〉唐・牛嶠
4. 〈長干行・其一〉唐・李白
5. 〈無題〉唐・李商隱
6. 〈太常引・建康中秋夜為呂叔潛賦〉宋・辛棄疾
7. 《詩經・韓奕》

8. 〈和晉陵路丞早春遊望〉唐・杜審言
9. 《詩經・四月》
10. 〈江城子・大雪與客登極目亭〉宋・葉夢得
11. 〈小桃紅・立春遣興〉元・喬吉

縱向題目

A. 〈菩薩蠻〉唐・溫庭筠
B. 〈沉醉東風・春情〉元・徐再思
C. 〈長恨歌〉唐・白居易
D. 〈長恨歌〉唐・白居易
E. 〈漁翁〉唐・柳宗元
F. 〈離亭燕〉宋・張升
G. 〈卜算子〉宋・劉克莊
H. 〈賀新郎・九日〉宋・劉克莊

部分答案提示字

後	前	子	湘	淒	候	新	吟	髭	白	髮
鏡	過	弟	燃	涼	遲	行	縈	回	堂	前

● 【詩詞知識】 ── 離亭燕

　　〈離亭燕〉，詞牌名，又名〈離亭宴〉。此詞牌始於宋人張先，因其詞有「隨處是、離亭別宴」句，取以為調名。以張先〈離亭宴・公擇別吳興・般涉調〉為正體，雙調七十七字，前後段各六句、五仄韻。另有雙調七十二字，前後段各六句、四仄韻變體。代表作品有張昇〈離亭燕・一帶江山如畫〉等。

〈離亭宴・公擇別吳興・般涉調〉宋・張先

　　捧黃封詔卷，隨處是、離亭別宴。紅翠成輪歌未遍，已恨野橋風便。此去濟南非久，唯有鳳池鸞殿。

三月花飛幾片，又減卻、芳菲過半。千里恩深雲海淺，民愛比、春流不斷。更上玉樓西，歸雁與、征帆共遠。

◆ 037

¹ᴬ 紅		ᴮ 生		ꟲ 國		ᴰ 春			
				² 破					
									ᴱ 綠
					³ 滅		ꟳ 憐		
		⁴ᴳ 丹							
⁵ 落						ᴴ 吹			
				⁶ 望					
⁷ 童									

橫向題目

1. 〈相思〉唐・王維
2. 〈清平樂・獨宿博山王氏庵〉宋・辛棄疾
3. 〈望月懷遠〉唐・張九齡
4. 〈清明日宴梅道士房〉唐・孟浩然
5. 〈餞別王十一南遊〉唐・劉長卿
6. 〈蝶戀花〉宋・晏殊
7. 〈下終南山過斛斯山人宿置酒〉唐・李白

縱向題目

A. 〈洛陽女兒行〉唐・王維
B. 〈夏日絕句〉宋・李清照
C. 〈春望〉唐・杜甫
D. 〈洛陽女兒行〉唐・王維
E. 〈蝶戀花〉宋・朱淑真
F. 〈長沙過賈誼宅〉唐・劉長卿
G. 〈幸蜀回至劍門〉唐・李隆基
H. 〈暗香〉宋・姜夔

部分答案提示字

垂	九	嶂	盡	丁	稚	開	光	滿	紙	窗
簷	微	五	也	開	荊	扉	涯	路	間	自

● 【詩詞知識】 ── 紅豆

　　傳說古代一位女子，因丈夫死在邊疆，哭於樹下而死，化為紅豆，於是紅豆又稱「相思豆」，借指男女愛情的信物，《南州記》稱為海紅豆，史載：「出南海人家園圃中。」《本草》稱其為「相思子」。唐代詩人王維〈相思〉詩云：「紅豆生南國，春來發幾枝。願君多採擷，此物最相思。」詩人藉生於南國的紅豆，抒發了對友人的眷念之情。清代詩人朱彝尊〈懷汪進士煜〉詩云：「安床紅豆底，日日坐相思。」即睡在相思樹下，日日思念汪進士。此典故在唐時甚紅，常用以象徵愛情或相思。

◆ 038

¹春	ᴬ來			ᴮ枝						ᶜ溫
				²上			ᴰ落			
³瑣						⁴塵				
ᴱ興		⁵ᶠ亂								
⁶廢					⁷家			ᴳ徑		
				ᴴ別						
	⁸今									
								⁹風		

橫向題目

1. 〈相思〉唐・王維
2. 〈長恨歌〉唐・白居易
3. 〈定西番〉唐・溫庭筠
4. 〈江城子・乙卯正月二十日夜記夢〉宋・蘇軾
5. 《詩經・巧言》
6. 《詩經・四月》
7. 〈谷口書齋寄楊補闕〉唐・錢起

8. 〈琵琶行〉唐・白居易

9. 〈驀山溪・梅〉宋・曹組

縱向題目

A. 〈雜詩・其二〉唐・王維

B. 〈蝶戀花・春景〉宋・蘇軾

C. 〈長恨歌〉唐・白居易

D. 〈長恨歌〉唐・白居易

E. 〈賀新郎・石城弔古〉宋・王千秋

F. 〈巴山道中除夜有懷〉唐・崔塗

G. 〈點絳唇・細香竹〉宋・王十朋

H. 〈女冠子・其一〉唐・韋莊

部分答案提示字

香	君	水	滿	雪	窮	碧	殘	賊	窗	中
細	時	滑	階	夜	琶	語	掃	蘿	之	又

◆ 039

(橫向題目)

1. 〈相思〉唐‧王維

2. 〈送僧歸日本〉唐‧錢起

3. 〈廬山謠寄盧侍御虛舟〉唐‧李白

4. 〈江城子‧乙卯正月二十日夜記夢〉宋‧蘇軾

5. 〈送別〉唐‧王維

6. 〈秋登蘭山寄張五〉唐‧孟浩然

7. 〈滿江紅‧丁未九月南渡泊舟儀真江口作〉宋‧趙鼎

8.《詩經·蝃蝀》

9.〈輪臺歌奉送封大夫出師西征〉唐·岑參

10.《詩經·公劉》

縱向題目

A.〈走馬川行奉送出師西征〉唐·岑參

B.〈兵車行〉唐·杜甫

C.〈早發白帝城〉唐·李白

D.〈河傳〉唐·溫庭筠

E.〈送別〉唐·王維

F.《詩經·閟宮》

G.〈六州歌頭〉宋·賀鑄

部分答案提示字

妝	海	邦	與	鼓	海	湧	頭	歇	世	法
鮮	邊	伐	裏	動	時	語	行	渡	見	仙

◆ 040

¹ᴬ此					■	²主				ᴮ難
	■	■	■	■	■	■	■	■	■	
³隨		ᶜ將			■	⁴請				
	■		■	■	■	■	■	■	■	
	■		■		ᴰ生	■	⁵昭	ᴱ回		
■	■	⁶反					■	■	■	
ᶠ青	■					■	⁷才		■	■
	■	ᴳ身	■		■				■	■
	■	⁸老		■					■	■
■			■	■	■		■			
⁹在				■		■	¹⁰兩			

橫向題目

1. 〈相思〉唐・王維
2. 〈贈衛八處士〉唐・杜甫
3. 〈青溪〉唐・王維
4. 〈青溪〉唐・王維
5. 《詩經・雲漢》
6. 〈兵車行〉唐・杜甫
7. 〈一剪梅〉宋・李清照

8. 〈琵琶行〉唐・白居易

9. 《詩經・關雎》

10. 〈一剪梅〉宋・李清照

縱向題目

A. 〈春泛若耶溪〉唐・綦毋潛

B. 〈蜀道難〉唐・李白

C. 〈夢李白・其二〉唐・杜甫

D. 〈兵車行〉唐・杜甫

E. 〈長恨歌〉唐・白居易

F. 〈臨江仙〉明・楊慎

G. 〈訴衷情〉宋・陸游

部分答案提示字

所	老	滄	嫁	眉	頭	寰	盤	石	稱	會
偶	身	洲	比	聞	愁	處	於	天	萬	轉

◆ 041

1 A 松		B 問				2 燦			C 孤
					D 美				
		3 何					4 碧		
				5 合			E 一		
		F 江							
G 能					6 襄			H 日	
7 忘				I 所					
		8 白							

(橫向題目)

1. 〈尋隱者不遇〉唐·賈島
2. 〈蟾宮曲·別友〉元·周德清
3. 〈秋登蘭山寄張五〉唐·孟浩然
4. 〈蘇幕遮〉宋·范仲淹
5. 〈水仙子〉元·張養浩
6. 〈漢江臨泛〉唐·王維

7.《詩經‧晨風》

8.〈廬山謠寄盧侍御虛舟〉唐‧李白

縱向題目

A.〈宿業師山房待丁大不至〉唐‧孟浩然

B.〈送別〉唐‧王維

C.〈早寒江上有懷〉唐‧孟浩然

D.〈下終南山過斛斯山人宿置酒〉唐‧李白

E.〈廬山謠寄盧侍御虛舟〉唐‧李白

F.〈夢李白‧其二〉唐‧杜甫

G.〈幽州夜飲〉唐‧張說

H.〈賊退示官吏並序〉唐‧元結

I.《詩經‧牆有茨》

部分答案提示字

夜	遲	得	共	晏	雲	天	神	仙	燦	蟾
涼	暮	眠	揮	猶	九	道	實	多	載	酒

● 【詩人故事】 —— 病蟬

　　賈島性格耿介，一再揭露科場黑暗，觸怒達官公卿。當時才俊之士被黜落，託人情通關節者則高中，科場黑暗徇私舞弊公然風行。再說賈島也自視甚高，認為八百舉子所業，悉不如己。結果人皆高中，自己屢屢下第，怨憤之極，就寫了〈病蟬〉一詩：

　　病蟬飛不得，向我掌中行。

　　折翼猶能薄，酸吟尚極清。

　　露華凝在腹，塵點誤侵睛。

　　黃雀並鳶鳥，具懷害爾情。

這首詩嘲諷了那些手握生殺予奪大權、有眼無珠的公卿，把官僚比作背後伺機害人的黃雀鳶鳥，自比折翅不得飛，鳴聲依然極清的病蟬。這首詩惹得官僚們老大不高興，他們在禮部官署裡開會商議後，擬表上奏皇帝，說賈島、平曾等人「風狂，撓擾貢院，是時逐出關外」，稱之為「十惡」，賈島也因此遭受迫害。

042

1言		A採				B行				
					2美					
3C步				D讀						
							E我		F相	
				4淚						
	G樵									
				H以						
		5欲								
6浪										

橫向題目

1. 〈尋隱者不遇〉唐・賈島
2. 〈宮中調笑・團扇〉唐・王建
3. 〈晨詣超師院讀禪經〉唐・柳宗元
4. 〈瀟湘神〉唐・劉禹錫
5. 〈宣州謝朓樓餞別校書叔雲〉唐・李白
6. 〈念奴嬌・赤壁懷古〉宋・蘇軾

題目

縱向題目

- A.〈飲酒·其五〉晉·陶淵明
- B.〈兵車行〉唐·杜甫
- C.〈老將行〉唐·王維
- D.〈與諸子登峴山〉唐·孟浩然
- E.〈聞王昌齡左遷龍標遙有此寄〉唐·李白
- F.〈浪淘沙〉唐·白居易
- G.〈宿業師山房待丁大不至〉唐·孟浩然
- H.《詩經·六月》

部分答案提示字

胡	籬	人	佐	沾	行	非	痕	點	遮	面
馬	下	歸	天	襟	頻	深	病	來	東	齋

●【詩人故事】——不為五斗米折腰

　　西元四○五年秋，陶淵明來到離家鄉不遠的彭澤當縣令。這年冬天，該郡太守派出一名督郵，到彭澤縣來督察。督郵品味很低，卻有些權勢，在太守面前說話好歹就憑他那張嘴。這次派來的督郵，是個粗俗而又傲慢的人，他一到彭澤的旅舍，就差縣吏去叫縣令來見他。陶淵明平時蔑視功名富貴，不肯趨炎附勢，對這種假借上司名義發號施令的人很瞧不起，但也不得不去見一見，於是他馬上動身。不料縣吏攔住陶淵明說：「大人，參見督郵要穿官服，並且束上大帶，不然有失體統，督郵要乘機大作文章，會對大人不利的！」這一下，陶淵明再也忍受不下去了。他長嘆一聲，「我不能為五斗米向鄉里小人折腰啊！」

　　說罷，索性取出官印，把它封好，並馬上寫了一封辭職信，隨即離開只當了八十一天縣令的彭澤。

043

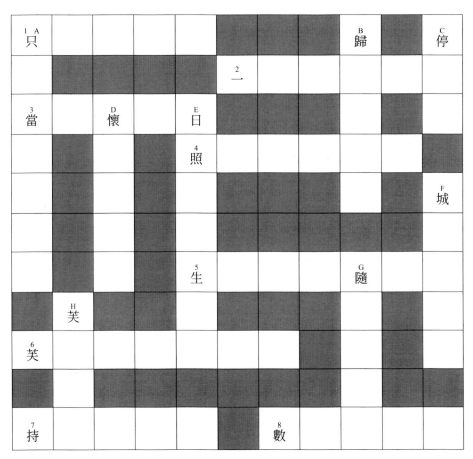

橫向題目

1. 〈尋隱者不遇〉唐・賈島
2. 〈離亭燕〉宋・張升
3. 〈春思〉唐・李白
4. 〈西江月〉宋・蘇軾
5. 〈兵車行〉唐・杜甫
6. 〈寄韓諫議〉唐・杜甫
7. 〈西施詠〉唐・王維
8. 〈春宿左省〉唐・杜甫

題目

縱向題目

A．〈錦瑟〉唐・李商隱

B．〈送崔九〉唐・裴迪

C．〈安公子〉宋・柳永

D．〈秋夜寄邱員外〉唐・韋應物

E．〈望廬山瀑布〉唐・李白

F．〈春望〉唐・杜甫

G．〈春夜喜雨〉唐・杜甫

H．〈山坡羊・西湖雜詠・秋〉元・薛昂夫

部分答案提示字

畫	屬	已	旗	煙	蓉	旌	淺	浪	帶	江
橈	秋	惘	霧	落	謝	鄰	男	埋	野	瀰

◆ 044

¹雲	ᴬ深		ᴮ知		■	²ᶜ世				
■		■					■	■	■	■
■		■	³世				■			ᴰ孔
■		■		■	■		■	ᴱ天		
■				■			■		■	
■		ᶠ柳		⁴扶			■			
⁵煙			■		■		■	■	■	
■					ᴳ以		⁶內			
⁷輪					■	■	■	■	■	■
■					⁸天				■	
■	⁹得					■	■	■	■	■

橫向題目

1. 〈尋隱者不遇〉唐・賈島
2. 〈佳人〉唐・杜甫
3. 〈贈衛八處士〉唐・杜甫
4. 〈古柏行〉唐・杜甫
5. 〈鶴沖天〉宋・柳永
6. 〈滿江紅慢〉元・王吉昌
7. 〈謁金門・春半〉宋・朱淑真

8.〈蜀先主廟〉唐‧劉禹錫
9.《詩經‧雨無正》

縱向題目

A.〈竹里館〉唐‧王維
B.〈留別王侍御維〉唐‧孟浩然
C.〈寄李儋元錫〉唐‧韋應物
D.《詩經‧羔裘》
E.〈謁衡嶽廟遂宿嶽寺題門樓〉唐‧韓愈
F.〈折桂令‧懷錢塘〉元‧王舉之
G.《詩經‧吉日》

部分答案提示字

假	其	柄	武	所	與	鶯	花	巷	衰	歇
神	雄	專	有	稀	罪	於	窮	理	明	力

◆ 045

横向題目

1. 〈回鄉偶書・其一〉唐・賀知章

2. 〈水調歌頭・平山堂用東坡韻〉宋・方岳

3. 〈灞上秋居〉唐・馬戴

4. 〈為有〉唐・李商隱

5. 〈訴衷情〉唐・顧敻

6. 〈玉樓春〉宋・宋祁

7. 〈減字木蘭花〉宋・蘇軾

8. 〈客至〉唐・杜甫

縱向題目

A. 〈賦得古原草送別〉唐・白居易

B. 〈鵲踏枝〉唐・無名氏

C. 〈定風波〉宋・柳永

D. 〈卜算子〉宋・李之儀

E. 〈行宮〉唐・元稹

F. 〈醉太平・寒食〉元・王元鼎

G. 〈定風波〉宋・柳永

H. 〈柳初新〉宋・柳永

部分答案提示字

花	風	壓	頭	衾	緣	客	意	鬧	原	風
寂	細	暝	賣	臥	徑	不	應	無	負	香

046

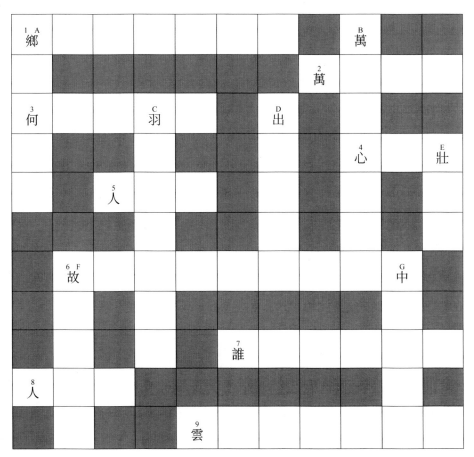

橫向題目

1. 〈回鄉偶書・其一〉唐・賀知章
2. 〈迷仙引〉宋・柳永
3. 〈夢李白・其一〉唐・杜甫
4. 〈六州歌頭〉宋・張孝祥
5. 〈滿庭芳・憶廬山〉宋・晁補之
6. 〈虞美人〉南唐・李煜
7. 〈謁金門〉宋・李好古

8.〈陽春曲〉元·姚燧

9.〈清平調·其一〉唐·李白

縱向題目

A.〈次北固山下〉唐·王灣

B.〈晚次鄂州〉唐·盧綸

C.〈寄韓諫議〉唐·杜甫

D.〈夢李白·其二〉唐·杜甫

E.〈賀新郎·懷辛幼安用前韻〉宋·陳亮

F.〈雲陽館與韓紳宿別〉唐·司空曙

G.〈夏日南亭懷辛大〉唐·孟浩然

部分答案提示字

人	翼	夢	里	宵	士	搔	海	闊	丹	霄
江	堪	想	歸	勞	淚	白	在	玉	稀	到

◆ 047

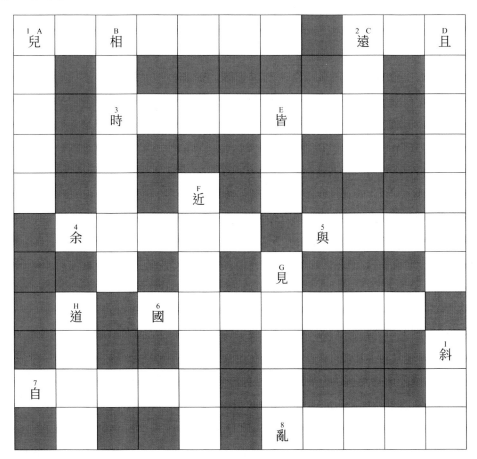

橫向題目

1. 〈回鄉偶書・其一〉唐・賀知章
2. 《詩經・椒聊》
3. 〈山石〉唐・韓愈
4. 〈宿王昌齡隱居〉唐・常建
5. 《詩經・無衣》
6. 〈寄韓諫議〉唐・杜甫
7. 〈佳人〉唐・杜甫
8. 〈鳳簫吟・芳草〉宋・韓縝

題目

縱向題目

A.〈贈衛八處士〉唐・杜甫

B.〈無題〉唐・李商隱

C.〈行香子〉宋・秦觀

D.〈九日登望仙臺呈劉明府〉唐・崔曙

E.〈山坡羊〉元・張養浩

F.〈韋諷錄事宅觀曹將軍畫馬圖〉唐・杜甫

G.〈瑞鶴仙〉宋・袁去華

H.《詩經・雄雉》

I.〈西河・金陵懷古〉宋・周邦彥

部分答案提示字

| 圍 | 陽 | 云 | 敗 | 吾 | 澤 | 家 | 豈 | 敢 | 松 | 櫳 |
| 牆 | 裡 | 遠 | 亦 | 謝 | 宰 | 獅 | 子 | 同 | 花 | 飛 |

◆ 048

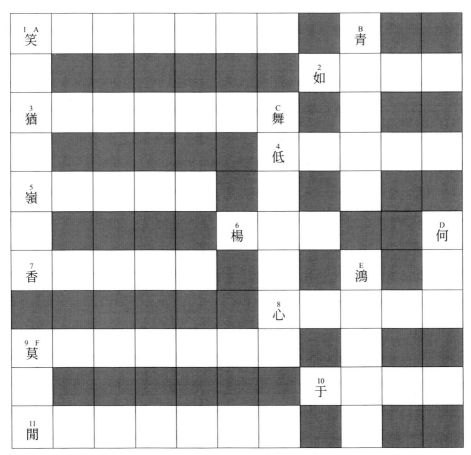

橫向題目

1. 〈回鄉偶書‧其一〉唐‧賀知章

2. 《詩經‧君子偕老》

3. 〈長恨歌〉唐‧白居易

4. 〈長干行‧其一〉唐‧李白

5. 〈新年作〉唐‧劉長卿

6. 〈雨霖鈴〉宋‧柳永

7. 〈月夜〉唐‧杜甫

8.〈秋登蘭山寄張五〉唐‧孟浩然

9.〈將進酒〉唐‧李白

10.《詩經‧我將》

11.〈廬山謠寄盧侍御虛舟〉唐‧李白

縱向題目

A.〈定風波‧南海歸贈王定國侍人寓娘〉宋‧蘇軾

B.〈餞別王十一南遊〉唐‧劉長卿

C.〈鷓鴣天〉宋‧晏幾道

D.〈滿江紅‧寫懷〉宋‧岳飛

E.〈天末懷李白〉唐‧杜甫

F.〈滿江紅‧寫懷〉宋‧岳飛

部分答案提示字

時	柳	霧	鬟	溼	保	之	猿	同	裳	羽
滅	樓	樽	隨	雁	窺	石	旦	暮	暗	壁

● 【詩詞知識】 —— 鴻雁

鴻雁是大型候鳥,每年秋季南遷,常常引起遊子思鄉懷親之情和羈旅傷感。如隋人薛道衡〈人日思歸〉:「人歸落雁後,思發在花前。」歐陽脩〈戲答元稹〉:「夜聞歸雁生相思,病入新年感物華。」趙嘏〈長安秋望〉:「殘星幾點雁橫塞,長笛一聲人倚樓。」

鴻雁還可以指代書信。如杜甫〈天末懷李白〉:「鴻雁幾時到,江湖秋水多。」李商隱〈離思〉:「朔雁傳書絕,湘篁染淚多。」

◆ 049

橫向題目

1. 〈九月九日憶山東兄弟〉唐・王維

2. 《詩經・關雎》

3. 〈韋諷錄事宅觀曹將軍畫馬圖〉唐・杜甫

4. 〈永遇樂・彭城夜宿燕子樓〉宋・蘇軾

5. 〈天淨沙〉元・商政叔

6. 〈雨中花〉宋・晏殊

7.〈古柏行〉唐·杜甫

8.〈送李傅侍郎劍南行營〉唐·賈島

縱向題目

A.〈月下獨酌·其一〉唐·李白

B.〈望海潮〉宋·柳永

C.〈石鼓歌〉唐·韓愈

D.〈夢遊天姥吟留別〉唐·李白

E.〈望海潮〉宋·柳永

F.〈同從弟南齋玩月憶山陰崔少府〉唐·王昌齡

G.〈憶秦娥·傷離別〉宋·何夢桂

H.〈小桃紅·江岸水燈〉元·盍西村

部分答案提示字

日	數	秋	輝	好	軍	得	憐	宵	鼓	樂
圖	駱	桂	淡	景	木	猶	簾	篩	無	戀

◆ 050

¹ᴬ 每						ᴮ 親				ꟲ 無
								ᴰ 忘		
		ᴱ 皆			² 春					
³ 溪										
					ꟳ 靖					
⁴ᴳ 況										
								ᴴ 不		
		⁵ 同				⁶ᴵ 好				
	⁷ 兵							⁸ 行		

橫向題目

1. 〈九月九日憶山東兄弟〉唐・王維

2. 〈清平樂〉宋・黃庭堅

3. 〈尋南溪常山道人隱居〉唐・劉長卿

4. 〈插花吟〉宋・邵雍

5. 〈滿庭芳・雪中戲呈友人〉宋・黃庭堅

6. 〈春夜喜雨〉唐・杜甫

7.〈塞下曲．其一〉唐．常建

8.〈行路難．其一〉唐．李白

縱向題目

A.〈青溪〉唐．王維

B.〈登岳陽樓〉唐．杜甫

C.〈過華清宮．其一〉唐．杜牧

D.〈晨詣超師院讀禪經〉唐．柳宗元

E.〈韋諷錄事宅觀曹將軍畫馬圖〉唐．杜甫

F.〈滿江紅．寫懷〉宋．岳飛

G.〈月夜憶舍弟〉唐．杜甫

H.《詩經．雄雉》

I.〈春光好〉唐．歐陽炯

部分答案提示字

春	知	所	圖	逐	心	事	康	健	與	禪
光	德	逐	筋	青	氣	銷	骸	粗	跡	誰

◆ 051

橫向題目

1. 〈九月九日憶山東兄弟〉唐・王維

2. 〈上小樓・自適〉元・王愛山

3. 〈夢遊天姥吟留別〉唐・李白

4. 〈玉臺觀〉唐・杜甫

5. 〈贈衛八處士〉唐・杜甫

6. 〈簇水近〉宋・賀鑄

7. 〈千秋歲〉宋・秦觀
8. 〈老將行〉唐・王維

縱向題目

A. 〈廬山謠寄盧侍御虛舟〉唐・李白
B. 〈夢遊天姥吟留別〉唐・李白
C. 〈廬山謠寄盧侍御虛舟〉唐・李白
D. 〈時世行〉唐・杜荀鶴
E. 〈詠懷古跡・其二〉唐・杜甫
F. 〈除日〉唐・韋應物
G. 〈新年作〉唐・劉長卿
H. 〈行路難・其一〉唐・李白

部分答案提示字

崖	苧	沓	髮	成	侯	瓜	史	駐	壁	丹
沓	裙	嶂	焦	故	沙	外	念	人	兮	列

◆ 052

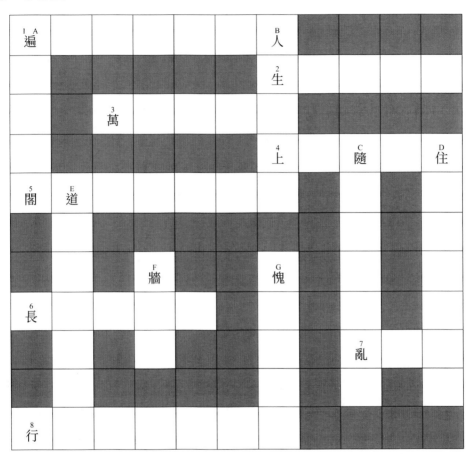

橫向題目

1. 〈九月九日憶山東兄弟〉唐‧王維
2. 〈蜀先主廟〉唐‧劉禹錫
3. 〈佳人〉唐‧杜甫
4. 〈送僧歸日本〉唐‧錢起
5. 〈奉和聖制從蓬萊向興慶閣道中留春雨中春望之作應制〉唐‧王維
6. 〈兵車行〉唐‧杜甫
7. 〈眺龍謠‧雪〉清‧朱彝尊
8. 〈兵車行〉唐‧杜甫

縱向題目

A. 〈驟雨打新荷〉元·元好問
B. 〈上清寶鼎詩〉唐·李白
C. 〈走馬川行奉送出師西征〉唐·岑參
D. 〈琵琶行〉唐·白居易
E. 〈兵車行〉唐·杜甫
F. 《詩經·牆有茨》
G. 〈喜外弟盧綸見宿〉唐·司空曙

部分答案提示字

有	君	地	近	塘	云	低	苑	花	象	賢
茨	相	石	溢	水	行	頻	者	雛	轉	燭

●【詩人故事】── 劉禹錫與〈陋室銘〉

　　劉禹錫因革新，得罪了當朝權貴寵臣，被貶為安徽省和州通判。按當時的規定，他應住衙門裡三間三廈的屋子。可是和州的策知縣是個趨炎附勢的小人，他見劉禹錫被貶而來，便多方刁難他，找他麻煩。策知縣先叫劉禹錫在城南面江而居。劉禹錫不但不埋怨，反而高興得撰寫了一聯貼於房門：「面對大江觀白帆，身在和州爭思辯。」他的這一舉動氣壞了策知縣，他又令衙門的書丞將劉禹錫的房子由城南門調至城北門，住房由三間縮小到一間半，而這一間半位於得勝河邊，附近有一排排的楊柳。劉禹錫見了此景，又作了一聯：「楊柳青青江水平，人在歷陽心在京。」他仍在此處讀書作文。策知縣氣得肺都要炸了，又和書丞商量，為劉禹錫在城中尋了一間只能容一床一桌一椅的小屋。僅半年，連搬三次家。劉禹錫想此狗官欺人太甚了，便憤然提筆寫下〈陋室銘〉並請人刻於石上，立在門前，氣得策知縣一籌莫展，啞口無言。

◆ 053

¹葡		ᴬ美								ᴮ最
							² ᶜ汀			
³子					ᴰ願					
									ᴱ鴻	
	⁴ ᶠ江						⁵沙			
		⁶空								
⁷厥										
							⁸予			
⁹江										

橫向題目

1. 〈涼州詞・其一〉唐・王翰
2. 〈玉蝴蝶・重陽〉宋・柳永
3. 《詩經・君子偕老》
4. 〈秋登蘭山寄張五〉唐・孟浩然
5. 〈賀新郎・九日途中憶兄璈伯〉清・俞士彪
6. 〈春江花月夜〉唐・張若虛
7. 《詩經・生民》

8.《詩經 · 巧言》

9.〈春江花月夜〉唐 · 張若虛

縱向題目

A.〈同從弟南齋玩月憶山陰崔少府〉唐 · 王昌齡

B.〈瑞鶴仙〉宋 · 袁去華

C.〈春江花月夜〉唐 · 張若虛

D.〈春江花月夜〉唐 · 張若虛

E.〈春江花月夜〉唐 · 張若虛

F.〈春江花月夜〉唐 · 張若虛

部分答案提示字

愁	江	華	照	飛	生	民	清	揚	樹	紅
苦	畔	流	君	光	洲	如	忖	度	上	雁

054

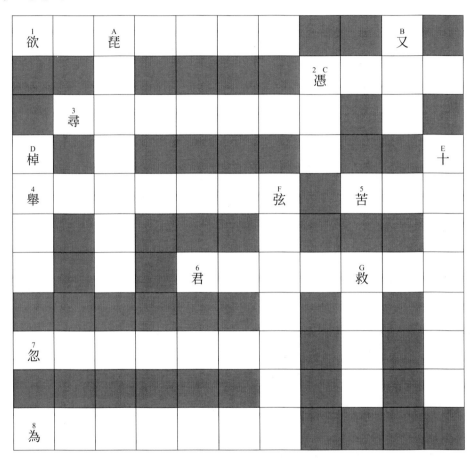

橫向題目

1. 〈涼州詞‧其一〉唐‧王翰

2. 〈水龍吟‧過南劍雙溪樓〉宋‧辛棄疾

3. 〈琵琶行〉唐‧白居易

4. 〈琵琶行〉唐‧白居易

5. 〈三冬雪‧望寄寒衣〉唐‧敦煌曲子詞

6. 〈長恨歌〉唐‧白居易

7. 〈琵琶行〉唐·白居易

8. 〈長恨歌〉唐·白居易

縱向題目

A. 〈琵琶行〉唐·白居易

B. 〈疏影〉宋·姜夔

C. 〈永遇樂·京口北固亭懷古〉宋·辛棄疾

D. 〈惜奴嬌〉宋·晁補之

E. 〈琵琶行〉唐·白居易

F. 〈琵琶行〉唐·白居易

G. 〈山坡羊〉元·張養浩

部分答案提示字

卻	誰	帆	危	弦	轉	思	再	三	問	彈
怨	問	開	患	掩	感	君	琶	聲	酒	欲

◆ 055

橫向題目

1. 〈涼州詞‧其一〉唐‧王翰

2. 〈定風波〉宋‧柳永

3. 〈夢遊天姥吟留別〉唐‧李白

4. 〈韋諷錄事宅觀曹將軍畫馬圖〉唐‧杜甫

5. 〈相見歡〉南唐‧李煜

6. 〈六醜‧落花〉宋‧周邦彥

7. 〈夢遊天姥吟留別〉唐・李白

8. 〈憶江南〉唐・皇甫松

縱向題目

A. 〈月下獨酌・其一〉唐・李白

B. 〈輪臺歌奉送封大夫出師西征〉唐・岑參

C. 〈馬嵬坡〉唐・鄭畋

D. 〈關山月〉唐・李白

E. 〈鷓鴣天〉宋・晏幾道

F. 〈月下獨酌・其一〉唐・李白

G. 〈江神子・和人韻〉宋・辛棄疾

H. 《詩經・女曰雞鳴》

部分答案提示字

石	在	到	踏	忘	嘆	息	蹄	蹶	濤	微
凍	御	處	楊	日	語	驛	楸	間	信	難

●【詩詞知識】 —— 鷓鴣鳥

　　鷓鴣的形象在古詩詞裡也有特定的內蘊。鷓鴣的鳴聲讓人聽起來像「行不得也哥哥」，極容易勾起旅途艱險的聯想和滿腔的離愁別緒。如辛棄疾〈菩薩蠻・書江西造口壁〉：「江晚正愁予，山深聞鷓鴣。」李群玉〈九子坡聞鷓鴣〉：「落照蒼茫秋草明，鷓鴣啼處遠人行。」

◆ 056

（横向題目）

1. 〈涼州詞・其一〉唐・王翰
2. 〈天香〉宋・賀鑄
3. 〈與高適薛據登慈恩寺浮圖〉唐・岑參
4. 〈秋登蘭山寄張五〉唐・孟浩然
5. 〈望岳〉唐・杜甫
6. 〈寄左省杜拾遺〉唐・岑參
7. 〈煙波行〉宋・黃裳

8. 〈鳳凰臺上憶吹簫〉宋·李清照

9. 〈賣花聲·悟世〉元·喬吉

縱向題目

A. 〈古柏行〉唐·杜甫

B. 〈燕歌行〉唐·高適

C. 〈望岳〉唐·杜甫

D. 〈鷓鴣天〉宋·賀鑄

E. 〈聽董大彈胡笳聲兼寄語弄房給事〉唐·李頎

F. 〈錦瑟〉唐·李商隱

G. 《詩經·雄雉》

部分答案提示字

為	人	鴛	裡	迷	來	瘦	割	昏	應	和
用	薊	失	浮	蝴	更	枕	雲	斷	青	濛

◆ 057

橫向題目

1. 〈送孟浩然之廣陵〉唐‧李白

2. 《詩經‧文王》

3. 〈石鼓歌〉唐‧韓愈

4. 〈子夜吳歌‧秋歌〉唐‧李白

5. 〈愁蕊香引‧小石調〉宋‧柳永

6. 《詩經‧燕燕》

7. 〈石鼓歌〉唐‧韓愈

8. 〈木蘭花慢〉宋‧萬俟詠

縱向題目

A．〈石鼓歌〉唐・韓愈

B．〈少年遊〉宋・歐陽脩

C．〈望月懷遠〉唐・張九齡

D．〈石鼓歌〉唐・韓愈

E．〈石鼓歌〉唐・韓愈

F．〈贈衛八處士〉唐・杜甫

G．《詩經・綿蠻》

H．〈賀新郎・別茂嘉十二弟〉宋・辛棄疾

部分答案提示字

王	薄	右	鼓	岸	側	論	蘭	歇	在	上
孫	將	輔	何	外	垂	列	勖	寡	藝	咸

058

橫向題目

1. 〈送孟浩然之廣陵〉唐・李白

2. 〈夢李白・其二〉唐・杜甫

3. 〈賊退示官吏並序〉唐・元結

4. 〈尋西山隱者不遇〉唐・邱為

5. 〈賀新郎・九日〉宋・劉克莊

6. 〈江城子・乙卯正月二十日夜記夢〉宋・蘇軾

7. 〈自夏口至鸚洲夕望岳陽寄源中丞〉唐・劉長卿

題目

縱向題目

A.〈宿業師山房待丁大不至〉唐·孟浩然

B.〈麗人行〉唐·杜甫

C.〈韓碑〉唐·李商隱

D.〈寄全椒山中道士〉唐·韋應物

E.〈夢李白·其一〉唐·杜甫

F.〈登金陵鳳凰臺〉唐·李白

G.〈青溪〉唐·王維

H.〈初生月兒〉元·無名氏

部分答案提示字

淚	舜	靜	羅	竄	浪	復	斯	郡	夜	頻
眼	典	深	網	堯	生	神	松	岡	來	典

●【詩人故事】── 蘇軾還房

　　蘇軾居於常州時，花掉了最後一點積蓄，買了一間房子，準備擇日遷入。一個偶然的機會，他聽到一老婦哭得十分傷心，便問老婦哭什麼。老婦說，她有一處祖宅，相傳百年了，被不孝子孫所賣，因此痛心啼哭。細問之下，原來蘇軾買的房子，就是老婦所說的祖宅。於是蘇軾當即焚燒了房契，將房子還給老婦人，自己租房子住。

◆ 059

橫向題目

1. 〈送孟浩然之廣陵〉唐・李白

2. 〈西施詠〉唐・王維

3. 〈酬張少府〉唐・王維

4. 《詩經・小旻》

5. 〈丹青引贈曹霸將軍〉唐・杜甫

6. 〈探春令〉宋・趙長卿

7. 〈無題〉唐・李商隱

題目

縱向題目

A. 〈送綦毋潛落第還鄉〉唐‧王維

B. 〈離亭燕〉宋‧張升

C. 〈下終南山過斛斯山人宿置酒〉唐‧李白

D. 〈長恨歌〉唐‧白居易

E. 〈水仙子‧贈江雲〉元‧喬吉

F. 〈長干行‧其一〉唐‧李白

G. 《詩經‧六月》

H. 《詩經‧采菽》

部分答案提示字

柞	存	幽	樵	落	吉	利	浦	深	浣	紗
之	抱	徑	閒	暉	菱	枝	知	其	歌	入

◆ 060

¹ᴬ 唯		ᴮ 長				ᶜ 流			ᴰ 共
						² 傳			
³ 舊				ᴱ 山					
		ꟳ 尚						⁴ᴳ 素	
		⁵ 想							
							⁶ 玉		ᴴ 長
				¹ 在					
⁷ᴶ 不									
				⁸ 何					

橫向題目

1. 〈送孟浩然之廣陵〉唐・李白
2. 〈題大庾嶺北驛〉唐・宋之問
3. 〈賊平後送人北歸〉唐・司空曙
4. 〈江神子〉宋・謝逸
5. 〈八聲甘州〉宋・柳永
6. 〈春光好〉唐・歐陽炯
7. 〈浣溪沙〉宋・晏殊
8. 〈無題〉唐・李商隱

縱向題目

A. 〈長恨歌〉唐·白居易

B. 〈感皇恩〉宋·沈端節

C. 〈聽安萬善吹觱篥歌〉唐·李頎

D. 〈贈衛八處士〉唐·杜甫

E. 〈下終南山過斛斯山人宿置酒〉唐·李白

F. 〈遣悲懷·其二〉唐·元稹

G. 〈聽箏〉唐·李端

H. 〈下終南山過斛斯山人宿置酒〉唐·李白

I. 《詩經·簡兮》

J. 〈女冠子·其二〉唐·韋莊

部分答案提示字

相	勝	前	婢	舊	取	眼	聞	至	光	同
見	悲	上	僕	情	任	好	國	見	佳	人

●【詩詞知識】—— 八聲甘州

　　〈八聲甘州〉，詞牌名，又名〈甘州〉、〈瀟瀟雨〉、〈宴瑤池〉，源於唐代邊塞曲，在唐大曲〈甘州〉的基礎上改制而成，由一系列相關聯的的單曲組合的成套樂曲，全詞共八韻，所以叫「八聲」。以柳永〈八聲甘州·對瀟瀟暮雨灑江天〉為正體，此體雙調九十七字，前後段各九句、四平韻，另有變體六種。代表作品有蘇軾〈八聲甘州·寄參寥子〉、辛棄疾〈八聲甘州·故將軍飲罷夜歸來〉等。

〈八聲甘州〉宋·柳永

　　對瀟瀟暮雨灑江天，一番洗清秋。漸霜風淒緊，關河冷落，殘照當樓。是處紅衰翠減，苒苒物華休。唯有長江水，無語東流。

　　不忍登高臨遠，望故鄉渺邈，歸思難收。嘆年來蹤跡，何事苦淹留？想佳人，妝樓顒望，誤幾回、天際識歸舟。爭知我，倚欄杆處，正恁凝愁！

◆ 061

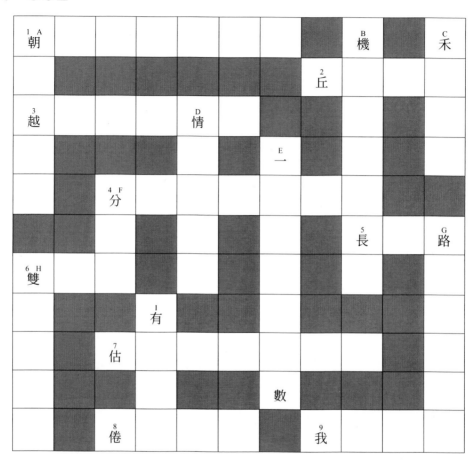

橫向題目

1. 〈早發白帝城〉唐·李白
2. 《詩經·丘中有麻》
3. 〈陽春曲·題情〉元·白樸
4. 〈詠懷古跡·其三〉唐·杜甫
5. 〈蘭陵王·柳〉宋·周邦彥
6. 〈青玉案〉宋·黃公紹
7. 〈晚次鄂州〉唐·盧綸

8.〈折桂令‧九日〉元‧張可久
9.《詩經‧六月》

縱向題目

A.〈西施詠〉唐‧王維

B.〈春思〉唐‧皇甫冉

C.《詩經‧七月》

D.〈望月懷遠〉唐‧張九齡

E.〈琵琶行〉唐‧白居易

F.〈罵玉郎過感皇恩採茶歌‧閨情〉元‧曾瑞

G.〈清平樂〉南唐‧李煜

H.〈月夜〉唐‧杜甫

I.《詩經‧有客》

部分答案提示字

菽	中	溪	照	綃	既	成	恨	曲	有	麻
麥	錦	女	淚	不	客	思	飛	燕	間	阻

● 【詩詞趣話】 ── 燕子

　　燕子因結伴而成為愛情的象徵，如：晏幾道〈臨江仙〉：「落花人獨立，微雨燕雙飛。」

　　由於燕子有著戀舊巢的習性，故又成為古典詩詞表現時事變遷，抒發人事代謝的寄託，如劉禹錫〈烏衣巷〉：「舊時王謝堂前燕，飛入尋常百姓家。」

◆ 062

橫向題目

1. 〈早發白帝城〉唐‧李白
2. 《詩經‧采繁》
3. 〈聽安萬善吹觱篥歌〉唐‧李頎
4. 〈琵琶行〉唐‧白居易
5. 《詩經‧大東》
6. 〈謁衡嶽廟遂宿嶽寺題門樓〉唐‧韓愈
7. 〈寨兒令〉元‧周文質
8. 〈滿庭芳‧自述〉明‧李昌祺

題目

縱向題目

A．〈夢李白·其二〉唐·杜甫
B．〈韋諷錄事宅觀曹將軍畫馬圖〉唐·杜甫
C．《詩經·邶風·柏舟》
D．〈廬山謠寄盧侍御虛舟〉唐·李白
E．〈古柏行〉唐·杜甫
F．〈菩薩蠻〉唐·李白
G．《詩經·碩人》
H．〈滿江紅·寄張藍山〉元·張之翰

部分答案提示字

逕	趨	救	彼	秋	落	鞍	天	畢	夜	高
靈	宮	怒	之	萬	心	碎	弟	妹	列	明

●【詩詞知識】 —— 菩薩蠻

〈菩薩蠻〉，本唐教坊曲，後用為詞牌，也用作曲牌，亦作〈菩薩鬘〉，又名〈子夜歌〉、〈重疊金〉、〈花間意〉、〈梅花句〉、〈花溪碧〉、〈晚雲烘日〉等。此調為雙調小令，以五七言組成，四十四字。用韻兩句一換，凡四易韻，平仄遞轉，以繁音促節表現深沉而起伏的情感，歷來名作極多。代表作有唐李白〈菩薩蠻·平林漠漠煙如織〉、溫庭筠〈菩薩蠻·小山重疊金明滅〉等。

〈菩薩蠻〉唐·李白

平林漠漠煙如織，寒山一帶傷心碧。暝色入高樓，有人樓上愁。
玉階空佇立，宿鳥歸飛急。何處是歸程？長亭更短亭。

063

橫向題目

1. 〈早發白帝城〉唐 · 李白
2. 〈訴衷情〉唐 · 韋莊
3. 〈寄韓諫議〉唐 · 杜甫
4. 《詩經 · 天作》
5. 〈廬山謠寄盧侍御虛舟〉唐 · 李白
6. 〈題玄武禪師屋壁〉唐 · 杜甫
7. 〈聽董大彈胡笳聲兼寄語弄房給事〉唐 · 李頎

題目

縱向題目

A．〈絕句〉唐・杜甫

B．〈破陣子〉南唐・李煜

C．〈憶秦娥〉宋・房舜卿

D．〈韋諷錄事宅觀曹將軍畫馬圖〉唐・杜甫

E．〈謁衡嶽廟遂宿嶽寺題門樓〉唐・韓愈

F．〈丹青引贈曹霸將軍〉唐・杜甫

G．《詩經・節南山》

H．〈桂枝香・金陵懷古〉宋・王安石

I．《詩經・叔于田》

部分答案提示字

君	府	瑙	瞳	墀	影	紅	作	別	宮	之
別	殷	盤	曨	下	朝	日	鹿	呦	醉	瓊

064

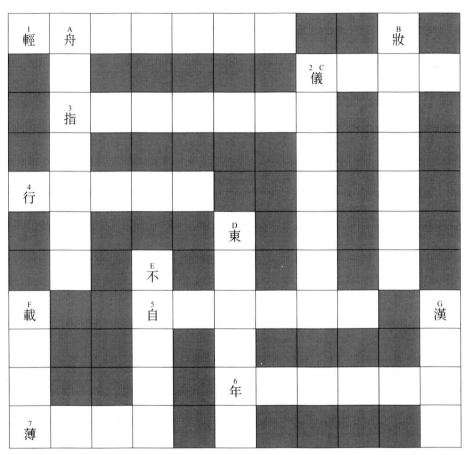

横向题目

1. 〈早發白帝城〉唐・李白

2. 《詩經・猗嗟》

3. 〈詠懷古跡・其五〉唐・杜甫

4. 〈終南別業〉唐・王維

5. 〈解語花・上元〉宋・周邦彥

6. 〈念奴嬌〉宋・黃庭堅

7. 《詩經・葛覃》

題目

縱向題目

A. 〈詠懷古跡‧其二〉唐‧杜甫

B. 〈琵琶行〉唐‧白居易

C. 〈韓碑〉唐‧李商隱

D. 〈望海潮‧洛陽懷古〉宋‧秦觀

E. 〈西施詠〉唐‧王維

F. 《詩經‧載驅》

G. 《詩經‧漢廣》

部分答案提示字

到	載	驅	遊	外	浣	我	塵	隨	既	成
今	筆	薄	女	郎	揮	若	少	從	失	蕭

◆ 065

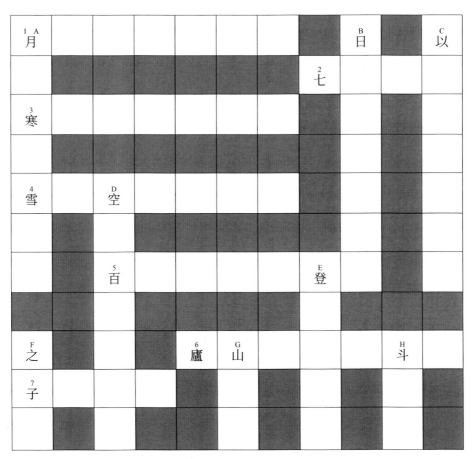

橫向題目

1. 〈早發白帝城〉唐・李白
2. 《詩經・七月》
3. 〈燕歌行〉唐・高適
4. 〈白雪歌送武判官歸京〉唐・岑參
5. 〈登高〉唐・杜甫
6. 〈廬山謠寄盧侍御虛舟〉唐・李白
7. 《詩經・還》

題目

縱向題目

A. 〈古柏行〉唐・杜甫

B. 〈夢遊天姥吟留別〉唐・李白

C. 〈山石〉唐・韓愈

D. 〈聽董大彈胡笳聲兼寄語弄房給事〉唐・李頎

E. 〈與高適薛據登慈恩寺浮圖〉唐・岑參

F. 《詩經・江有汜》

G. 《詩經・簡兮》

H. 〈山亭柳・贈歌者〉宋・晏殊

部分答案提示字

鳥	尖	世	有	見	耀	還	夜	傳	月	流
散	新	界	榛	稀	金	之	秀	出	刁	斗

● 【詩詞趣話】 ── 晏殊巧逢「燕歸來」

　　一次，晏殊來到大明寺中，忽然發現牆上有一首詩寫得很好，可惜沒有作者署名。晏殊跑進跑出，問個不停，終於打聽到這首詩的作者名叫王琪，家就在大明寺附近。由於晏殊從詩句中發現王琪文學修養較高，很會寫詩，立即決定要把王琪請來，一同探討詩文。

　　王琪來了以後，發現晏殊善於賞詩論文，態度還很謙虛；晏殊見王琪性格開朗，言談投機，便說道：「我想了個詩句寫在牆上，已經想了一年，還是對不出來。那個句子是『無可奈何花落去』。」王琪思索了一下，不慌不忙的對道：「似曾相識燕歸來。」

　　這一對句不但在詞面上對得切合時宜，很有特點，而且在含義上使二人的思想感情如摯友重逢，一見如故。這怎能不使人格外高興？因此，晏殊一聽，急忙稱好。後來，晏殊把這一對句用到〈浣溪沙〉詞和一首七律詩中，成為傳誦千古的名句。

066

(横向題目)

1. 〈楓橋夜泊〉唐·張繼

2. 〈驀山溪·梅〉宋·曹組

3. 《詩經·小宛》

4. 〈長恨歌〉唐·白居易

5. 〈長恨歌〉唐·白居易

6. 〈長恨歌〉唐·白居易

7. 〈玉蝴蝶〉宋·李綱

題目

縱向題目

A.〈長恨歌〉唐·白居易

B.〈漁家傲〉宋·朱服

C.〈江城子〉宋·盧祖皋

D.〈送李中丞歸漢陽別業〉唐·劉長卿

E.〈蜀道難〉唐·李白

F.〈琵琶行〉唐·白居易

G.〈琵琶行〉唐·白居易

H.〈壽陽曲·別珠簾秀〉元·盧摯

部分答案提示字

盈	陽	歡	無	輕	轉	回	關	煙	寒	日
尺	鼙	悅	比	縠	龍	馭	侍	宴	志	節

◆ 067

橫向題目

1. 〈楓橋夜泊〉唐・張繼
2. 〈夢李白・其一〉唐・杜甫
3. 〈滿庭芳〉宋・秦觀
4. 〈淮上喜會梁川故人〉唐・韋應物
5. 《詩經・常棣》
6. 《詩經・正月》
7. 〈六醜・落花〉宋・周邦彥
8. 〈採蓮令〉宋・史浩

縱向題目

A．〈蘇武廟〉唐・溫庭筠
B．〈折桂令・荊溪即事〉元・喬吉
C．〈送綦毋潛落第還鄉〉唐・王維
D．〈八月十五夜贈張功曹〉唐・韓愈
E．〈木蘭花・戲林推〉宋・劉克莊
F．〈遊子吟〉唐・孟郊
G．〈霜葉飛・冬日閒宴〉宋・黃裳
H．《詩經・桃夭》
I．〈撥不斷・嘆世〉元・馬致遠

部分答案提示字

衣	僧	樣	頃	其	采	猩	漢	曾	龍	得
中	狐	瓦	飛	家	薇	鼯	玖	室	號	斯

068

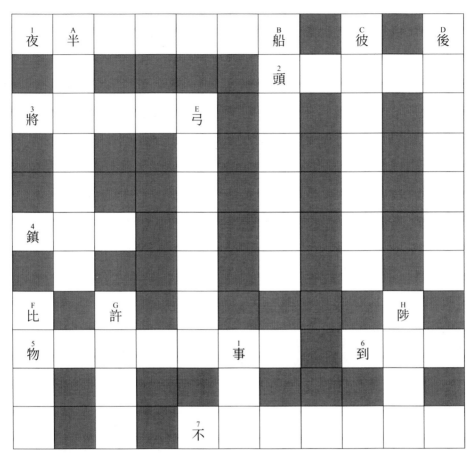

橫向題目

1. 〈楓橋夜泊〉唐·張繼

2. 〈麗人行〉唐·杜甫

3. 〈和張僕射塞下曲·其二〉唐·盧綸

4. 〈定風波〉宋·柳永

5. 〈武陵春·春晚〉宋·李清照

6. 〈水龍吟〉唐·呂岩

7. 〈蜂〉唐·羅隱

縱向題目

A. 〈走馬川行奉送出師西征〉唐·岑參

B. 〈漁家傲〉宋·歐陽脩

C. 〈韓碑〉唐·李商隱

D. 〈韋諷錄事宅觀曹將軍畫馬圖〉唐·杜甫

E. 〈摸魚兒·東皋寓居〉宋·晁補之

F. 《詩經·六月》

G. 《詩經·載馳》

H. 《詩經·草蟲》

I. 〈虞美人〉南唐·馮延巳

部分答案提示字

軍	韋	支	四	難	哉	閣	相	隨	上	何
行	諷	盾	驪	論	軒	在	非	事	彼	岸

●【詩詞趣話】── 武陵春

〈武陵春〉，詞牌名，雙調小令，又名〈武林春〉、〈花想容〉，相傳是北宋詞人毛滂所創。毛滂根據楚地流傳的曲調，作了一曲「武林春」，後來便作為曲子詞形式流傳了下來。《填詞名解》云，調名取自唐人方幹〈睦州呂郎中郡中環溪亭〉詩「為是仙才登望處，風光便似武陵春」。其源出東晉陶潛〈桃花源記〉中「晉太元中，武陵人捕魚為業」語，故名。又以賀鑄詞中引用李白〈清平調三首〉「雲想衣裳花想容」句，別名〈花想容〉。以毛滂詞〈武陵春·風過冰簷環佩響〉為正體，雙調四十八字，上下闋各四句三平韻。另有兩種變體。代表作有李清照〈武陵春·風住塵香花已盡〉等。

〈武陵春〉宋·毛滂

風過冰簷環佩響，宿霧在華茵。剩落瑤花襯月明，嫌怕有纖塵。

鳳口銜鐙金炫轉，人醉覺寒輕。但得清光解照人，不負五更春。

◆ 069

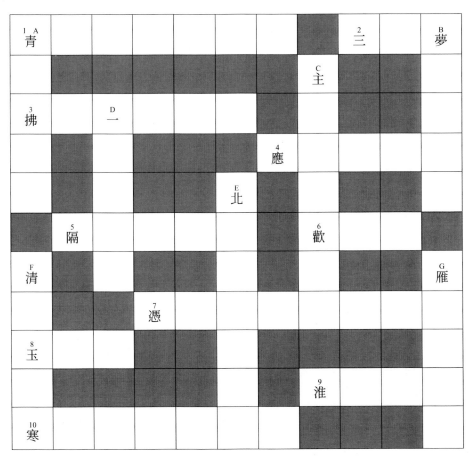

橫向題目

1. 〈寄揚州韓綽判官〉唐・杜牧

2. 〈節節高・題洞庭鹿角廟壁〉元・盧摯

3. 〈清平樂〉南唐・李煜

4. 〈至德二載甫自京金光門出問道歸鳳翔乾元初從左拾遺移華州掾與親故別因出此門有悲往事〉唐・杜甫

5. 〈春泛若耶溪〉唐・綦毋潛

6. 〈釵頭鳳〉宋・陸游

7.〈風入松·憶舊〉元·趙禹圭

8.〈殿前歡·玉香球花〉元·張養浩

9.《詩經·鼓鐘》

10.〈長沙過賈誼宅〉唐·劉長卿

縱向題目

A.〈下終南山過斛斯山人宿置酒〉唐·李白

B.〈驀山溪·梅〉宋·曹組

C.〈琴歌〉唐·李頎

D.〈望岳〉唐·杜甫

E.〈月夜〉唐·劉方平

F.〈月夜〉唐·杜甫

G.〈夕次盱眙縣〉唐·韋應物

部分答案提示字

洲	下	南	消	行	有	三	情	薄	未	招
白	蘆	斗	魂	衣	香	球	闌	干	望	南

070

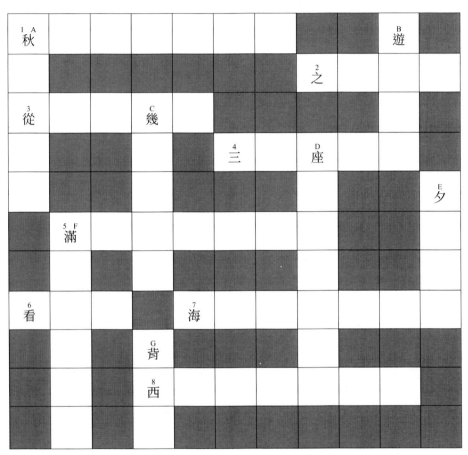

橫向題目

1. 〈寄揚州韓綽判官〉唐‧杜牧
2. 《詩經‧桃夭》
3. 〈新年作〉唐‧劉長卿
4. 〈醉中天‧詠大蝴蝶〉元‧王和卿
5. 〈琵琶行〉唐‧白居易
6. 〈夜遊宮‧般涉〉宋‧周邦彥
7. 〈水仙子‧夢覺〉元‧喬吉
8. 〈長恨歌〉唐‧白居易

題目

縱向題目

A.〈與高適薛據登慈恩寺浮圖〉唐·岑參

B.《詩經·駉驖》

C.〈奉濟驛重送嚴公四韻〉唐·杜甫

D.〈琵琶行〉唐·白居易

E.〈蜀道難〉唐·李白

F.〈聲聲慢〉宋·李清照

G.〈桂枝香·金陵懷古〉宋·王安石

部分答案提示字

北	西	花	避	最	漫	誰	重	聞	于	歸
圃	來	堆	長	多	龍	蛇	掩	泣	黃	昏

◆ 071

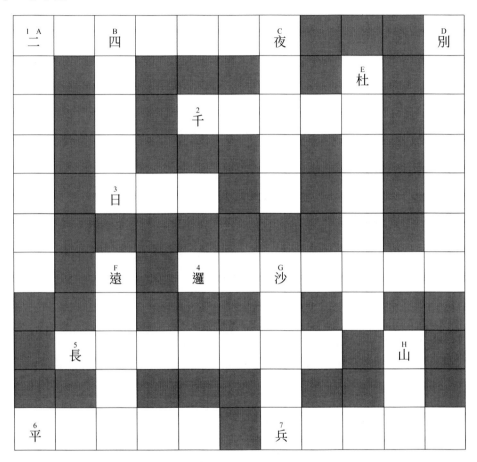

橫向題目

1. 〈寄揚州韓綽判官〉唐・杜牧
2. 〈送梓州李使君〉唐・王維
3. 〈賀新郎・九日〉宋・劉克莊
4. 〈聽董大彈胡笳聲兼寄語弄房給事〉唐・李頎
5. 〈宣州謝朓樓餞別校書叔雲〉唐・李白
6. 〈早寒江上有懷〉唐・孟浩然
7. 〈郡齋雨中與諸文士燕集〉唐・韋應物

縱向題目

A．〈詠柳〉唐·賀知章

B．〈與高適薛據登慈恩寺浮圖〉唐·岑參

C．〈溪居〉唐·柳宗元

D．〈琵琶行〉唐·白居易

E．〈琵琶行〉唐·白居易

F．〈寄全椒山中道士〉唐·韋應物

G．〈破陣子·為陳同甫賦壯詞以寄之〉宋·辛棄疾

H．〈六橋行·西湖〉宋·周端臣

部分答案提示字

如	角	溪	血	慰	夕	漫	塵	哀	響	杜
畫	礙	石	猿	風	衛	森	西	匿	怨	生

●【詩詞知識】──杜鵑鳥

　　杜鵑鳥是淒涼、哀傷的象徵，李白〈聞王昌齡左遷龍標遙有此寄〉：「楊花落盡子規啼，聞道龍標過五溪。我寄愁心與明月，隨風直到夜郎西。」宋人賀鑄〈憶秦娥〉：「三更月，中庭恰照梨花雪。梨花雪，不勝淒斷，杜鵑啼血。」秦觀〈踏莎行〉：「可堪孤館閉春寒，杜鵑聲裡斜陽暮。」王令〈送春〉：「子規夜半猶啼血，不信東風喚不回。」

　　也用以表現環境之淒涼，如白居易〈琵琶行〉：「杜鵑啼血猿哀鳴。」李白〈蜀道難〉：「又聞子規啼夜月，愁空山。」

　　還可以用來比喻忠貞，如文天祥〈金陵驛〉：「從今別卻江南路，化作啼鵑帶血歸。」

◆ 072

									B 交		C 問
¹ A 玉											
² 卻			D 弦		E 轉						
							³ 吉				
				⁴ 弦		F 黃					
										G 舊	
	H 昔						⁵ 獨				
⁶ 今											
⁷ 甚					⁸ 酒						

橫向題目

1. 〈寄揚州韓綽判官〉唐‧杜牧
2. 〈琵琶行〉唐‧白居易
3. 《詩經‧斯干》
4. 〈菩薩蠻〉唐‧韋莊
5. 《詩經‧何草不黃》
6. 《詩經‧采薇》
7. 〈賀新郎〉宋‧辛棄疾
8. 〈霜天曉角‧題採石蛾眉亭〉宋‧韓元吉

縱向題目

A．〈丹青引贈曹霸將軍〉唐‧杜甫

B．〈風入松〉宋‧吳文英

C．〈贈衛八處士〉唐‧杜甫

D．〈琵琶行〉唐‧白居易

E．〈琵琶行〉唐‧白居易

F．〈清平樂〉南唐‧馮延巳

G．〈金縷曲‧奇番總管周耐軒生日〉宋‧劉辰翁

H．《詩經‧采薇》

部分答案提示字

啼	軸	抑	曉	御	塞	笛	匪	民	坐	促
鶯	撥	聲	夢	榻	衰	矣	來	思	維	何

◆ 073

1君	A問							B女		
							2君			
3欸						C綠				
						4樹				D時
5E鬢		F星		G也						
								H兩		
			6也							
			7晴							

橫向題目

1. 〈夜雨寄北〉唐・李商隱
2. 《詩經・關雎》
3. 〈漁翁〉唐・柳宗元
4. 〈長亭怨慢〉宋・姜夔
5. 〈虞美人・聽雨〉宋・蔣捷
6. 〈武陵春・春晚〉宋・李清照
7. 〈訴衷情令・寒食〉宋・仲殊

題目

縱向題目

- A．〈贈衛八處士〉唐·杜甫
- B．〈送楊氏女〉唐·韋應物
- C．〈過故人莊〉唐·孟浩然
- D．〈望月有感〉唐·白居易
- E．〈菩薩蠻〉唐·溫庭筠
- F．〈摸魚兒·東皋寓居〉宋·晁補之
- G．〈定風波〉宋·蘇軾
- H．〈安公子〉宋·柳永

部分答案提示字

雲	今	舟	腮	荒	鬢	度	日	暖	子	好
欲	如	人	雪	世	影	香	擬	泛	聲	山

●【詩詞知識】 —— 漁翁

常用以喻指隱逸清高、遺世獨立之人。如柳宗元〈江雪〉：「千山鳥飛絕，萬徑人蹤滅。孤舟蓑笠翁，獨釣寒江雪。」〈漁翁〉：「漁翁夜傍西岩宿，曉汲清湘燃楚竹。煙消日出不見人，欸乃一聲山水綠。回看天際下中流，岩上無心雲相逐。」

◆ 074

橫向題目

1. 〈夜雨寄北〉唐 · 李商隱
2. 〈宮中題〉唐 · 李昂
3. 〈水龍吟 · 次韻章質夫楊花詞〉宋 · 蘇軾
4. 〈應天長〉唐 · 韋莊
5. 〈蒿里行〉漢 · 曹操
6. 〈夜遊宮 · 般涉〉宋 · 周邦彥
7. 〈花非花〉唐 · 白居易
8. 〈蟾宮曲 · 西湖〉元 · 奧敦周卿

縱向題目

A. 〈賊退示官吏並序〉唐・元結

B. 〈和賈舍人早朝〉唐・杜甫

C. 〈佳人〉唐・杜甫

D. 〈遊園不值〉宋・葉紹翁

E. 〈兵車行〉唐・杜甫

F. 〈蟾宮曲・西湖〉元・奧敦周卿

G. 〈人月圓・馬嵬效吳彥高〉元・李齊賢

部分答案提示字

十	心	在	咸	插	酸	風	齒	明	林	花
年	射	漲	陽	髮	鷗	看	滿	枝	鳳	舞

075

橫向題目

1. 〈夜雨寄北〉唐·李商隱
2. 〈更漏子〉南唐·馮延巳
3. 〈秋蕊香〉宋·張耒
4. 〈花非花〉唐·白居易
5. 〈滿庭芳·夏日溧水無想山作〉宋·周邦彥
6. 〈折桂令·席上偶談蜀漢事因賦短柱休〉元·虞集
7. 〈驟雨打新荷〉元·元好問
8. 〈摸魚兒〉宋·辛棄疾

題目

縱向題目

- A. 〈行經華陰〉唐‧崔顥
- B. 〈登柳州城樓寄漳汀封連四州刺史〉唐‧柳宗元
- C. 〈虞美人〉南唐‧李煜
- D. 〈走馬川行奉送出師西征〉唐‧岑參
- E. 〈蟾宮曲‧雪〉元‧薛昂夫
- F. 〈憶江南‧其一〉唐‧白居易
- G. 〈鵲踏枝〉南唐‧馮延巳

部分答案提示字

暖	學	越	飲	羔	潤	費	線	香	遠	恨
閣	長	文	羊	紅	爐	煙	汝	何	金	獸

◆ 076

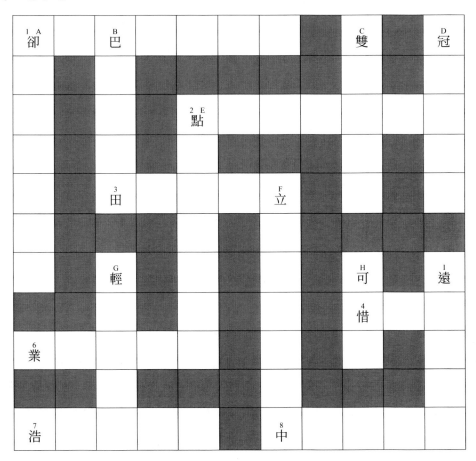

橫向題目

1. 〈夜雨寄北〉唐·李商隱
2. 〈青玉案〉宋·黃公紹
3. 〈渭川田家〉唐·王維
4. 〈訴衷情·眉意〉宋·歐陽脩
5. 〈蜀先主廟〉唐·劉禹錫
6. 〈夕次盱眙縣〉唐·韋應物
7. 〈終南別業〉唐·王維

題目

縱向題目

A.〈聞官軍收河南河北〉唐‧杜甫
B.〈送梓州李使君〉唐‧王維
C.〈月夜〉唐‧杜甫
D.〈夢李白‧其二〉唐‧杜甫
E.〈絕句漫興‧其七〉唐‧杜甫
F.〈竹石〉清‧鄭板橋
G.〈臨江仙〉唐‧徐昌圖
H.〈雨中花〉宋‧晏殊
I.〈賦得古原草送別〉唐‧白居易

部分答案提示字

照	浪	更	訟	疊	歲	頗	荷	鋤	痕	滿
淚	五	風	芋	青	銖	錢	流	芳	點	行

◆ 077

橫向題目

1. 〈送元二使安西〉唐・王維
2. 〈千秋歲・為金陵史致道留守壽〉宋・辛棄疾
3. 〈長亭怨慢〉宋・姜夔
4. 〈詠鵝〉唐・駱賓王
5. 〈鷓鴣天〉宋・晏幾道
6. 〈普天樂・江頭秋行〉元・趙善慶
7. 〈漁歌子〉唐・張志和

題目

縱向題目

A. 〈奉和聖制從蓬萊向興慶閣道中留春雨中春望之作應制〉唐·王維

B. 〈廬山謠寄盧侍御虛舟〉唐·李白

C. 〈送李中丞歸漢陽別業〉唐·劉長卿

D. 〈至德二載甫自京金光門出問道歸鳳翔乾元初從左拾遺移華州掾與親故別因出此門有悲往事〉唐·杜甫

E. 〈清江引·野興〉元·馬致遠

F. 〈天淨沙·江上〉元·張可久

G. 〈定風波〉宋·柳永

H. 〈酬程延秋夜即事見贈〉唐·韓翃

I. 〈夢李白·其二〉唐·杜甫

J. 〈水調歌頭〉宋·蘇軾

K. 〈傾杯·黃鐘羽〉宋·柳永

部分答案提示字

秦	京	局	得	酥	別	自	葭	秀	雨	浥
塞	邑	促	歸	消	黃	縈	罷	歸	篛	笠

● 【詩詞故事】 —— 馬致遠的恩澤

　　明初年間，燕王朱棣發動了歷史上有名的「靖難之役」，使河北、河南、山東等地的百姓慘遭殺掠，逃亡殆盡。「靖難之役」後，冀魯豫廣大地區的人民飽受戰亂和自然災害的侵襲，史書記載「毀去十之八九，民僅存十之一二」，特別是河北這塊地方，到處是「青燐白骨」，滿目荒涼。據說，朱棣曾讀過馬致遠的雜劇和散曲，對馬致遠非常崇敬。北征來到東光，得知東光是馬致遠的故鄉後，便下令說：「逢馬不殺。」誰知手下兵將聽差了，當下宣布王命：「馮馬兩家，一個不殺。」於是馬氏宗族躲過了這場劫難，馮姓也跟著沾了光，其他不姓馬的也紛紛說姓馬，因此保全了一家老小的性命。

◆ 078

橫向題目

1. 〈送元二使安西〉唐・王維
2. 〈新嫁娘〉唐・王建
3. 〈賊退示官吏並序〉唐・元結
4. 〈漁翁〉唐・柳宗元
5. 《詩經・賓之初筵》
6. 〈殿前歡・酒興〉元・盧摯

7. 〈西江月·夜行黃沙道中〉宋·辛棄疾

8. 〈酬王維春夜竹亭贈別〉唐·錢起

縱向題目

A. 〈聽蜀僧濬彈琴〉唐·李白

B. 〈佳人〉唐·杜甫

C. 〈月下獨酌·其一〉唐·李白

D. 〈玉交枝·失題〉元·喬吉

E. 〈晨詣超師院讀禪經〉唐·柳宗元

F. 〈三臺·清明應制〉宋·萬俟詠

G. 〈月下獨酌·其一〉唐·李白

H. 〈寄全椒山中道士〉唐·韋應物

I. 〈瑞鷓鴣·詠紅梅〉宋·晏殊

部分答案提示字

露	枝	夜	梨	初	邀	出	羹	湯	稅	有
餘	新	月	花	帶	雲	霧	常	期	酬	逸

● 【詩詞知識】 —— 柳樹

　　漢代以來，常以折柳相贈來寄託依依惜別之情，由此引發對遠方親人的思念之情以及行旅之人的思鄉之情。由於「柳」、「留」諧音，古人在送別之時，往往折柳相送，以表達依依惜別的深情。這一習俗始於漢而盛於唐，漢代就有〈折楊柳〉的曲子，以吹奏的形式表達惜別之情。唐代西安的灞陵橋，是當時人們到全國各地去時離別長安的必經之地，而灞陵橋兩邊又是楊柳掩映，這裡就成了古人折柳送別的著名的地方，如「年年柳色，灞陵傷別」（唐·李白〈憶秦娥〉）。後世就把「灞橋折柳」作為送別典故的出處。故溫庭筠有「綠楊陌上多別離」的詩句。宋代著名詞人柳永在〈雨霖鈴〉中以「今宵酒醒何處？楊柳岸，曉風殘月」來表達別離的傷感之情。

　　「笛中聞折柳，春色未曾看。」（唐・李白〈塞下曲・其一〉）說的是笛聲中〈折楊柳〉的曲子倒是傳播得很遠，而楊柳青青的春色卻從來不曾看見，以此來表達傷春嘆別的感情。又如，「此夜曲中聞折柳，何人不起故園情？」（唐・李白〈春夜洛城聞笛〉）說的是今夜聽到〈折楊柳〉的曲子，又有何人不引起思念故鄉的感情呢？

題目

◆ 079

I A 勸		B 更			C 杯				D 晴		
							2 雨				
					3 驚		E 一				
				F 看					G 沉		
4 歌	H 聲										
						5 十					
		6 莫									
						7 決					
8 林											

橫向題目

1. 〈送元二使安西〉唐・王維
2. 《詩經・采薇》
3. 〈如夢令〉宋・李清照
4. 〈後庭花〉元・趙孟頫
5. 〈贈衛八處士〉唐・杜甫
6. 〈高陽臺〉宋・王觀
7. 〈望岳〉唐・杜甫
8. 〈塞垣春・丙午歲旦〉宋・吳文英

縱向題目

A．〈石鼓歌〉唐・韓愈
B．〈雲陽館與韓紳宿別〉唐・司空曙
C．〈題玄武禪師屋壁〉唐・杜甫
D．〈水仙子・重觀瀑布〉元・喬吉
E．〈贈衛八處士〉唐・杜甫
F．〈朝天曲〉元・張養浩
G．〈如夢令〉宋・李清照
H．〈醉太平・寒食〉元・王元鼎

部分答案提示字

飛	渡	朝	啼	遊	皆	入	閒	愁	雪	霏
灘	不	恨	乳	戲	觴	亦	鷗	鷺	鴉	起

● 【詩詞知識】 —— 如夢令

〈如夢令〉，詞牌名。又名〈憶仙姿〉、〈宴桃源〉、〈無夢令〉等。創調之作是五代後唐莊宗李存勖詞，並以他的〈憶仙姿・曾宴桃源深洞〉為正體，單調三十三字，七句五仄一疊韻。另有三十三字六仄韻，三十三字四仄韻一疊韻，三十三字五平韻一疊韻，以及六十六字五仄韻一疊韻的變體。代表作有李清照〈如夢令・常記溪亭日暮〉、〈如夢令・昨夜雨疏風驟〉等。

〈憶仙姿〉五代・後唐・李存勖

曾宴桃源深洞，一曲清風舞鳳。
長記欲別時，和淚出門相送。
如夢，如夢，殘月落花煙重。

◆ 080

1西	A出		B關					2月	C將	
							D兒			
			3昔		E君					
							4女			
F置								5摽		
		6G世								
7長										H載
								I芳		
					8苦					
	9造									

橫向題目

1. 〈送元二使安西〉唐・王維
2. 〈訴衷情〉唐・顧敻
3. 〈贈衛八處士〉唐・杜甫
4. 《詩經・載馳》
5. 《詩經・摽有梅》
6. 〈西江月〉宋・蘇軾
7. 〈摸魚兒〉宋・辛棄疾

8.〈賀新郎·別茂嘉十二弟〉宋·辛棄疾

9.《詩經·大明》

縱向題目

A.〈佳人〉唐·杜甫

B.〈佳人〉唐·杜甫

C.〈韋諷錄事宅觀曹將軍畫馬圖〉唐·杜甫

D.〈人月圓·為細君壽〉元·魏初

E.〈燕歌行〉唐·高適

F.〈送綦毋潛落第還鄉〉唐·王維

G.〈初發揚子寄元大校書〉唐·韋應物

H.《詩經·駉驖》

I.〈秦樓月〉宋·向子諲

部分答案提示字

菲	上	喪	軍	門	事	驕	恨	芳	善	懷
歇	舟	敗	畫	場	大	獫	為	梁	有	梅

◆ 081

¹ᴬ秦		ᴮ明		ᶜ漢				ᴰ老		ᴱ先
			²斷		ꜰ胡				
				³落					
⁴ᴳ身							ᴴ氣		
		ᴵ有		⁵天					
⁶青								ᴶ春	
						⁷素			
		⁸已							

橫向題目

1. 〈出塞〉唐・王昌齡
2. 〈聽董大彈胡笳聲兼寄語弄房給事〉唐・李頎
3. 〈一字至七字詩〉唐・白居易
4. 〈鷓鴣天・座中有眉山隱客史應之和前韻即席答之〉宋・黃庭堅
5. 〈秋登蘭山寄張五〉唐・孟浩然
6. 〈送友人〉唐・李白
7. 《詩經・羔羊》
8. 〈迷仙引〉宋・柳永

縱向題目

A. 〈春思〉唐・李白

B. 〈哀江頭〉唐・杜甫

C. 〈聽董大彈胡笳聲兼寄語弄房給事〉唐・李頎

D. 〈送李中丞歸漢陽別業〉唐・劉長卿

E. 〈聽董大彈胡笳聲兼寄語弄房給事〉唐・李頎

F. 〈聽董大彈胡笳聲兼寄語弄房給事〉唐・李頎

G. 〈夢遊天姥吟留別〉唐・李白

H. 〈蟾宮曲・春情〉元・徐再思

I. 《詩經・巷伯》

J. 〈滿江紅・高帥席上〉宋・劉過

部分答案提示字

拂	北	桑	健	花	時	角	總	弦	戀	母
聲	不	低	薺	受	君	羽	在	後	絲	五

題目

082

1 A 萬			B 征		C 未			D 遊		E 梨
				2 拂						
	3 空						F 一			
				4 G 畫						
H 夙										
		I 杏							J 到	
5 昨										
						6 門				

橫向題目

1. 〈出塞〉唐‧王昌齡
2. 〈清平樂〉南唐‧李煜
3. 〈滿庭芳〉宋‧秦觀
4. 〈滿庭芳〉宋‧秦觀
5. 〈清平樂‧春晚〉宋‧王安國
6. 〈蝶戀花〉宋‧歐陽脩

縱向題目

A.〈定風波‧南海歸贈王定國侍人寓娘〉宋‧蘇軾

B.〈燕歌行〉唐‧高適

C.〈送綦毋潛落第還鄉〉唐‧王維

D.〈遊子吟〉唐‧孟郊

E.〈春怨〉唐‧劉方平

F.〈天淨沙‧冬〉元‧白樸

G.〈更漏子〉唐‧溫庭筠

H.《詩經‧氓》

I.〈酒泉子〉宋‧張泌

J.〈聲聲慢〉宋‧李清照

部分答案提示字

興	園	顏	薊	荊	雨	畫	譙	門	回	首
夜	風	愈	北	扉	眠	角	掩	黃	聲	斷

●【詩詞知識】——黃昏落日

　　在詩詞中，黃昏日暮就帶上了相思離別的意味，充滿了人生悲涼的色彩。如孟浩然〈送杜十四之江南〉：「日暮征帆何處泊，天涯一望斷人腸。」杜甫〈詠懷古跡〉：「一去紫臺連朔漠，獨留青塚向黃昏。」朱淑真〈蝶戀花‧送春〉：「把酒問春春不語，黃昏卻下瀟瀟雨。」

◆ 083

¹但		^A龍			^B將			²從	^C夏	
							^D漁			
^E因				³李						
⁴何										
							⁵山		^F小	
		^G蘭								
⁶津								^H未		
							⁷莫			
⁸六										

橫向題目

1. 〈出塞〉唐‧王昌齡
2. 《詩經‧株林》
3. 〈贈汪倫〉唐‧李白
4. 《詩經‧旄丘》
5. 〈太常引‧永嘉林熙翁城南舊院〉元‧張可久
6. 〈送陳章甫〉唐‧李頎
7. 《詩經‧沔水》
8. 〈長恨歌〉唐‧白居易

縱向題目

A.〈韋諷錄事宅觀曹將軍畫馬圖〉唐・杜甫

B.〈漁家傲・秋思〉宋・范仲淹

C.〈石魚湖上醉歌〉唐・元結

D.〈桃源行〉唐・王維

E.〈鷓鴣天・己酉之秋苕溪記所見〉宋・姜夔

F.〈落花〉唐・李商隱

G.〈雨霖鈴〉宋・柳永

H.〈鵲橋仙〉宋・劉一止

部分答案提示字

南	溪	絮	逐	肯	滿	池	念	亂	日	也
舟	渡	落	水	負	君	十	口	停	眉	青

●【詩詞趣話】── 鷓鴣天

〈鷓鴣天〉，詞牌名，又名〈思佳客〉、〈思越人〉、〈醉梅花〉、〈半死梧〉、〈剪朝霞〉等。正體為晏幾道〈鷓鴣天・彩袖殷勤捧玉鐘〉，此調雙調五十五字，前段四句三平韻，後段五句三平韻。代表作有蘇軾〈鷓鴣天・林斷山明竹隱牆〉等。

〈鷓鴣天〉宋・晏幾道

彩袖殷勤捧玉鐘，當年拚卻醉顏紅。舞低楊柳樓心月，歌盡桃花扇底風。

從別後，憶相逢，幾回魂夢與君同。今宵剩把銀釭照，猶恐相逢是夢中。

題目

◆ 084

¹不	ᴬ教					ᴮ山		²ᶜ貴		ᴰ如
³迥		ᴱ空								
					⁴ᶠ便					
ᴳ巧		⁵遊							ᴴ細	
⁶東		ᴵ桂	ᴶ彼	十						
				⁷西						
		⁸疏								

橫向題目

1. 〈出塞〉唐·王昌齡
2. 〈山坡羊〉元·張養浩
3. 〈韋諷錄事宅觀曹將軍畫馬圖〉唐·杜甫
4. 〈摸魚兒·東皋寓居〉宋·晁補之
5. 〈夢李白·其二〉唐·杜甫
6. 〈感皇恩〉宋·張先
7. 〈西施詠〉唐·王維
8. 〈虞美人〉宋·周邦彥

縱向題目

A．〈春宮怨〉唐·杜荀鶴

B．〈更漏子〉宋·詹玉

C．〈韋諷錄事宅觀曹將軍畫馬圖〉唐·杜甫

D．〈鶴沖天〉宋·柳永

E．〈秋夜寄邱員外〉唐·韋應物

F．〈兵車行〉唐·杜甫

G．〈破陣子·春景〉宋·晏殊

H．〈旅夜書懷〉唐·杜甫

I．〈念奴嬌〉宋·黃庭堅

J．《詩經·汾沮洳》

部分答案提示字

鄰	汾	筆	戚	何	帶	妾	寧	久	雜	煙
女	一	跡	權	向	雪	若	籬	曲	得	班

◆ 085

1 A 黃		B 遠						2 C 又	
		3 帶							D 終
				E 金		F 花			
	G 霧		4 宮						
5 冥								H 蓋	
						6 酒			
	7 分								
						8 滿			

橫向題目

1. 〈涼州詞·其一〉唐·王之渙
2. 〈江城子·密州出獵〉宋·蘇軾
3. 〈潘妃曲〉元·商挺
4. 〈山坡羊·潼關懷古〉元·張養浩
5. 〈長安遇馮著〉唐·韋應物
6. 〈菩薩蠻〉唐·韋莊
7. 〈終南山〉唐·王維
8. 〈生查子〉唐·牛希濟

縱向題目

A. 〈塞下曲〉唐・王昌齡

B. 〈送綦毋潛落第還鄉〉唐・王維

C. 〈春從天上來・閨怨〉元・王伯成

D. 〈平湖樂〉元・王惲

E. 〈廬山謠寄盧侍御虛舟〉唐・李白

F. 〈月下獨酌・其一〉唐・李白

G. 〈望仙樓〉宋・仇遠

H. 《詩經・園有桃》

部分答案提示字

怕	足	做	非	勿	間	都	星	擔	何	妨
爹	今	猜	吾	思	野	中	闕	萬	月	披

◆ 086

¹ ᴬ 一		ᴮ 孤						ᶜ 令		
						² 倬			ᴰ 漢
		³ 候		ᴱ 雲					
					ᶠ 飛				
	ᴳ 更		⁴ 江						
⁵ 山							ᴴ 屈		
					⁶ 下				
⁷ 千									
							⁸ 興		
⁹ 黛									

橫向題目

1. 〈涼州詞‧其一〉唐‧王之渙
2. 《詩經‧雲漢》
3. 〈秦州雜詩〉唐‧杜甫
4. 〈訪袁拾遺不遇〉唐‧孟浩然
5. 〈上邪〉漢樂府
6. 〈與高適薛據登慈恩寺浮圖〉唐‧岑參
7. 〈酒泉子〉唐‧顧夐

196

8. 〈霜天曉角・金山吞海亭〉宋・黃機
9. 〈古柏行〉唐・杜甫

縱向題目

A. 〈長干行・其一〉唐・李白
B. 〈宿業師山房待丁大不至〉唐・孟浩然
C. 〈賊退示官吏並序〉唐・元結
D. 〈自夏口至鸚洲夕望岳陽寄源中丞〉唐・劉長卿
E. 〈左遷至藍關示姪孫湘〉唐・韓愈
F. 〈望廬山瀑布〉唐・李白
G. 〈念奴嬌・過洞庭〉宋・張孝祥
H. 〈雁兒落過得勝令・歸隱〉元・汪元亨

部分答案提示字

風	斜	斂	蘿	生	無	陵	流	人	彼	雲
色	渡	者	徑	綠	點	淚	峰	峻	嶺	作

●【詩人故事】 ── 中年起步

　　王之渙從小就很講究義氣，喜歡幫助弱小，時常和豪俠子弟來往，一邊飲酒一邊談論劍術，青史上記載的許多俠客，都是他模仿的對象，整天和權貴子弟縱酒談樂，不務正業。這樣的生活持續一段時日，直到中年，一事無成，才悔悟先前的頹廢無知，從此立志向學，專心於文章寫作。他有兩個文章寫得很出色的哥哥，在他們的指導下，王之渙不久就掌握了讀書的方法，作起文章也不輸兩位兄長，令人刮目相看。由於天性豪邁，對於參加科場考試沒興趣，學成後到處拜訪名人。他擔任過主管文書簿記的小官，後來因受誹謗而辭職，於是過起遊山玩水的生活，遍訪黃河南北的名勝古蹟。

087

¹羌	ᴬ笛					ᴮ柳	■	ᶜ其	■	ᴰ三
■							■		■	
²早			ᴱ三			³桃			■	
■			■	■			■		■	
■	■	■		■	■	■	■	■	■	
■	■		⁴愛			■	■			
■				■	■	■	■	ᶠ武		■
ᴳ孔	■		⁵一			■	■		■	■
⁶淑			■	■	■	■	■		■	ᴴ眼
■	■	■	⁷青			■	■		■	
⁸逆				■	■	■	■		■	

橫向題目

1.〈涼州詞·其一〉唐·王之渙
2.〈長干行·其一〉唐·李白
3.〈楚天遙過清江引〉元·薛昂夫
4.〈醜奴兒·書博山道中壁〉宋·辛棄疾
5.〈長恨歌〉唐·白居易
6.《詩經·燕燕》
7.〈夢遊天姥吟留別〉唐·李白
8.〈風入松·福清道中作〉宋·劉克莊

縱向題目

A. 〈牧童〉唐‧呂岩

B. 〈望海潮‧洛陽懷古〉宋‧秦觀

C. 〈蜀道難〉唐‧李白

D. 〈晚次鄂州〉唐‧盧綸

E. 〈長恨歌〉唐‧白居易

F. 〈朝天曲〉元‧薛昂夫

G. 《詩經‧泮水》

H. 〈沉醉東風‧宮詞〉元‧孫周卿

部分答案提示字

不	底	巴	王	鬢	難	排	解	愁	晚	下
差	情	慎	任	逢	冥	浩	其	身	花	也

088

春 關 通

城

抬 西

何 平

武 常 君

清 一 人

信

(横向題目)

1. 〈涼州詞·其一〉唐·王之渙

2. 〈賊退示官吏並序〉唐·元結

3. 〈南鄉子·登京口北固亭有懷〉宋·辛棄疾

4. 〈詠懷古跡·其四〉唐·杜甫

5. 〈摸魚兒〉宋·辛棄疾

6. 〈江村〉唐·杜甫

7. 〈西江月·遣興〉宋·辛棄疾

縱向題目

A. 〈東郊〉唐・韋應物

B. 〈送魏萬之京〉唐・李頎

C. 〈滿庭芳・誤國賊秦檜〉元・周德清

D. 〈滿江紅・寫懷〉宋・岳飛

E. 〈八聲甘州・寄參寥子〉宋・蘇軾

F. 〈春宮曲〉唐・王昌齡

G. 〈長干行・其一〉唐・李白

H. 〈解語花・上元〉宋・周邦彥

I. 〈思帝鄉〉唐・韋莊

J. 〈念奴嬌・赤壁懷古〉宋・蘇軾

部分答案提示字

州	色	奸	虜	漏	生	道	小	賊	祠	屋
路	催	誑	懷	移	休	是	村	流	不	屠

◆ 089

<table>
<tr><td>¹ᴬ 勸</td><td></td><td>ᴮ 莫</td><td></td><td></td><td></td><td></td><td>■</td><td>² 玉</td><td></td><td>ᶜ 歌</td></tr>
<tr><td></td><td>■</td><td></td><td>■</td><td>■</td><td>■</td><td>■</td><td>■</td><td>■</td><td>■</td><td></td></tr>
<tr><td></td><td>■</td><td></td><td>³ ᴰ 莫</td><td></td><td></td><td>ᴱ 坐</td><td></td><td>■</td><td>■</td><td>■</td></tr>
<tr><td></td><td>■</td><td></td><td>■</td><td>■</td><td>■</td><td></td><td>■</td><td>■</td><td>■</td><td>■</td></tr>
<tr><td></td><td>■</td><td>■</td><td>■</td><td>■</td><td>■</td><td>⁴ 石</td><td>ᶠ 女</td><td>■</td><td>ᴳ 花</td><td></td></tr>
<tr><td>⁵ 年</td><td></td><td></td><td></td><td></td><td>ᴴ 似</td><td>■</td><td></td><td>■</td><td></td><td></td></tr>
<tr><td></td><td>■</td><td></td><td></td><td></td><td></td><td>■</td><td></td><td>■</td><td></td><td></td></tr>
<tr><td>■</td><td>■</td><td></td><td></td><td>■</td><td></td><td>■</td><td></td><td>■</td><td></td><td></td></tr>
<tr><td>⁶ 攢</td><td></td><td></td><td></td><td></td><td></td><td>■</td><td></td><td>■</td><td></td><td></td></tr>
<tr><td>■</td><td>■</td><td></td><td></td><td>■</td><td></td><td>■</td><td></td><td>■</td><td></td><td></td></tr>
<tr><td>⁷ 霜</td><td></td><td></td><td></td><td></td><td></td><td></td><td></td><td>■</td><td></td><td></td></tr>
</table>

橫向題目

1. 〈金縷衣〉唐‧杜秋娘
2. 〈甘州令‧仙呂調〉宋‧柳永
3. 〈琵琶行〉唐‧白居易
4. 〈蘇武慢〉宋‧虞集
5. 〈代悲白頭翁〉唐‧劉希夷
6. 〈小桃紅‧立春遣興〉元‧喬吉
7. 〈山行〉唐‧杜牧

089

縱向題目

A．〈金縷衣〉唐・杜秋娘

B．《詩經・凱風》

C．〈滿江紅・送李御帶珙〉宋・吳潛

D．〈金縷衣〉唐・杜秋娘

E．〈水調歌頭・遊覽〉宋・黃庭堅

F．〈觀公孫大娘弟子舞劍器行並序〉唐・杜甫

G．〈金縷衣〉唐・杜秋娘

H．〈水龍吟・次韻章質夫楊花詞〉宋・蘇軾

部分答案提示字

寒	樂	似	姿	慰	邊	枝	簪	人	縷	衣
日	餘	非	映	母	折	映	到	北	辭	更

● 【詩人故事】── 命送其舅

相傳劉希夷是宋之問的外甥，然而詩文卻不曾受舅舅的甚大影響，兩人還有不小的恩怨。相傳，劉希夷在寫「年年歲歲花相似，歲歲年年人不同」之詩時，被舅舅宋之問看到了，舅舅欲掠人之美，巧言令色，然外甥不為淫威所動，一怒之下，宋之問竟喚自己的手下拳腳相加，以至於用土囊將劉希夷活活壓死。可憐的詩人，竟為一首詩送了命。

◆ 090

¹ᴬ雲					ᴮ午					
							ᶜ願		ᴰ悲	
			ᴱ與		²醒					
		³以								
	ᶠ憑									
					⁴ᴳ永		ᴴ無		¹遊/游	
⁵處										
⁶盼										

橫向題目

1. 〈春日偶成〉宋‧程顥

2. 〈月下獨酌‧其一〉唐‧李白

3. 《詩經‧氓》

4. 〈月下獨酌‧其一〉唐‧李白

5. 〈賊平後送人北歸〉唐‧司空曙

6. 〈蟾宮曲‧春情〉元‧徐再思

縱向題目

　　A.〈夢遊天姥吟留別〉唐·李白

　　B.〈天仙子〉宋·張先

　　C.〈長干行·其一〉唐·李白

　　D.〈虞美人·聽雨〉宋·蔣捷

　　E.〈將進酒〉唐·李白

　　F.〈滿江紅·寫懷〉宋·岳飛

　　G.《詩經·載見》

　　H.《詩經·邶風·谷風》

　　I.《詩經·小戎》

部分答案提示字

環	下	與	愁	同	脅	欲	處	伴	爾	車
醉	體	灰	未	塵	驅	雨	金	遊	兮	顏

題目

◆ 091

¹傍		ᴬ隨				ᴮ川			ᶜ指	
						²為				
ᴰ我				ᴱ暮						
³欲								⁴無		
		⁵記				⁶彼				
	ꜰ性				ᴳ八				
							ᴴ黃		ᴵ春
		⁷故							
⁸茫									

橫向題目

1. 〈春日偶成〉宋・程顥
2. 〈聽蜀僧濬彈琴〉唐・李白
3. 〈留別王侍御維〉唐・孟浩然
4. 〈應天長〉唐・韋莊
5. 〈念奴嬌〉宋・姜夔
6. 《詩經・采葛》
7. 〈西塞山懷古〉唐・劉禹錫
8. 〈漁家傲〉宋・王安石

縱向題目

A．〈山居秋暝〉唐・王維

B．〈聽董大彈胡笳聲兼寄語弄房給事〉唐・李頎

C．〈詠懷古跡・其五〉唐・杜甫

D．〈水調歌頭〉宋・蘇軾

E．〈琵琶行〉唐・白居易

F．〈郡齋雨中與諸文士燕集〉唐・韋應物

G．〈塞上曲〉唐・王昌齡

H．〈滿庭芳・夏日溧水無想山作〉宋・周邦彥

I．《詩經・閟宮》

部分答案提示字

達	匪	蘆	跡	揮	鄲	道	采	蕭	荻	秋
形	解	苦	忘	若	來	時	尋	芳	定	處

●【詩人故事】—— 司空見慣

劉禹錫中了進士後，便在京擔任監察御史。因為他的放蕩不羈的性格，在京中受人排擠，被貶作蘇州刺史。就在蘇州刺史的任內，當地有一個曾任過司空官職的人名叫李紳，因仰慕劉禹錫，邀請他飲酒，並請了幾個歌妓來在席上作陪。在飲酒間，劉禹錫一時詩興大發，便作了這樣的一首詩：「鬌鬟梳頭宮樣妝，春風一曲杜韋娘。司空見慣渾閒事，斷盡蘇州刺史腸。」「司空見慣」這句成語，就是從劉禹錫這首詩中得來的。

 題目

◆ 092

¹ᴬ 時			ᴮ 識						ᶜ 開		ᴰ 願
		² 猶									
					³ 黃		ᴱ 老			
		ꟳ 一								
	⁴ 點									
ᴳ 忍						⁵ 深				
⁶ 把										
		窺								
		⁷ 人								

橫向題目

1. 〈春日偶成〉宋‧程顥
2. 〈琵琶行〉唐‧白居易
3. 〈紅繡鞋‧秋日湖上〉元‧王舉之
4. 〈卜算子〉宋‧劉克莊
5. 〈送宜黃宰任滿赴調‧其一〉宋‧韓駒
6. 〈殿前歡‧玉香球花〉元‧張養浩
7. 〈西塞山懷古〉唐‧劉禹錫

縱向題目

A.〈闕題〉唐‧劉眘虛

B.〈雁兒落過得勝令‧閒適〉元‧鄧玉賓子

C.〈過故人莊〉唐‧孟浩然

D.〈清江引‧託詠〉元‧宋方壺

E.〈觀公孫大娘弟子舞劍器行並序〉唐‧杜甫

F.〈洞仙歌〉宋‧蘇軾

G.〈鶴沖天〉宋‧柳永

部分答案提示字

浮	其	你	面	官	名	節	點	猩	圍	詩
名	所	者	場	囚	月	都	熏	透	紅	小

◆ 093

將[1]		偷[A]			年[B]		問[C]		殘[D]
					深[2]				
行[3][E]									
		半[4]							
								故[F]	
			幹[5][G]/干						
		如[6]							
既[7]					男[8]				

橫向題目

1. 〈春日偶成〉宋・程顥
2. 〈過香積寺〉唐・王維
3. 〈送綦毋潛落第還鄉〉唐・王維
4. 〈節節高・題洞庭鹿角廟壁〉元・盧摯
5. 〈丹青引贈曹霸將軍〉唐・杜甫
6. 〈臨江仙〉宋・侯蒙

7. 〈送綦毋潛落第還鄉〉唐‧王維

8. 〈古意〉唐‧李頎

縱向題目

A. 〈題鶴林寺壁〉唐‧李涉

B. 〈石鼓歌〉唐‧韓愈

C. 〈水龍吟‧過南劍雙溪樓〉宋‧辛棄疾

D. 〈初發揚子寄元大校書〉唐‧韋應物

E. 〈韓碑〉唐‧李商隱

F. 〈訴衷情‧眉意〉宋‧歐陽脩

G. 〈六州歌頭〉宋‧張孝祥

部分答案提示字

羽	懷	又	陵	馬	畫	骨	桂	棹	處	鐘
方	遠	卸	樹	智	名	蹤	夜	心	當	浮

◆ 094

¹ᴬ勝		ᴮ尋			ᶜ水				ᴰ林
								ᴱ忍	
				²煙					
			³ᶠ于/於	嗟					
	ᴳ美		今				⁴劍		
⁵美					ᴴ秋				ᴵ良
⁶算							ᴶ一		
					⁷不				

橫向題目

1. 〈春日〉宋‧朱熹
2. 〈黃鶴樓〉唐‧崔顥
3. 《詩經‧擊鼓》
4. 〈慶東原‧次馬致遠先輩韻九篇〉元‧張可久
5. 〈寄韓諫議〉唐‧杜甫
6. 〈傳言玉女‧王顯之席上〉宋‧楊無咎
7. 〈八聲甘州〉宋‧柳永

縱向題目

A. 〈與高適薛據登慈恩寺浮圖〉唐・岑參

B. 〈聲聲慢〉宋・李清照

C. 〈夢李白・其一〉唐・杜甫

D. 〈清明日宴梅道士房〉唐・孟浩然

E. 〈丹青引贈曹霸將軍〉唐・杜甫

F. 〈丹青引贈曹霸將軍〉唐・杜甫

G. 〈宮中調笑・團扇〉唐・王建

H. 〈子夜吳歌・秋歌〉唐・李白

I. 〈子夜吳歌・秋歌〉唐・李白

J. 〈江城子〉宋・秦觀

部分答案提示字

所	春	驛	臥	因	來	都	氣	豪	芳	泗
宗	盡	騮	愁	夙	高	臨	為	隔	嗟	闊

◆ 095

1 A 無		B 光		C 一			■	2 憐	D 恰	
	■		■		■	■	E 大			■
				3 不						
	■				■	■				■
	■			■	■					
	■			■			■			
				4 面	F 蒼		■	5 I 驚		
■	G 簾		H 出		■				■	
6 男				■			■	7 卻		
■			■		■		■		■	
	■			■			8 釵			

橫向題目

1. 〈春日〉宋‧朱熹
2. 〈生查子〉宋‧孫光憲
3. 〈登高〉唐‧杜甫
4. 〈長相思〉宋‧陸游
5. 〈漁家傲〉宋‧歐陽脩
6. 〈燕歌行〉唐‧高適
7. 〈江城子‧別徐州〉宋‧蘇軾
8. 〈六醜‧落花〉宋‧周邦彥

縱向題目

A．〈登高〉唐·杜甫

B．〈石鼓歌〉唐·韓愈

C．〈人月圓·開吳淞江遇雪〉元·張可久

D．〈蟾宮曲·題爛柯石橋〉元·薛昂夫

E．〈送楊氏女〉唐·韋應物

F．〈下終南山過斛斯山人宿置酒〉唐·李白

G．〈永遇樂〉宋·李清照

H．《詩經·日月》

I．〈卜算子·黃州定慧院寓居作〉宋·蘇軾

部分答案提示字

東	底	倍	溯	蒼	滾	翠	顫	嫋	時	新
方	下	過	輕	橫	桑	微	蕭	匆	起	望

●【詩詞知識】——卜算子

〈卜算子〉，詞牌名，又名〈卜算子令〉、〈百尺樓〉、〈眉峰碧〉、〈楚天遙〉等。以蘇軾〈卜算子·黃州定慧院寓居作〉為正體。另有雙調四十四字，前後段各四句、三仄韻；雙調四十五字，前段四句兩仄韻，後段四句三仄韻等變體。代表作品有陸游〈卜算子·詠梅〉等。

〈卜算子·黃州定慧院寓居作〉宋·蘇軾

> 缺月掛疏桐，漏斷人初靜。誰見幽人獨往來，縹緲孤鴻影。
> 驚起卻回頭，有恨無人省。揀盡寒枝不肯棲，寂寞沙洲冷。

◆ 096

¹等	^A閒					^B面		²待		^C何
³對						⁴不		^D有		
⁵水							⁶征			
⁷折		^E門								^F吾
					^G王		⁸白			
⁹ ^H開										
			¹⁰多							

橫向題目

1. 〈春日〉宋・朱熹
2. 〈山坡羊〉元・陳草庵
3. 〈別房太尉墓〉唐・杜甫
4. 〈關山月〉唐・李白
5. 〈與諸子登峴山〉唐・孟浩然
6. 〈隴頭水〉唐・盧照鄰
7. 〈長干行・其一〉唐・李白
8. 〈山坡羊・道情〉元・宋方壺
9. 〈春暮遊小園〉宋・王淇
10. 〈李端公〉唐・盧綸

縱向題目

A．〈有約〉宋‧趙師秀

B．〈山坡羊‧自警〉元‧喬吉

C．〈初發揚子寄元大校書〉唐‧韋應物

D．〈送陳章甫〉唐‧李頎

E．〈清江引〉元‧錢霖

F．〈贈孟浩然〉唐‧李白

G．《詩經‧出車》

H．〈驀山溪‧自述〉宋‧宋自遜

部分答案提示字

謝	傅	魚	梁	荼	蘼	一	多	受	相	夫
唾	如	望	鄉	劇	皮	徑	難	時	遇	子

●【詩詞趣話】—— 調停黃梅雨

清朝某年，春末夏初的一天，三位同窗好友約定在南方某酒樓小酌。方生、姚生先至。稍候片刻，劉生也上樓來了，手中的雨傘淌著水，見了兩人便說：「咳，這雨怎麼下個不止？真煩人！」

「這個季節就是多雨啦。」方生接口說，「古人不是早就這樣說了嗎，『黃梅時節家家雨』？」

方、劉兩人平時就喜歡鬥嘴，方生話音剛落，劉生馬上反擊：「這個季節本不多雨，古人早就這樣說了，『梅子黃時日日晴』。」

兩人各持己見，爭得面紅耳赤。

「兩位所言，都有一定道理。」姚生歷來是充當調停人的角色，這時他開口了，「不過，還有一句古詩，兩位倘是記得，就不用如此爭辯了。」

「是哪一句？」方、劉兩人齊聲急問。

「『熟梅天氣半晴陰』，不是嗎？」

姚生話音剛落,「哈哈哈!」三人齊放聲大笑起來。

三人言及的詩句,都是出自宋人的詩:

〈約客〉　趙師秀

　　黃梅時節家家雨,青草池塘處處蛙。

　　有約不來過夜半,閒敲棋子落燈花。

〈三衢道中〉　曾幾

　　梅子黃時日日晴,小溪泛盡卻山行。

　　綠陰不減來時路,添得黃鸝四五聲。

〈初夏遊張園〉　戴敏

　　乳鴨池塘水淺深,熟梅天氣半晴陰。

　　東園載酒西園醉,摘盡枇杷一樹金。

097

萬¹ᴬ		千ᴮ				春ᶜ			
							幽ᴰ		請ᴱ
		不²			山ᶠ				
		回³	看ᴳ						
	夕ᴴ			嘔⁴				為ᴵ	
夕⁵			送ᴶ						
			歸⁶						

橫向題目

1. 〈春日〉宋‧朱熹
2. 〈聽蜀僧濬彈琴〉唐‧李白
3. 〈長恨歌〉唐‧白居易
4. 〈琵琶行〉唐‧白居易
5. 〈天淨沙‧閒題〉元‧吳西逸
6. 〈長相思‧其二〉唐‧李白

題目

縱向題目

A．〈古柏行〉唐・杜甫

B．〈長干行・其一〉唐・李白

C．〈憶江南〉宋・方千里

D．〈琵琶行〉唐・白居易

E．〈將進酒〉唐・李白

F．〈沙塞子〉宋・朱敦儒

G．〈賀新郎・別茂嘉十二弟〉宋・辛棄疾

H．〈天淨沙・秋思〉元・馬致遠

I．《詩經・伯兮》

J．〈賀新郎・別茂嘉十二弟〉宋・辛棄疾

部分答案提示字

冰	妾	引	咽	取	明	前	啞	嘲	覺	碧
下	首	淚	泉	和	流	驅	陽	低	哳	難

◆ 098

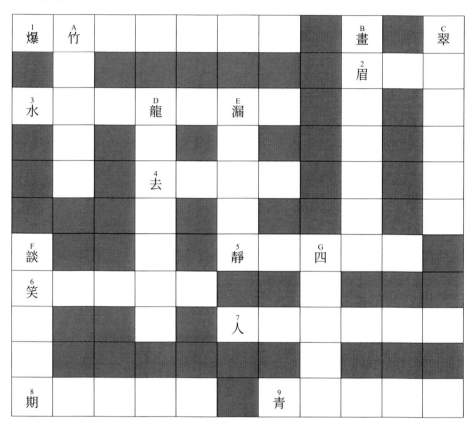

橫向題目

1. 〈元日〉宋・王安石

2. 〈罵玉郎過感皇恩採茶歌・閨情〉元・曾瑞

3. 〈宮詞〉唐・薛逢

4. 〈水龍吟・丙戌清明和章質夫韻〉宋・劉鎮

5. 〈喜外弟盧綸見宿〉唐・司空曙

6. 〈齊天樂・蟋蟀〉宋・姜夔

7. 〈清平樂〉宋・晏殊

8. 《詩經・桑中》

9. 〈東郊〉唐・韋應物

縱向題目

A、〈夏日南亭懷辛大〉唐·孟浩然

B、〈近試上張水部〉唐·朱慶餘

C、〈清平樂〉宋·晏幾道

D、〈韋諷錄事宅觀曹將軍畫馬圖〉唐·杜甫

E、〈卜運算元·黃州定慧院寓居作〉宋·蘇軾

F、〈終南別業〉唐·王維

G、〈沉醉東風·秋景〉元·盧摯

部分答案提示字

呼	倚	盡	清	露	籬	落	山	澹	蹙	黛
風	門	鳥	響	滴	我	乎	桑	中	吾	廬

◆ 099

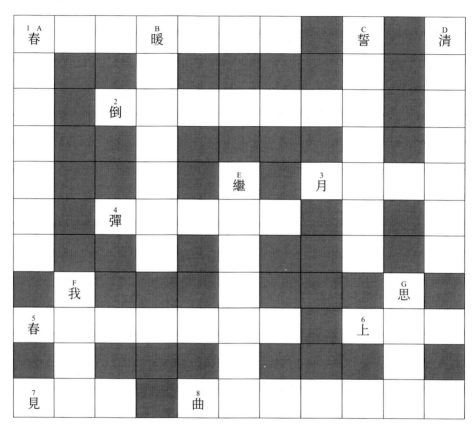

橫向題目

1. 〈元日〉宋．王安石
2. 〈普天樂．漁村落照〉元．張養浩
3. 《詩經．雞鳴》
4. 〈醉中天．詠大蝴蝶〉元．王和卿
5. 〈無題〉唐．李商隱
6. 〈玉聯環．雙調〉宋．張先
7. 〈摸魚兒〉宋．辛棄疾
8. 〈琵琶行〉唐．白居易

題目

縱向題目

A. 〈登科後〉唐‧孟郊

B. 〈蝶戀花〉宋‧李清照

C. 〈老將行〉唐‧王維

D. 〈山石〉唐‧韓愈

E. 〈石鼓歌〉唐‧韓愈

F. 《詩經‧草蟲》

G. 《詩經‧駉》

部分答案提示字

疏	初	雨	出	入	馬	便	罷	曾	光	金
勒	破	晴	嶺	扉	周	夢	縷	扶	說	道

● 【詩詞趣話】 —— 孟郊及第

　　孟郊是唐代著名的「苦吟詩人」，他出身貧苦，但從小勤奮好學，很有才華。但是他的仕途卻一直很不順利，科舉屢屢落榜，空有抱負而無施展之機。兩次落榜後孟郊寫下了〈再下第〉一詩：

　　一夕九起嗟，夢短不到家。

　　兩度長安陌，空將淚見花。

　　孟郊四十六歲那年，再次參加科舉考試。皇天不負苦心人，這次他金榜題名，進士及第。孟郊高興極了，寫下了著名的〈登科後〉一詩：

　　昔日齷齪不足誇，今朝放蕩思無涯。

　　春風得意馬蹄疾，一日看盡長安花。

　　按唐制，進士考試在秋季舉行，放榜則在下一年春天。這時候的長安，正春風輕拂，春花盛開。孟郊策馬奔馳於鮮花爛漫的長安道上，偌大一座長安

城，春花無數，卻被他一日看盡。這首詩描繪了他金榜題名後掩飾不住的興奮，還酣暢淋漓的抒發了他的得意之情。

100

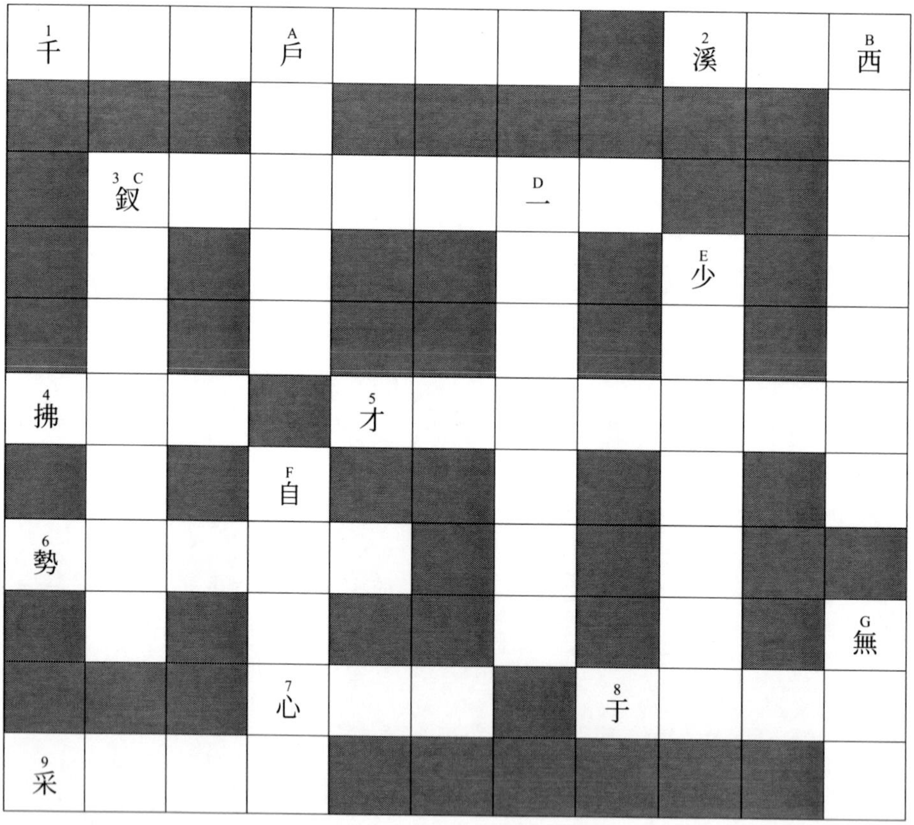

橫向題目

1. 〈元日〉宋．王安石
2. 〈河傳〉唐．溫庭筠
3. 〈長恨歌〉唐．白居易
4. 〈水調歌頭．遊覽〉宋．黃庭堅
5. 〈洛陽女兒行〉唐．王維
6. 〈蜀先主廟〉唐．劉禹錫
7. 〈四塊玉．別情〉元．關漢卿
8. 《詩經．公劉》
9. 《詩經．卷耳》

縱向題目

A.〈題義公禪房〉唐·孟浩然

B.〈長恨歌〉唐·白居易

C.〈長恨歌〉唐·白居易

D.〈長恨歌〉唐·白居易

E.〈老將行〉唐·王維

F.〈尋西山隱者不遇〉唐·邱為

G.〈四塊玉·酷吏〉元·曾瑞

部分答案提示字

處	可	容	分	擘	金	徽	時	處	股	合
閃	足	鼎	鈿	黃	采	卷	難	舍	瞳	日

◆ 101

¹ᴬ 總		ᴮ 新						ᶜ 近	ᴰ 酌
		人							
		² 美			ᴱ 隔				
			³ 與				ꟳ 既		
⁴ᴳ 壯									
⁵ 逐		ᴴ 無			⁶ᴵ 寸				ᴶ 盡
			⁷ 心						

橫向題目

1. 〈元日〉宋 · 王安石
2. 〈寄韓諫議〉唐 · 杜甫
3. 〈觀公孫大娘弟子舞劍器行並序〉唐 · 杜甫
4. 〈鷓鴣天 · 有客慨然談功名因追念少年時事戲作〉宋 · 辛棄疾
5. 〈夢李白 · 其一〉唐 · 杜甫
6. 〈逢俠者〉唐 · 錢起
7. 《詩經 · 鳲鳩》

縱向題目

A．〈子夜吳歌・秋歌〉唐・李白

B．〈佳人〉唐・杜甫

C．〈三臺・清明應制〉宋・萬俟詠

D．〈石魚湖上醉歌〉唐・元結

E．〈終南山〉唐・王維

F．〈雁兒落過得勝令〉元・高克禮

G．〈秦中感秋寄遠上人〉唐・孟浩然

H．〈殿前歡〉元・劉致

I．〈更漏子〉唐・牛嶠

J．〈歸去來〉宋・柳永

部分答案提示字

綠	如	言	飲	問	一	腸	春	歲	旌	娟
水	玉	定	愁	樵	個	結	殘	換	舊	擁

●【詩人故事】 —— 英武少年辛棄疾

　　有一天，金人貴族中的一個中下階軍官完顏千戶耀武揚威的來到辛家，硬逼著辛棄疾的祖父辛贊用酒肉款待他。辛贊是個老實人，憋著一肚子氣，勉強擺了一座酒席。驕橫的完顏千戶幾杯酒下肚後，更加得意洋洋，竟當眾侮辱起敬酒的小童來了。這一來，年少氣盛的辛棄疾再也忍不住了。他「嗖」的從牆上抽出一把寶劍，激昂的說：「趁諸位酒酣耳熱，讓我舞劍替大家開心助興！」說罷，便揮劍起舞。劍人合而為一，只有劍光閃閃，不知人在何處。正在這時，忽聽辛棄疾猛喝一聲：「看劍！」一個大鵬展翅，寶劍直指完顏千戶的腦門。「啊！」完顏千戶嚇得面如土色，「撲通」一聲，連人帶椅仰倒在地，桌子上的杯盤紛紛落地，摔得粉碎。辛棄疾急忙收劍做了個乾淨灑脫的收勢，說了聲：「莽撞了！」從容的站立一旁。

　　完顏千戶驚魂未定，還呆呆的坐在地上。等到奴僕們趕忙上前扶起，他才不得不尷尬的說出話來：「舞得好，好屬害的英武少年！」

◆ 102

					A				2	B	
1 兩				鳴					遍	九	
							C 岩				
D 別		E 相									
3 君											
				柱							
				4 吾							
				F 竟							
										G 煙	
5 還						H 園		6 I 花			
7 柳					8 桃						

橫向題目

1. 〈絕句〉唐・杜甫

2. 〈三臺・清明應制〉宋・萬俟詠

3. 〈韋諷錄事宅觀曹將軍畫馬圖〉唐・杜甫

4. 〈秋宵辭・其五〉宋・白玉蟾

5. 〈桃源行〉唐・王維

6. 〈花非花〉唐・白居易

7. 〈梧葉兒・有所思〉元・張可久

8. 〈喜春來・春宴・其二〉元・元好問

縱向題目

A．〈聽箏〉唐·李端

B．〈長恨歌〉唐·白居易

C．〈夜歸鹿門山歌〉唐·孟浩然

D．〈夢遊天姥吟留別〉唐·李白

E．〈渭川田家〉唐·王維

F．〈望月懷遠〉唐·張九齡

G．〈迷仙引〉宋·柳永

H．《詩經·園有桃》

I．〈遐方怨〉唐·溫庭筠

部分答案提示字

扉	語	花	寂	箏	線	縈	非	長	金	粟
松	依	伴	寥	金	夜	魂	堆	前	杏	拆

◆ 103

I A 一			B 鷺						
							C 天		D 烏
				E 青		2 盡			
3 古									
							F 錦		
		4 水							
		G 八		H 玉		5 矜			
6 I 秦									
		7 斷							
							8 蝦		

橫向題目

1. 〈絕句〉唐・杜甫
2. 〈念奴嬌・過洞庭〉宋・張孝祥
3. 〈木蘭花慢・德清縣圃愛山亭〉元・張可久
4. 〈麗人行〉唐・杜甫
5. 〈塞上曲〉唐・王昌齡
6. 〈憶秦娥〉唐・李白
7. 〈無題〉唐・李商隱
8. 〈沁園春・硯池〉清・徐釚

縱向題目

A.〈韋諷錄事宅觀曹將軍畫馬圖〉唐・杜甫

B.〈醉太平・譏貪小利者〉元・無名氏

C.〈葬花吟〉清・曹雪芹

D.〈沽美酒兼太平令〉元・張養浩

E.〈蜀道難〉唐・李白

F.〈滿庭芳・漁〉元・趙顯宏

G.《詩經・七月》

H.〈念奴嬌〉宋・姜夔

I.〈迷神引〉宋・柳永

部分答案提示字

阻	蟹	消	劈	馬	素	鱗	挹	西	樓	月
鶯	壺	磨	精	空	紫	騮	臺	直	須	卷

◆ 104

1 A 窗				B 千		C 雪				D 那	
						2 飛					
3 曉			E 露								
					4 湖						
5 啼	F 鳥										
					6 倚						
7 豈			G 退								
									H 瞻		I 東
						J 後					
8 青											
				9 樂							

橫向題目

1. 〈絕句〉唐・杜甫
2. 〈寒食感懷示子壽・其二〉宋・郭祥正
3. 〈溪居〉唐・柳宗元
4. 〈水調歌頭・聞採石戰勝〉宋・張孝祥
5. 〈春日〉宋・利登
6. 〈相見歡〉宋・朱敦儒
7. 〈宿灞上寄侍御璵弟〉唐・王昌齡
8. 〈夜泊牛渚懷古〉唐・李白
9. 〈觀公孫大娘弟子舞劍器行並序〉唐・杜甫

縱向題目

A．〈陽春曲‧春景〉元‧胡祗遹

B．〈憶秦娥‧別情〉宋‧萬俟詠

C．〈定風波‧南海歸贈王定國侍人寓娘〉宋‧蘇軾

D．〈慶東原〉元‧白樸

E．〈在獄詠蟬〉唐‧駱賓王

F．〈廬山謠寄盧侍御虛舟〉唐‧李白

G．〈和陶阻風於規林韻寄陳時中‧其一〉宋‧吳芾

H．《詩經‧雄雉》

I．《詩經‧日月》

J．〈金人捧露盤‧越州越王臺〉宋‧汪元量

部分答案提示字

張	固	里	人	彼	自	飛	耕	翻	埃	萬
華	雲	草	哀	日	生	豪	裡	侵	知	進

◆ 105

1 A 門		B 東				C 船		D 永		E 建
				F 微						
				2 雨						
		3 G 不						H 長		
										I 春
					J 有					
	4 休									
					5 一					
6 為										

（横向題目）

1.〈絕句〉唐・杜甫

2.〈廉上人歸天臺〉宋・楊億

3.〈貧女〉唐・秦韜玉

4.〈山坡羊・西湖雜詠・秋〉元・薛昂夫

5.〈沉醉東風・春情〉元・徐再思

6.《詩經・七月》

縱向題目

A．〈老將行〉唐·王維

B．《詩經·雞鳴》

C．〈漁家傲〉宋·歐陽脩

D．《詩經·考槃》

E．〈賦得暮雨送李冑〉唐·韋應物

F．〈臨江仙〉宋·晏幾道

G．〈山亭柳·贈歌者〉宋·晏殊

H．〈石州慢〉宋·賀鑄

I．〈石州慢〉宋·賀鑄

J．《詩經·野有蔓草》

部分答案提示字

矢	明	意	紅	辭	唱	徹	自	多	開	講
弗	矣	空	鬥	遍	此	春	晨	鐘	間	闊

● 【詩詞知識】 —— 長亭

在中國的詩詞歌賦中，長亭是陸上的送別之所。比如：

「何處是歸程？長亭更短亭。」（唐·李白〈菩薩蠻〉）

「寒蟬淒切，對長亭晚。」（宋·柳永〈雨霖鈴〉）

「長亭外，古道邊，芳草碧連天。」（近現代·李叔同〈送別〉）

◆ 106

1 A 清			B 節					C 前		
							2 如			
				D 直						
不		3 銀								E 但
	4 婁									
F 醉							5 G 年			來
		H 了								
6 銀										
			7 夜							

橫向題目

1. 〈清明〉唐‧杜牧
2. 《詩經‧天保》
3. 〈廬山謠寄盧侍御虛舟〉唐‧李白
4. 《詩經‧桓》
5. 〈蘭陵王‧柳〉宋‧周邦彥
6. 〈水仙子‧詠雪〉元‧喬吉
7. 〈西河‧金陵懷古〉宋‧周邦彥

縱向題目

A. 〈宿王昌齡隱居〉唐・常建

B. 〈老將行〉唐・王維

C. 〈琵琶行〉唐・白居易

D. 〈行路難・其一〉唐・李白

E. 〈丹青引贈曹霸將軍〉唐・杜甫

F. 〈蟾宮曲・別友〉元・周德清

G. 〈春宮怨〉唐・杜荀鶴

H. 〈更漏子〉宋・黃庭堅

部分答案提示字

名	測	越	河	溪	稜	了	去	歲	石	梁
下	睹	溪	募	深	豐	年	女	牆	之	恆

●【詩人故事】 ── 九華山人

　　杜荀鶴乃杜牧之子，在九華山讀書時，走遍了九華的山山水水，愛九華山奇麗，故而自號「九華山人」、「九華山叟」。荀鶴出身微寒，生活潦倒，常以「布衣」自稱，並自謂「江湖苦吟士」、「天地最窮人」。青年時代的杜荀鶴，曾數次上長安應考，不第還山，一直到唐大順三年（西元八九一年），他四十六歲才中進士第八名，故時人稱「九華山色高千尺，未必高於第八枝」。

◆ 107

¹ᴬ路			ᴮ欲				ᶜ天		ᴰ知
						²謂			
	³ᴱ春								
⁴可									
			⁵彈		ᶠ復				ᴳ讀
ᴴ山			⁶ᴵ知						
							ᴶ強		
				⁷久					
⁸落									

橫向題目

1. 〈清明〉唐‧杜牧
2. 《詩經‧正月》
3. 〈東郊〉唐‧韋應物
4. 〈最高樓‧散後〉宋‧毛滂
5. 〈竹里館〉唐‧王維
6. 〈驀山溪〉宋‧俞國寶
7. 〈溪居〉唐‧柳宗元
8. 〈北青蘿〉唐‧李商隱

A．〈夢李白・其一〉唐・杜甫

B．〈夏日南亭懷辛大〉唐・孟浩然

C．〈水調歌頭・平山堂用東坡韻〉宋・方岳

D．〈三部樂・榴花〉宋・楊澤民

E．〈泊船瓜洲〉宋・王安石

F．〈韋諷錄事宅觀曹將軍畫馬圖〉唐・杜甫

G．〈朝天子・志感〉元・無名氏

H．〈夏日南亭懷辛大〉唐・孟浩然

I．〈別盧秦卿〉唐・司空曙

J．〈六醜・落花〉宋・周邦彥

部分答案提示字

厚	前	琴	嘆	孤	巾	都	憐	風	地	蓋
意	期	簪	嗟	嘯	幀	累	書	識	鳩	鳴

●【詩詞趣話】──王安石鍊字

宋神宗年間，王安石因事來到瓜洲（今長江北岸，揚州市南面）。此時，他心中正在醞釀變法事宜，望著浩瀚長江，春風撲面，於是心潮澎湃，口出一章：

> 京口瓜洲一水間，鍾山只隔數重山。
> 春風又到江南岸，明月何時照我還？

王安石雖然覺得此詩還可以，但句子比較平淡，缺少畫龍點睛之筆。尤其是第三句那個「到」字，他覺得不合適，又想到「過」字，也覺不妥。後來他絞盡腦汁，搜腸刮肚，一連用了「臨」、「度」、「來」、「吹」、「遍」等十幾個字，都覺得不好，一時寢食難安。

一天，王安石在長江邊散步，他眺望江南，只見春草碧綠，麥浪起伏，更顯得生機勃勃，景色如畫。他靈機一動：這個「綠」字不正是我要找的那個字嗎？

題目

一個「綠」字，把整個江南生機勃勃、春意盎然的動人景象都表達出來了，成為
後人所說的「詩眼」。後來許多專門講鍊字的文章，都以王安石作此詩的故事
為例。

108

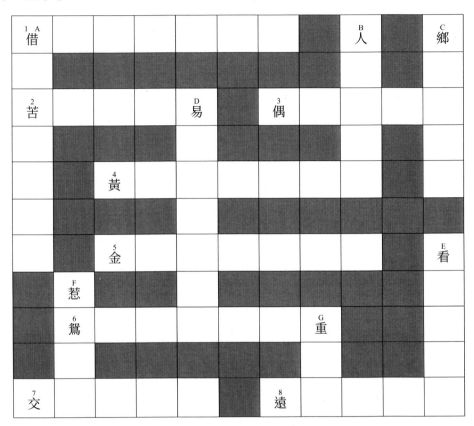

横向題目

1. 〈清明〉唐‧杜牧

2. 〈夢李白‧其二〉唐‧杜甫

3. 〈溪居〉唐‧柳宗元

4. 〈聽安萬善吹觱篥歌〉唐‧李頎

5. 〈長恨歌〉唐‧白居易

6. 〈長恨歌〉唐‧白居易

7. 〈六州歌頭〉宋‧賀鑄

8. 〈望秦川〉唐‧李頎

題目

縱向題目

A．〈韋諷錄事宅觀曹將軍畫馬圖〉唐·杜甫

B．〈夕次盱眙縣〉唐·韋應物

C．〈早寒江上有懷〉唐·孟浩然

D．〈賀新郎·別茂嘉十二弟〉宋·辛棄疾

E．〈題義公禪房〉唐·孟浩然

F．〈江神子慢〉宋·田為

G．〈風流子〉宋·張耒

部分答案提示字

取	雲	蕭	闕	西	瓦	冷	鴛	愛	陽	郭
蓮	玉	扃	五	都	廂	叩	結	者	近	暗

● 【詩詞知識】 ── 蓮

　　由於「蓮」與「憐」音同，所以古詩中有不少寫蓮的詩句，藉以表達愛情。如南朝樂府〈西洲曲〉：「採蓮南塘秋，蓮花過人頭。低頭弄蓮子，蓮子清如水。」晉代〈子夜歌四十二首〉之三十五：「霧露隱芙蓉，見蓮不分明。」唐代皇甫嵩〈採蓮子〉：「無端隔水拋蓮子，要被人知半日羞。」

◆ 109

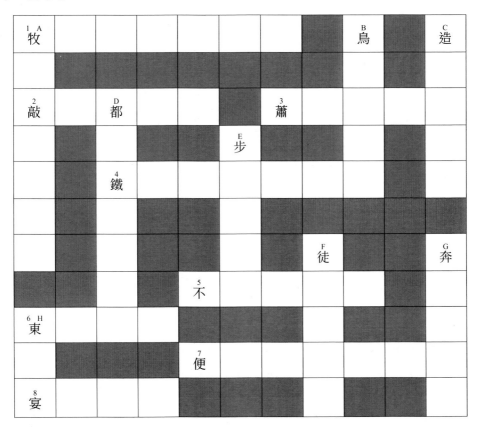

橫向題目

1. 〈清明〉唐・杜牧

2. 〈臨江仙〉宋・蘇軾

3. 〈梧葉兒・湖山夜景〉元・張可久

4. 〈琵琶行〉唐・白居易

5. 〈朝天子・志感〉元・無名氏

6. 〈水調歌頭・春壽太守〉宋・徐明仲

7. 〈蟾宮曲・寄友〉元・吳西逸

8. 《詩經・邶風・谷風》

縱向題目

A. 〈石鼓歌〉唐‧韓愈

B. 〈聽董大彈胡笳聲兼寄語弄房給事〉唐‧李頎

C. 〈望岳〉唐‧杜甫

D. 〈白雪歌送武判官歸京〉唐‧岑參

E. 〈晨詣超師院讀禪經〉唐‧柳宗元

F. 〈望洞庭湖贈張丞相〉唐‧孟浩然

G. 〈與高適薛據登慈恩寺浮圖〉唐‧岑參

H. 〈醉垂鞭〉宋‧張先

部分答案提示字

魚	神	齋	牛	湊	疏	鍾	市	朝	著	意
情	秀	讀	礪	如	休	題	寺	罷	婚	君

110

		A 鶯		B 綠					C 覺		
千(1)											
							行(2)				
D 淡											
				陰(3)						E 風	
		G 江(4) 綠					F 岸			
		江(G)					邊		H 蒼	
至(5)					西(6)						
				形(1)							
	空(7)										

橫向題目

1. 〈江南春〉唐・杜牧
2. 《詩經・采薇》
3. 〈謁衡嶽廟遂宿嶽寺題門樓〉唐・韓愈
4. 〈蝶戀花〉宋・范成大
5. 《詩經・閟宮》
6. 〈蟾宮曲・西湖〉元・奧敦周卿
7. 〈西河・金陵懷古〉宋・周邦彥

縱向題目

A．〈別房太尉墓〉唐‧杜甫

B．〈嘆花〉唐‧杜牧

C．〈與高適薛據登慈恩寺浮圖〉唐‧岑參

D．〈集靈臺‧其二〉唐‧張祜

E．〈漁家傲〉宋‧李清照

F．〈醉高歌〉元‧徐姚燧

G．〈臨江仙〉宋‧蘇軾

H．〈題松汀驛〉唐‧張祜

I．〈六州歌頭‧次馬明初韻書所見〉元‧許有王

部分答案提示字

| 送 | 資 | 茫 | 休 | 眉 | 海 | 邦 | 滿 | 微 | 晦 | 昧 |
| 客 | 無 | 澤 | 住 | 朝 | 跡 | 鬱 | 湖 | 煙 | 道 | 遲 |

●【詩詞趣話】 —— 杜牧的「悵」與「嘆」

相傳杜牧早年遊歷湖州時，遇見一位十多歲的少女，長得極美，就與她母親約定：「請等我十年，如果到時候我不來娶您女兒，再把她嫁人。」十四年後，杜牧當上了湖州刺史，但那女子已經嫁人生子了。杜牧悵然若失，寫下一首詩。當時杜牧沒有命題，時人命題為〈悵詩〉：

自是尋春去校遲，不須惆悵怨芳時。

狂風落盡深紅色，綠葉成陰子滿枝。

詩中的「校」字在這裡讀作「較」，是比較的意思。

晚唐人高彥休編撰的《唐闕史》一書，記載了這首詩的另外一個版本，題目叫〈嘆花〉：

自恨尋芳到已遲，往年曾見未開時。

如今風擺花狼藉，綠葉成陰子滿枝。

　　兩個版本文字略有出入，但意思是一樣的，都表達了杜牧深深的惋惜與
遺憾。

◆ 111

						B		C		D
1水	A村					風		忽		泉
						2隨				
3西										
4餘										
				E夢						
5香	F繫／系						G氣			
						H自				
		6翻								
7維										
		8還								

橫向題目

1. 〈江南春〉唐・杜牧
2. 〈尋南溪常山道人隱居〉唐・劉長卿
3. 〈清江引・野興〉元・馬致遠
4. 〈聽蜀僧濬彈琴〉唐・李白
5. 〈鵲踏枝〉南唐・馮延巳
6. 〈哀江頭〉唐・杜甫
7. 《詩經・甫田》
8. 〈巴川〉宋・景希孟

縱向題目

A.〈浣溪沙〉宋・蘇軾

B.〈八詠應制・其一〉唐・上官儀

C.〈夜歸鹿門山歌〉唐・孟浩然

D.〈賊退示官吏並序〉唐・元結

E.〈朝天子・秋夜客懷〉元・周德清

F.〈六州歌頭〉宋・賀鑄

G.〈望洞庭湖贈張丞相〉唐・孟浩然

H.《詩經・出車》

部分答案提示字

女	取	棲	庭	到	水	源	射	雲	莠	驕
至	天	隱	戶	龐	繰	種	入	霜	事	少

◆ 112

				B 八				C 新		
1 A 南				八				新		
							2 重			D 碧
		E 一			F 體					
		3 片								
					4 若					
		5 待								
								G 正		
H 美				6 I 君						
7 玉							8 土			

橫向題目

1. 〈江南春〉唐・杜牧

2. 〈念奴嬌・丙午鄭少師生〉宋・劉克莊

3. 〈卜算子〉宋・劉克莊

4. 〈山亭柳・贈歌者〉宋・晏殊

5. 〈滿江紅・寫懷〉宋・岳飛

6. 〈西施詠〉唐・王維

7. 〈清平樂〉宋・李之儀

8. 《詩經・擊鼓》

縱向題目

A.〈寄韓諫議〉唐・杜甫

B.〈長干行・其一〉唐・李白

C.〈宴清都・初春〉宋・盧祖皋

D.〈小桃紅・其一〉元・楊果

E.〈一剪梅・舟過吳江〉宋・蔣捷

F.〈憶江南〉唐・牛嶠

G.《詩經・鳲鳩》

H.《詩經・汾沮洳》

I.〈西番經〉元・張養浩

部分答案提示字

四	試	有	應	雲	蝶	衣	回	拈	城	漕
國	看	主	壽	音	見	采	來	凝	指	幾

◆ 113

1 A 多			B 臺					2 楚		C 青
							D 願			
		3 山								
		E 天	4 F 問							
G 斯										
5 獨						6 新		H 臉		
			7 色							

橫向題目

1. 〈江南春〉唐·杜牧
2. 〈漁歌子〉唐·李珣
3. 〈蘇幕遮〉宋·范仲淹
4. 〈蜀道難〉唐·李白
5. 〈鵲橋仙〉宋·陸游
6. 〈于飛樂令·高平調〉宋·張先
7. 〈寄韓諫議〉唐·杜甫

縱向題目

- A．〈歲暮歸南山〉唐・孟浩然
- B．〈三臺・清明應制〉宋・萬俟詠
- C．〈聞官軍收河南河北〉唐・杜甫
- D．〈廬山謠寄盧侍御虛舟〉唐・李白
- E．〈西江月〉宋・周紫芝
- F．〈西江月〉宋・張孝祥
- G．〈夢李白・其二〉唐・杜甫
- H．〈罵玉郎過感皇恩採茶歌・閨情〉元・曾瑞

部分答案提示字

消	將	憔	訊	梅	腥	腐	做	江	遊	何
香	蠟	難	湖	父	山	妝	餐	楓	映	斜

● **【詩詞知識】 ── 鵲橋仙**

〈鵲橋仙〉，詞牌名，又名〈鵲橋仙令〉、〈憶人人〉、〈金風玉露相逢曲〉、〈廣寒秋〉等。牛郎織女「鵲橋相會」的神話自古以來就膾炙人口，漢末應劭《風俗通》中已有記載：「織女七夕渡河，使鵲為橋。」自〈古詩十九首〉「迢迢牽牛星，皎皎河漢女」的描寫以來，歷代詩作層出不窮，遂取以為曲名，以詠牛郎織女相會事。以歐陽脩〈鵲橋仙・月波清霽〉為正體，雙調五十六字，前後段各五句、兩仄韻。另有雙調五十六字，前後段各五句、三仄韻；雙調五十八字，前後段各五句、兩仄韻等變體。代表作品有蘇軾〈鵲橋仙・七夕〉、秦觀〈鵲橋仙・纖雲弄巧〉等。

〈鵲橋仙〉宋・歐陽脩

月波清霽，煙容明淡，靈漢舊期還至。鵲迎橋路接天津，映夾岸、星榆點綴。
雲屏未卷，仙雞催曉，腸斷去年情味。多應天意不教長，恁恐把、歡娛容易。

◆ 114

1 A 應						B 苔		2 C 朝		D 歸
3 釣				E 渡						
		F 群				4 竹				
	5 洞									
G 聽						H 鄉		I 雲		J 鏡
6 鐘										
			7 使							
8 客										

橫向題目

1. 〈遊園不值〉宋．葉紹翁
2. 〈長相思〉宋．洪適
3. 〈普天樂．漁村落照〉元．張養浩
4. 〈山居秋暝〉唐．王維
5. 〈賊退示官吏並序〉唐．元結
6. 〈訴衷情．寶月山作〉宋．仲殊
7. 〈夢遊天姥吟留別〉唐．李白
8. 〈木蘭花．戲林推〉宋．劉克莊

縱向題目

A．〈尋西山隱者不遇〉唐・邱為

B．〈晨詣超師院讀禪經〉唐・柳宗元

C．〈留別王侍御維〉唐・孟浩然

D．〈送楊氏女〉唐・韋應物

E．〈渡荊門送別〉唐・李白

F．〈宿業師山房待丁大不至〉唐・孟浩然

G．〈夕次盱眙縣〉唐・韋應物

H．〈章臺夜思〉唐・韋莊

I．〈虞美人〉宋・周邦彥

J．〈沁園春・答九華葉賢良〉宋・劉克莊

部分答案提示字

色	遠	清	顏	樹	歸	浣	似	寄	艇	青
連	荊	曉	凋	開	倏	暝	聲	已	壑	當

題目

◆ 115

¹ᴬ小		ᴮ柴					ᶜ預		ᴰ一
						²方			
		³紅							
		⁴村				ᴱ當			
		⁵ᶠ三							
	ᴳ梨							ᴴ顧	
	⁶花								
						⁷緣			
		⁸榮							

橫向題目

1. 〈遊園不值〉宋・葉紹翁
2. 《詩經・簡兮》
3. 〈贈孟浩然〉唐・李白
4. 〈田家〉宋・范成大
5. 〈念奴嬌・赤壁懷古〉宋・蘇軾
6. 〈婕妤怨〉唐・皇甫冉
7. 〈東郊〉唐・韋應物
8. 〈江南春・中呂商賦張藥翁杜衡山莊〉宋・吳文英

縱向題目

A.〈琵琶行〉唐・白居易

B.〈普天樂・漁村落照〉元・張養浩

C.〈長干行・其一〉唐・李白

D.〈觀公孫大娘弟子舞劍器行並序〉唐・杜甫

E.〈山石〉唐・韓愈

F.〈奉濟驛重送嚴公四韻〉唐・杜甫

G.〈眼兒媚〉宋・王雱

H.《詩經・蓼莪》

部分答案提示字

足	書	器	先	切	復	去	華	事	棄	軒
踏	報	動	雪	如	建	章	澗	還	萬	舞

◆ 116

¹ ᴬ 春		ᴮ 滿						² ᶜ 他		
				³ ᴰ 若						ᴱ 甚
⁴ ᶠ 揮						⁵ ᴳ 惹				
		ᴴ 漏		車						
⁶ 茲					⁷ 道					
									ᴵ 菊	
	⁸ 駕									
				⁹ 蓬						

橫向題目

1. 〈遊園不值〉宋・葉紹翁
2. 〈滿庭芳〉宋・葛立方
3. 〈夢李白・其二〉唐・杜甫
4. 〈餞別王十一南遊〉唐・劉長卿
5. 〈清江引・即景〉元・喬吉
6. 《詩經・泉水》
7. 〈晨詣超師院讀禪經〉唐・柳宗元
8. 〈滿江紅・寫懷〉宋・岳飛
9. 〈客至〉唐・杜甫

縱向題目

A.〈長命女〉南唐・馮延巳
B.〈生查子〉唐・牛希濟
C.〈慶東原・次馬致遠先輩韻九篇〉元・張可久
D.〈尋西山隱者不遇〉唐・邱為
E.〈折桂令・客窗清明〉元・喬吉
F.〈送友人〉唐・李白
G.〈梅〉宋・王淇
H.〈春從天上來・閨怨〉元・王伯成
I.〈長相思〉南唐・李煜

部分答案提示字

巾	更	緒	手	花	眼	日	宇	靜	生	志
柴	長	燈	自	開	相	宴	之	永	年	事

●【詩詞知識】—— 菊花

　　菊花雖不能與國色天香的牡丹相媲美，也不能與身價百倍的蘭花並論，但作為傲霜之花，它一直得到文人墨客的青睞，有人稱讚它堅強的品格，有人欣賞它清高的氣質。如屈原〈離騷〉：「朝飲木蘭之墜露兮，夕餐秋菊之落英。」詩人以飲露餐花象徵自己品行的高尚和純潔。如唐人元稹〈菊花〉：「秋叢繞舍似陶家，遍繞籬邊日漸斜。不是花中偏愛菊，此花開盡更無花。」

◆ 117

1一	A枝							B韶		
							2白			
3落					C一					
				4一					D虜	
5別		E今								
F春	6嘆									
7在				8至	G殘					
客										
9先										

橫向題目

1. 〈遊園不值〉宋・葉紹翁
2. 《詩經・白華》
3. 〈寄全椒山中道士〉唐・韋應物
4. 〈破陣子〉南唐・李煜
5. 〈送楊氏女〉唐・韋應物
6. 〈水仙子・夜雨〉元・徐再思
7. 〈閒居雜詠・廉維〉宋・陳淳

8. 〈至德二載甫自京金光門出問道歸鳳翔乾元初從左拾遺移華州掾與親故別
　　因出此門有悲往事〉唐・杜甫
9. 〈丹青引贈曹霸將軍〉唐・杜甫

縱向題目

A. 〈清平樂〉宋・晏幾道
B. 〈江城子〉宋・秦觀
C. 〈有嘆〉明・顧炎武
D. 〈走馬川行奉送出師西征〉唐・岑參
E. 〈韋諷錄事宅觀曹將軍畫馬圖〉唐・杜甫
F. 〈新年作〉唐・劉長卿
G. 〈獻衷心〉唐・歐陽炯

部分答案提示字

絮	葉	羈	新	旦	淹	留	心	常	花	驄
盡	離	旅	圖	從	有	辨	豐	逆	華	菅

118

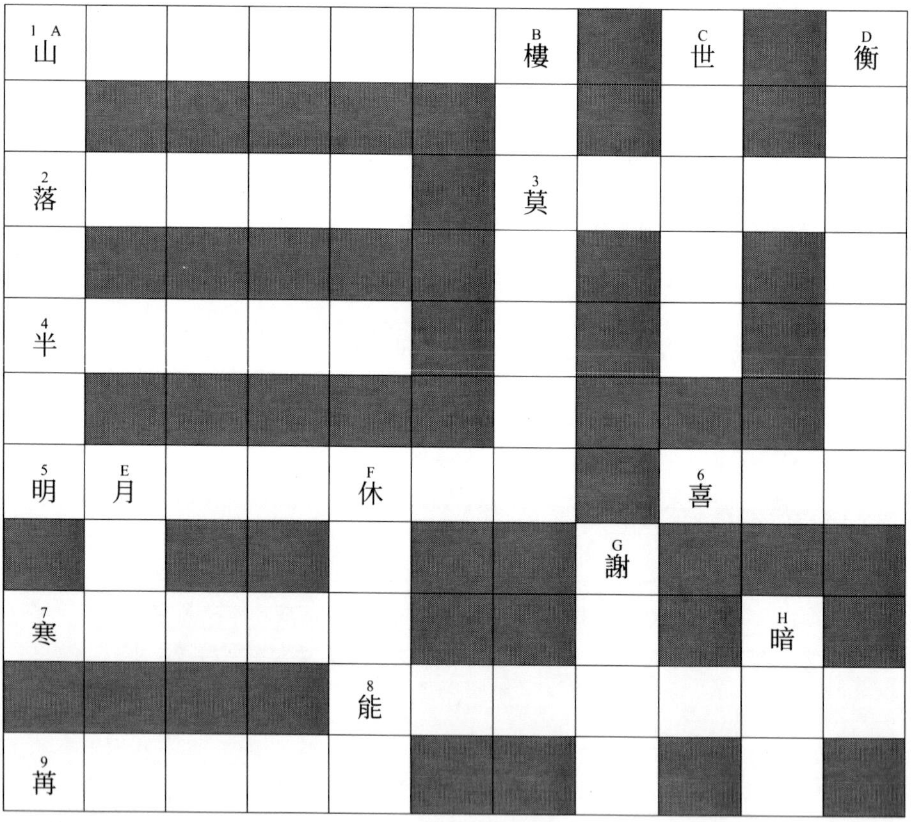

橫向題目

1. 〈題臨安邸〉宋．林升
2. 〈夕次盱眙縣〉唐．韋應物
3. 〈西施詠〉唐．王維
4. 〈女冠子．其二〉唐．韋莊
5. 〈蘇幕遮〉宋．范仲淹
6. 〈山坡羊．述懷〉元．薛昂夫
7. 〈雜詩．其二〉唐．王維
8. 〈長恨歌〉唐．白居易
9. 〈八聲甘州〉宋．柳永

縱向題目

A.〈越王樓歌〉唐・杜甫

B.〈踏莎行〉宋・歐陽脩

C.〈賊平後送人北歸〉唐・司空曙

D.〈送李少府貶峽中王少府貶長沙〉唐・高適

E.〈水調歌頭・送陳詠之歸鎮陽〉金・蔡松年

F.〈菩薩蠻・千般願〉唐・敦煌曲子詞

G.《詩經・崧高》

H.〈西溪子〉唐・李珣

部分答案提示字

魂	邊	誠	闌	頭	華	休	淮	鎮	車	歸
銷	梅	歸	倚	日	羞	喜	琴	書	帆	逗

◆ 119

1 A 西								B 也	
						2 乃			
3 鷥		C 鳳		D 眾					
						E 桃			
			4 尋						
F 秋									
			5 百					G 彼	
6 暗									
			7 堪						
8 重									

橫向題目

1. 〈題臨安邸〉宋‧林升
2. 《詩經‧綿》
3. 〈石鼓歌〉唐‧韓愈
4. 〈慶全庵桃花〉宋‧謝枋得
5. 〈暮春題瀼西新賃草屋‧其一〉唐‧杜甫
6. 〈楚天遙過清江引〉元‧薛昂夫
7. 〈摸魚兒‧東皋寓居〉宋‧晁補之
8. 〈贈衛八處士〉唐‧杜甫

縱向題目

A．〈宿王昌齡隱居〉唐‧常建

B．〈時世行〉唐‧杜荀鶴

C．〈廬山謠寄盧侍御虛舟〉唐‧李白

D．〈青玉案‧元夕〉宋‧辛棄疾

E．〈踏莎行〉宋‧秦觀

F．〈聽蜀僧濬彈琴〉唐‧李白

G．《詩經‧園有桃》

部分答案提示字

是	光	度	歌	鶴	舌	欲	愛	處	得	桃
哉	裡	韶	笑	群	無	語	好	避	應	門

◆ 120

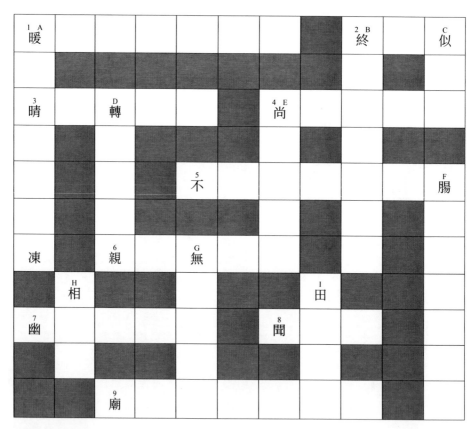

横向題目

1. 〈題臨安邸〉宋．林升
2. 〈唐多令〉宋．劉過
3. 〈和晉陵路丞早春遊望〉唐．杜審言
4. 〈賀新郎．寄李伯紀丞相〉宋．張元幹
5. 〈鷓鴣天〉宋．歐陽脩
6. 〈登岳陽樓〉唐．杜甫
7. 〈闕題〉唐．劉眘虛
8. 〈最高樓．乙卯生日〉宋．劉克莊
9. 〈謁衡嶽廟遂宿嶽寺題門樓〉唐．韓愈

縱向題目

- A. 〈蝶戀花〉宋‧李清照
- B. 〈隋宮〉唐‧李商隱
- C. 〈水龍吟‧癸丑二月襄陽得捷，和劉制參韻〉宋‧李曾伯
- D. 〈巴山道中除夜有懷〉唐‧崔塗
- E. 〈六醜‧落花〉宋‧周邦彥
- F. 〈絕句漫興‧其五〉唐‧杜甫
- G. 〈至德二載甫自京金光門出問道歸鳳翔乾元初從左拾遺移華州掾與親故別因出此門有悲往事〉唐‧杜甫
- H. 〈洞仙歌〉宋‧李元膺
- I. 《詩經‧大田》

部分答案提示字

於	初	映	綠	蘋	識	神	有	斷	綸	否
僅	破	遠	內	老	祖	父	許	垂	信	相

●【詩詞知識】── 賀新郎

〈賀新郎〉，詞牌名，又名〈金縷曲〉、〈乳燕飛〉、〈貂裘換酒〉、〈金縷詞〉、〈金縷歌〉、〈風敲竹〉、〈賀新涼〉等。傳作以《東坡樂府》所收為最早，唯句讀平仄，與諸家頗多不合，因以《稼軒長短句》為準。該詞牌一百十六字，上片五十七字，下片五十九字，各十句六仄韻。此調聲情沉鬱蒼涼，宜抒發激越情感，歷來為詞家所慣用。以葉夢得〈賀新郎‧睡起流鶯語〉為正體，代表作有張元幹〈賀新郎‧夢繞神州路〉、辛棄疾〈賀新郎‧把酒長亭說〉、劉克莊〈賀新郎‧北望神州路〉。

〈賀新郎〉宋‧葉夢得

睡起流鶯語，掩蒼苔房櫳向晚，亂紅無數。吹盡殘花無人見，唯有垂楊自舞。漸暖靄、初回輕暑。寶扇重尋明月影，暗塵侵、上有乘鸞女。驚舊恨，遽如許。

題目

　　江南夢斷橫江渚，浪黏天，葡萄漲綠，半空煙雨。無限樓前滄波意，誰採蘋花寄取？但悵望、蘭舟容與，萬里雲帆何時到？送孤鴻、目斷千山阻。誰為我，唱金縷？

◆ 121

橫向題目

1. 〈題臨安邸〉宋・林升
2. 《詩經・巧言》
3. 〈輪臺歌奉送封大夫出師西征〉唐・岑參
4. 〈落花〉唐・李商隱
5. 《詩經・泉水》
6. 〈夜遊宮・苦俗客〉宋・辛棄疾
7. 〈臨江仙〉宋・晏幾道

8.〈河傳〉唐·溫庭筠

9.〈宿府〉唐·杜甫

縱向題目

A.〈尋西山隱者不遇〉唐·邱為

B.〈送陳章甫〉唐·李頎

C.〈將進酒〉唐·李白

D.〈贈衛八處士〉唐·杜甫

E.〈玄都觀桃花〉唐·劉禹錫

F.〈念奴嬌〉宋·黃庭堅

G.〈望海潮〉宋·柳永

部分答案提示字

河	簾	與	幕	低	回	美	差	連	之	麋
浪	翠	商	府	井	玉	腕	言	出	曲	陌

● 【詩詞知識】 ── 梧桐

　　梧桐是淒涼悲傷的象徵，如唐代王昌齡〈長信秋詞〉：「金井梧桐秋葉黃，珠簾不捲夜來霜。熏籠玉枕無顏色，臥聽南宮清漏長。」元代徐再思〈雙調水仙子·夜雨〉：「一聲梧葉一聲秋，一點芭蕉一點愁，三更歸夢三更後。」李清照〈聲聲慢〉：「梧桐更兼細雨，到黃昏、點點滴滴。」

122

横向題目

1. 〈曉出淨慈送林子方〉宋·楊萬里
2. 〈琴歌〉唐·李頎
3. 〈沁園春〉宋·戴復古
4. 〈憶江南〉唐·皇甫松
5. 〈谷口書齋寄楊補闕〉唐·錢起
6. 《詩經·桑柔》

7.〈燕歌行〉唐·高適

8.〈柳梢青·岳陽樓〉宋·戴復古

9.〈琵琶行〉唐·白居易

縱向題目

A.〈水調歌頭·送章德茂大卿使虜〉宋·陳亮

B.〈夢遊天姥吟留別〉唐·李白

C.〈春泛若耶溪〉唐·綦毋潛

D.〈登金陵鳳凰臺〉唐·李白

E.〈聽董大彈胡笳聲兼寄語弄房給事〉唐·李頎

F.《詩經·節南山》

G.〈醉太平·譏貪小利者〉元·無名氏

部分答案提示字

孫	飛	遠	戍	靡	掃	蘿	有	酒	詩	者
部	溶	節	碎	定	銀	篋	況	斯	爐	落

◆ 123

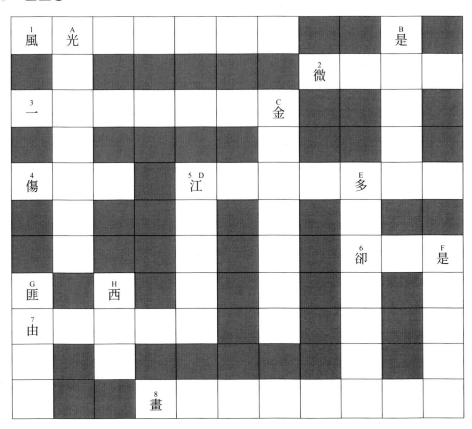

橫向題目

1. 〈曉出淨慈送林子方〉宋・楊萬里

2. 《詩經・邶風・柏舟》

3. 〈白鹿洞・其一〉唐・王貞白

4. 〈天仙子〉宋・張先

5. 〈題烏江亭〉唐・杜牧

6. 〈玉團兒・香月堂古桂數十株著花因賦〉宋・張鎡

7. 〈關山月〉唐・李白

8. 〈落梅風〉元・李致遠

題目

縱向題目

A.〈塞鴻秋〉元・薛昂夫

B.〈水仙子・吊宮大用〉元・鍾嗣成

C.〈金陵酒肆留別〉唐・李白

D.〈夢李白・其一〉唐・杜甫

E.〈贈別・其二〉唐・杜牧

F.〈同從弟南齋玩月憶山陰崔少府〉唐・王昌齡

G.《詩經・賓之初筵》

H.〈採蓮令〉宋・柳永

部分答案提示字

又	勿	征	比	吟	南	寸	情	正	無	酒
電	語	客	英	苦	瘴	隙	中	有	流	景

●【詩人故事】── 嗜茶如命

　　楊萬里過於嗜茶，也因此瘦骨如柴，但他仍不願與茶一刀兩斷。他在一首詩中說：「老夫七碗病未能，一啜猶堪坐秋夕。」雖然病未痊癒，只是少喝點茶罷了。此外，楊萬里由於夜裡也好飲茶，故常常引起失眠，其嗜茶如命可見一斑。

124

横向題目

1. 〈曉出淨慈送林子方〉宋·楊萬里

2. 《詩經·擊鼓》

3. 〈夜歸鹿門山歌〉唐·孟浩然

4. 〈賊退示官吏並序〉唐·元結

5. 〈山石〉唐·韓愈

6. 〈賊退示官吏並序〉唐·元結

7. 〈清平樂〉南唐·馮延巳

題目

縱向題目

A . 〈玉交枝・失題〉元・喬吉

B . 〈山居秋暝〉唐・王維

C . 〈醉吟〉宋・戴復古

D . 〈望薊門〉唐・祖詠

E . 〈春從天上來・閨怨〉元・王伯成

F . 《詩經・牆有茨》

G . 〈六州歌頭〉宋・張孝祥

H . 《詩經・無衣》

I . 〈梧葉兒・別情〉元・關漢卿

部分答案提示字

| 到 | 頭 | 徑 | 將 | 雲 | 地 | 春 | 王 | 命 | 人 | 韈 |
| 白 | 年 | 寒 | 營 | 綠 | 束 | 為 | 必 | 局 | 其 | 鐙 |

◆ 125

¹ᴬ 映		ᴮ 荷		ᶜ 別			■	²ᴰ 江	
	■		■		■	■		■	■
				³ 與					ᴱ 苦
			■	■		■		■	
	■			⁴ 月				■	
		■		■				■	
	■	⁵ 未							
■	ᶠ 歸	■							
		ᴳ 塵		ᴴ 船			ᴵ 富		
■		⁶ 土					■		
⁷ 公				■				■	

橫向題目

1. 〈曉出淨慈送林子方〉宋 · 楊萬里

2. 〈憶江南 · 其一〉唐 · 白居易

3. 〈將進酒〉唐 · 李白

4. 〈春宿左省〉唐 · 杜甫

5. 〈詠柳〉宋 · 石延年

6. 〈清江引 · 立春〉元 · 貫雲石

7. 《詩經 · 采蘩》

縱向題目

A．〈蜀相〉唐‧杜甫

B．〈夏日南亭懷辛大〉唐‧孟浩然

C．〈金陵酒肆留別〉唐‧李白

D．〈登柳州城樓寄漳汀封連四州刺史〉唐‧柳宗元

E．〈清江引〉元‧曹德

F．《詩經‧載馳》

G．〈最高樓‧又次前韻〉元‧劉敏中

H．〈荷華媚‧荷花〉宋‧蘇軾

I．〈水調歌頭‧聞採石戰勝〉宋‧張孝祥

部分答案提示字

春	唁	回	事	無	枝	舊	牛	兒	到	也
秋	衛	腸	去	多	葉	時	載	將	條	先

126

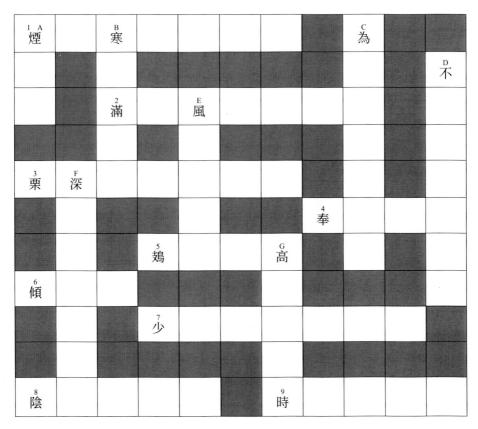

横向題目

1. 〈泊秦淮〉唐・杜牧
2. 〈亡友潘邠老有滿城風雨近重陽之句今去重陽四日而風雨大作遂用邠老之句廣為三絕句〉宋・謝逸
3. 〈夢遊天姥吟留別〉唐・李白
4. 《詩經・馬驖》
5. 〈水龍吟〉宋・曾覿
6. 〈瑞鷓鴣〉宋・柳永
7. 〈燕歌行〉唐・高適

題目

8.〈古朗月行〉唐·李白
9.〈賊平後送人北歸〉唐·司空曙

縱向題目

A.〈陽春曲·皇亭晚泊〉元·徐再思
B.〈秋日登吳公臺上寺遠眺〉唐·劉長卿
C.〈奉和聖制從蓬萊向興慶閣道中留春雨中春望之作應制〉唐·王維
D.〈賀聖朝·留別〉宋·葉清臣
E.〈江鄉故人偶集客舍〉唐·戴叔倫
F.〈聽董大彈胡笳聲兼寄語弄房給事〉唐·李頎
G.〈同從弟南齋玩月憶山陰崔少府〉唐·王昌齡

部分答案提示字

時	樹	暗	知	南	欲	斷	淪	惑	辰	牡
令	晚	鵲	來	齋	林	兮	精	此	驚	層

◆ 127

¹夜		ᴬ秦		ᴮ近			■		ᶜ月	■	ᴰ傷
■	■		■		■		²維				
ᴱ早	■		■		■	ᶠ奔				■
³抽							■		■	■
	■					⁴到			ᴳ時	
■	⁵秦			■	■		■			
			ᴴ留				■	⁶金		
ᴵ無	■		⁷我					■		
⁸妨				■				⁹平		
	■		■		■		■		■	
¹⁰伊					■	¹¹輕				

橫向題目

1. 〈泊秦淮〉唐・杜牧
2. 《詩經・葛屨》
3. 〈宣州謝朓樓餞別校書叔雲〉唐・李白
4. 〈洞仙歌〉宋・李元膺
5. 〈憶秦娥〉唐・李白
6. 〈更漏子〉宋・晏殊
7. 〈下終南山過斛斯山人宿置酒〉唐・李白
8. 〈六州歌頭〉宋・辛棄疾

9.〈點絳唇〉宋·王禹偁

10.〈浪淘沙令〉宋·王安石

11.〈攜妓納涼晚際遇雨·其一〉唐·杜甫

縱向題目

A.〈憶秦娥〉唐·李白

B.〈和武相公錦樓玩月得濃字〉唐·柳公綽

C.〈月夜憶舍弟〉唐·杜甫

D.〈秦樓月〉宋·向子諲

E.〈粉蝶兒〉元·姬翼

F.〈將進酒〉唐·李白

G.〈漁家傲〉宋·歐陽脩

H.〈漢江臨泛〉唐·王維

I.〈柳梢青〉宋·楊無咎

部分答案提示字

看	水	為	斷	山	醉	君	花	逕	褊	心
江	淺	呂	秦	翁	浪	遲	兩	衰	盞	酒

●【詩詞知識】—— 憶秦娥

　　〈憶秦娥〉，詞牌名。雙調，共四十六字，有仄韻、平韻兩體。仄韻格為定格，多用入聲韻，上下片各五句，三仄韻一疊韻。世傳唐代大詩人李白首作此詞，中有「秦娥夢斷秦樓月」句，故名。別名甚多，有〈秦樓月〉、〈碧雲深〉、〈雙荷葉〉等。代表作品除〈憶秦娥·簫聲咽〉外，還有李清照〈憶秦娥·臨高閣〉與賀鑄〈憶秦娥·映朦朧〉等。

〈憶秦娥〉唐・李白

　　簫聲咽，秦娥夢斷秦樓月。秦樓月，年年柳色，灞陵傷別。

　　樂遊原上清秋節，咸陽古道音塵絕。音塵絕，西風殘照，漢家陵闕。

◆ 128

									²		
¹ ᴬ 商									山	ᴮ 僧	
		ᶜ 莫		³ ᴰ 幽							
⁴ 定											
				⁵ 無		ᴱ 曲					
⁶ ᶠ 黃											
			⁷ ᴳ 凝						ᴴ 暫	歇	
					⁸ 何						
⁹ 聲						¹⁰ 日					

橫向題目

1. 〈泊秦淮〉唐‧杜牧

2. 〈沁園春〉宋‧劉辰翁

3. 〈佳人〉唐‧杜甫

4. 〈卜算子〉宋‧李之儀

5. 〈江神子令‧西山隱者相訪〉元‧劉志淵

6. 〈普天樂‧江頭秋行〉元‧趙善慶

7. 〈琵琶行〉唐‧白居易

8. 〈己卯六月十一日書石室壁〉宋‧蒲壽宬

9. 〈王度支陶輓詞·其一〉宋·蘇轍

10. 〈春宮怨〉唐·杜荀鶴

縱向題目

A. 〈雙雙燕·詠燕〉宋·史達祖

B. 〈水仙子·自足〉元·楊朝英

C. 〈鷓鴣天〉宋·李清照

D. 〈春泛若耶溪〉唐·綦毋潛

E. 〈題破山寺後禪院〉唐·常建

F. 〈八六子〉宋·秦觀

G. 〈旅宿〉唐·杜牧

H. 〈月下獨酌·其一〉唐·李白

部分答案提示字

道	量	蕊	啼	情	名	豈	處	明	添	籬
弦	不	黃	數	自	影	重	偶	然	月	灣

● 【詩詞知識】 ── 東籬

　　多用於比喻隱逸之士或遠離塵俗、潔身自好的品格。陶淵明〈飲酒〉:「采菊東籬下,悠然見南山。」蘇軾〈戲章質夫寄酒不至〉:「漫繞東籬嗅落英。」李清照〈醉花陰·九日〉:「東籬把酒黃昏後,有暗香盈袖。」

◆ 129

1 A 隔			B 唱			C 花		D 文		
						2 遊				
			3 五		E 欲					F 擬
							4 錦			
			5 月							
		G 我					H 功			
6 I 一			J 空							
			7 感							
8 小										

橫向題目

1. 〈泊秦淮〉唐・杜牧
2. 〈安公子〉宋・柳永
3. 〈蟬〉唐・李商隱
4. 〈釵頭鳳〉宋・陸游
5. 〈好事近・七月十三日夜登萬花川谷望月作〉宋・楊萬里
6. 〈臨江仙〉宋・侯蒙
7. 〈觀公孫大娘弟子舞劍器行並序〉唐・杜甫
8. 〈滿庭芳・夏日溧水無想山作〉宋・周邦彥

縱向題目

A.〈蜀相〉唐‧杜甫

B.〈直玉堂作〉宋‧洪諮夔

C.〈臺城路‧用儲華谷韻〉清‧厲鶚

D.〈韓碑〉唐‧李商隱

E.〈次韻和淵明飲酒詩‧其五〉宋‧李綱

F.〈貧女〉唐‧秦韜玉

G.《詩經‧北門》

H.〈滿庭芳〉元‧姚燧

I.〈金縷歌‧登道場山絕頂〉清‧李符

J.〈江城子〉宋‧蘇軾

部分答案提示字

易	丸	破	託	益	時	撫	到	誠	橋	外
斷	慨	體	良	自	增	惋	舉	入	成	羈

●【詩人故事】—— 父子清官

　　楊萬里因得罪了宰相，由江東轉運副使改知贛州。他沒有去赴任，而是申請退回官帽當老百姓。據推算，他當時應有餘錢萬緡（一緡為一千文）。楊萬里把這一大堆錢棄於官庫，不去取，就回了江西吉水老家。楊萬里這種視金錢為糞土的心態對其兒子有很大的影響，楊伯儒在廣東當官時，從自己「薪資」中拿出七千緡代貧困戶繳納租稅。並不是楊萬里家裡富可敵國，他家也就僅有一棟老屋而已。

◆ 130

¹ᴬ春		ᴮ春			ᶜ人		▓	ᴰ盈	▓	▓
	▓		▓	▓		▓	²不			
	▓	³斜				▓		▓	▓	
	▓		▓	▓			⁴淚	ᴱ珠		
⁵三			▓	▓		▓			▓	
			ᶠ齊		⁶ᴳ早		▓		▓	▓
				▓		▓	▓			▓
▓	ᴴ奈	▓			▓				▓	
▓				⁷春				⁸迤		
⁹問					▓		▓		▓	▓
▓				¹⁰茅			▓	▓	▓	

橫向題目

1. 〈喜春來・春宴・其一〉元・元好問
2. 《詩經・卷耳》
3. 〈塞鴻秋・山行警〉元・無名氏
4. 〈天仙子〉唐・皇甫松
5. 〈水龍吟・警世〉元・丘處機
6. 〈早秋〉唐・許渾
7. 〈喜春來・春宴・其一〉元・元好問
8. 〈柳梢青〉宋・林淳

9.〈長安遇馮著〉唐‧韋應物

10.〈人月圓‧開吳淞江遇雪〉元‧張可久

縱向題目

A.〈喜春來‧春宴‧其一〉元‧元好問

B.〈喜春來‧春宴‧其一〉元‧元好問

C.〈後出郊‧其一〉宋‧劉敞

D.〈踏莎行〉宋‧歐陽脩

E.〈長恨歌〉唐‧白居易

F.〈喜春來‧春宴‧其一〉元‧元好問

G.〈疏影〉宋‧姜夔

H.〈還京樂‧大石〉宋‧周邦彥

部分答案提示字

醞	透	盤	生	風	燕	簪	寶	客	邏	度
宴	排	宜	菜	懷	剪	七	釵	里	遠	曠

◆ 131

¹蜀			ᴬ難				² ᴮ兩			ᶜ名
					ᴰ砯					
³施							⁴青			
	⁵然								ᴱ連	
ᶠ隨										
			ᴳ嘆							
⁶家							⁷遍			
							ᴴ膽			
					⁸斗					
	⁹東						¹⁰魚			

橫向題目

1. 〈蜀道難〉唐 · 李白

2. 〈蟾宮曲〉元 · 馬致遠

3. 《詩經 · 頍弁》

4. 〈念奴嬌 · 送孫無言歸黃山〉清 · 汪懋麟

5. 〈蜀道難〉唐 · 李白

6. 〈臨江仙〉宋 · 蘇軾

7. 〈水調歌頭〉宋 · 葉夢得

8. 〈山亭柳・贈歌者〉宋・晏殊

9. 〈瑞龍吟・大石春景〉宋・周邦彥

10. 〈踏莎行〉宋・秦觀

縱向題目

A. 〈蜀道難〉唐・李白

B. 〈長相思〉宋・林逋

C. 〈瑞龍吟・大石春景〉宋・周邦彥

D. 〈蜀道難〉唐・李白

E. 〈蜀道難〉唐・李白

F. 〈驀山溪・自述〉宋・宋自遜

G. 〈關山月〉唐・李白

H. 〈漁父詞・其三〉元・管道昇

部分答案提示字

園	崖	壑	城	聞	傳	尺	于	松	字	功
露	轉	雷	棧	相	尖	新	天	涯	童	捧

●【詩詞知識】── 念奴嬌

〈念奴嬌〉，詞牌名，又名〈百字令〉、〈酹江月〉、〈大江東去〉、〈湘月〉，得名於唐代天寶年間的一個名叫念奴的歌妓。念奴以有姿色、善歌唱名揚天寶年間，玄宗的品題「此女妖麗，眼色媚人」，更使之豔名遠播。念奴的明豔嬌媚，於是成為文人豔稱的題材，形之歌詠，播於樂府。元稹詩有「春嬌滿眼」之句，〈念奴嬌〉曲名，即取義於此。此調以蘇軾〈念奴嬌・中秋〉為正體，雙調一百字，前片四十九字，後片五十一字，各十句四仄韻。另有雙調一百字，前片九句四仄韻，後片十句四仄韻等十一種變體。代表作品有蘇軾〈念奴嬌・赤壁懷古〉、姜夔〈念奴嬌・鬧紅一舸〉等。

〈念奴嬌‧中秋〉宋‧蘇軾

　　憑高眺遠，見長空萬里，雲無留跡。桂魄飛來，光射處，冷浸一天秋碧。玉宇瓊樓，乘鸞來去，人在清涼國。江山如畫，望中煙樹歷歷。

　　我醉拍手狂歌，舉杯邀月，對影成三客。起舞徘徊風露下，今夕不知何夕？便欲乘風，翻然歸去，何用騎鵬翼。水晶宮裡，一聲吹斷橫笛。

◆ 132

A方			B下			C驚			D倚	
		1上								
2連										E下
				3誰						
	F被									
	4黃				G不					
									H春	
				5又						
6花										
			7長							

橫向題目

1. 〈蜀道難〉唐・李白
2. 〈與高適薛據登慈恩寺浮圖〉唐・岑參
3. 〈賀新郎・送陳真州子華〉宋・劉克莊
4. 〈蜀道難〉唐・李白
5. 〈清江引・野興〉元・馬致遠
6. 〈東風齊著力・除夕〉宋・胡浩然
7. 〈雜詩〉唐・沈佺期

題目

縱向題目

A.〈觀李固請司馬弟山水圖〉唐·杜甫

B.〈蜀道難〉唐·李白

C.〈小重山〉宋·岳飛

D.〈芳草渡〉南唐·馮延巳

E.《詩經·日月》

F.〈慶東原〉元·張養浩

G.〈蜀道難〉唐·李白

H.〈蝶戀花·陸子方飲客杏花下〉宋·張炎

部分答案提示字

丈	高	是	鬧	逆	家	營	若	波	塊	土
渾	樓	冒	枝	折	龍	回	夢	中	叢	裡

◆ 133

橫向題目

1. 〈夢遊天姥吟留別〉唐‧李白

2. 〈溪居〉唐‧柳宗元

3. 〈夢遊天姥吟留別〉唐‧李白

4. 〈夢遊天姥吟留別〉唐‧李白

5. 〈南樓令‧臨春閣〉清‧吳綺

6. 〈行香子‧梅〉宋‧晁補之

7.〈夢遊天姥吟留別〉唐・李白

8.〈尋西山隱者不遇〉唐・邱為

縱向題目

A.〈朝天子・志感〉元・無名氏

B.〈夢遊天姥吟留別〉唐・李白

C.〈關山月〉唐・李白

D.〈殿前歡〉元・衛立中

E.〈夢遊天姥吟留別〉唐・李白

F.〈寨兒令・聽箏〉元・湯式

G.〈遣興・其五〉唐・杜甫

H.〈短歌行〉唐・李白

I.〈水龍吟〉宋・張榘

部分答案提示字

雲	運	詩	明	多	穹	茫	必	待	風	流
深	蹇	何	越	句	浩	扉	之	子	天	石

◆ 134

横向題目

1. 〈虞美人〉南唐・李煜

2. 〈夢遊天姥吟留別〉唐・李白

3. 〈絳都春・詠蛺蝶〉清・陳維崧

4. 〈夢遊天姥吟留別〉唐・李白

5. 〈二十六日大風寄貢甫〉宋・劉敞

6. 〈宿澄上人院〉唐・盧綸

7. 〈西施詠〉唐・王維

縱向題目

A.〈夢遊天姥吟留別〉唐·李白

B.〈贈孟浩然〉唐·李白

C.〈夢遊天姥吟留別〉唐·李白

D.〈偈〉宋·釋谷泉

E.〈夢遊天姥吟留別〉唐·李白

F.〈夢遊天姥吟留別〉唐·李白

G.〈雁兒落過得勝令·閒適〉元·鄧玉賓子

部分答案提示字

秋	剗	澹	生	月	草	如	溪	中	止	天
悟	稀	兮	煙	紛	來	方	出	似	大	風

●【詩詞知識】 —— 流水

常用以比喻綿綿不盡的情思，如李煜〈虞美人〉：「問君能有幾多愁，恰似一江春水向東流。」杜甫〈登高〉：「無邊落木蕭蕭下，不盡長江滾滾來。」

也比喻時間流逝，如蘇軾〈念奴嬌·赤壁懷古〉：「大江東去，浪淘盡，千古風流人物。」

還可以比喻雖具體可感卻難以掌握的事物，如杜牧〈秋夕〉：「天階夜色涼如水，坐看牽牛織女星。」

◆ 135

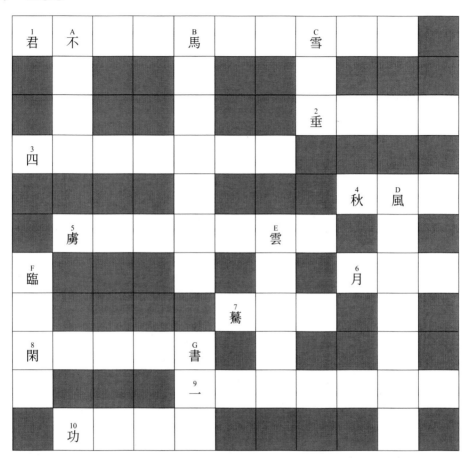

橫向題目

1. 〈走馬川行奉送出師西征〉唐・岑參

2. 《詩經・芃蘭》

3. 〈輪臺歌奉送封大夫出師西征〉唐・岑參

4. 〈三五七言〉唐・李白

5. 〈輪臺歌奉送封大夫出師西征〉唐・岑參

6. 〈相見歡〉南唐・李煜

7. 〈祝英臺近・薔薇〉宋・史達祖

8.〈晨詣超師院讀禪經〉唐・柳宗元

9.〈走馬川行奉送出師西征〉唐・岑參

10.〈殿前歡・客中〉元・張可久

縱向題目

A.〈漢宮春・鄭賀守席上懷舊〉宋・劉鎮

B.〈走馬川行奉送出師西征〉唐・岑參

C.〈驀山溪・梅〉宋・曹組

D.〈走馬川行奉送出師西征〉唐・岑參

E.〈和人雪意〉宋・李之儀

F.《詩經・皇矣》

G.〈夜遊宮・般涉〉宋・周邦彥

部分答案提示字

到	垂	衝	容	破	塞	兵	邊	伐	忽	地
愁	帶	閑	紙	碎	持	貝	名	半	悷	弓

136

	¹ᴬ富				ᴮ輪			ᶜ遠	
				²輪					ᴰ去
³叔									
			ᴱ半			⁴恁			
⁵忽									
⁶ᶠ如						⁷ᴳ我			
		⁸亞							
⁹松				¹⁰別					

橫向題目

1. 〈山坡羊〉元・張養浩
2. 〈白雪歌送武判官歸京〉唐・岑參
3. 《詩經・大叔于田》
4. 〈禱雨社稷・稷神〉宋・蘇軾
5. 〈白雪歌送武判官歸京〉唐・岑參
6. 〈瑞應麒麟詩〉明・楊榮
7. 《詩經・東山》

8.〈輪臺歌奉送封大夫出師西征〉唐・岑參

9.〈阮郎歸〉宋・司馬光

10.〈齊天樂・蟋蟀〉宋・姜夔

縱向題目

A.〈丹青引贈曹霸將軍〉唐・杜甫

B.〈輪臺歌奉送封大夫出師西征〉唐・岑參

C.〈奉濟驛重送嚴公四韻〉唐・杜甫

D.〈白雪歌送武判官歸京〉唐・岑參

E.〈走馬川行奉送出師西征〉唐・岑參

F.〈聽蜀僧濬彈琴〉唐・李白

G.〈成都府〉唐・杜甫

部分答案提示字

苦	夜	聽	徂	東	相	勤	此	雨	何	如
哀	吼	萬	王	甘	露	冷	雲	之	于	田

◆ 137

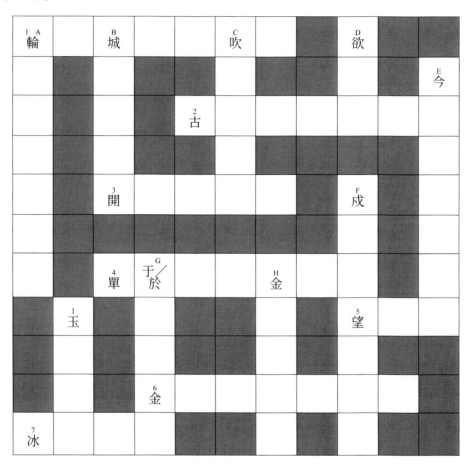

橫向題目

1. 〈輪臺歌奉送封大夫出師西征〉唐・岑參

2. 〈輪臺歌奉送封大夫出師西征〉唐・岑參

3. 〈壯遊〉唐・杜甫

4. 〈輪臺歌奉送封大夫出師西征〉唐・岑參

5. 〈金菊對芙蓉・秋怨〉宋・康與之

6. 〈走馬川行奉送出師西征〉唐・岑參

7. 〈洞仙歌〉宋・蘇軾

縱向題目

A.〈輪臺歌奉送封大夫出師西征〉唐・岑參

B.〈送客回晚興〉唐・白居易

C.〈送春有感〉宋・王邁

D.〈更漏子・般涉調〉宋・張先

E.〈輪臺歌奉送封大夫出師西征〉唐・岑參

F.〈輪臺歌奉送封大夫出師西征〉唐・岑參

G.〈憶秋浦桃花舊遊時竄夜郎〉唐・李白

H.〈雜詠・其一〉宋・趙蕃

I.〈柳梢青〉宋・楊無咎

部分答案提示字

上	簫	紫	凰	憑	輕	茲	北	肌	口	詠
雲	來	鳳	霧	誰	孰	鍊	旄	故	骨	多

◆ 138

A冥	■	■	1在	B長		■		2以	C先	
	■	■			■	D奇		■		■
3孤		E不				■				F角
	■		■	■	■	4處				
	■		■	G下		■				■
	■		■	5上					■	
6風				■				■		
■				7河						
8依		H記	■	■			■	9 I似		■
■		10昔				■				
11婁			■		■		12嗟			

橫向題目

1. 〈長相思・其一〉唐・李白
2. 《詩經・六月》
3. 〈長相思・其一〉唐・李白
4. 〈遺愛寺〉唐・白居易
5. 〈長相思・其一〉唐・李白
6. 〈玉蝴蝶・雪窗憶卿謀〉清・尤侗
7. 《詩經・碩人》

8.〈沁園春・答九華葉賢良〉宋・劉克莊

9.〈蘭陵王・柳〉宋・周邦彥

10.〈長相思・其二〉唐・李白

11.《詩經・桓》

12.《詩經・卷耳》

縱向題目

A.〈古柏行〉唐・杜甫

B.〈長相思・其一〉唐・李白

C.〈酬張無夢〉宋・梅摯

D.〈鷓鴣天〉宋・朱熹

E.〈長相思・其二〉唐・李白

F.〈雁門太守行〉唐・李賀

G.〈長相思・其一〉唐・李白

H.〈水調歌頭・壽趙提刑〉宋・馬子嚴

I.〈應天長〉宋・周邦彥

部分答案提示字

笑	稀	生	是	泉	絕	敲	豐	年	啟	行
我	古	真	水	洋	斷	竹	懷	人	夢	裡

●【詩人故事】──錦囊行

　　李賀經常在白天騎著驢出去散步，也有點采風的意思，身上帶著個錦囊，每當想到什麼好詞佳句，就趕緊寫下來放到錦囊裡。晚上回家後，吃完飯，他母親或者是僕人就會幫他把錦囊裡的字條整理好，他再根據這些素材創作，是個既有才情又勤奮的詩人。但是天妒英才，李賀不到三十歲就病死了。

◆ 139

¹ᴬ君		ᴮ見					ᶜ天		
									ᴰ俯
				²請	ᴱ君				
³堂									
				⁴號				ꜰ賢	
		⁵子							
		ᴳ丹				⁶德			
	⁷人								

橫向題目

1. 〈將進酒〉唐·李白
2. 〈將進酒〉唐·李白
3. 〈蕃女怨〉清·毛奇齡
4. 〈冬狩行〉唐·杜甫
5. 《詩經·豐》
6. 《詩經·日月》
7. 〈將進酒〉唐·李白

縱向題目

A．〈將進酒〉唐·李白
B．〈臨江仙·暮春〉宋·趙長卿
C．〈將進酒〉唐·李白
D．〈與高適薛據登慈恩寺浮圖〉唐·岑參
E．〈送程德林赴真州〉宋·蘇軾
F．〈朝天子·志感〉元·無名氏
G．〈將進酒〉唐·李白

部分答案提示字

愚	良	分	為	說	頗	浪	令	豐	有	前
無	音	辨	縣	江	風	渺	元	中	雨	下

◆ 140

橫向題目

1. 〈行香子‧七夕〉宋‧李清照
2. 〈兵車行〉唐‧杜甫
3. 〈奉答顧言見寄新句‧其一〉宋‧呂南公
4. 〈滿江紅〉宋‧蘇軾
5. 〈兵車行〉唐‧杜甫
6. 〈兵車行〉唐‧杜甫
7. 〈再次前韻〉宋‧朱翌

8.〈江南逢李龜年〉唐·杜甫

9.〈夜遊宮·般涉〉宋·周邦彥

縱向題目

A.〈兵車行〉唐·杜甫

B.〈兵車行〉唐·杜甫

C.〈驀山溪〉宋·葛勝仲

D.〈楚江懷古〉唐·馬戴

E.〈七布水〉宋·陳岩

F.〈兵車行〉唐·杜甫

G.〈釵頭鳳〉宋·陸游

H.《詩經·猗嗟》

I.〈行香子·述懷〉宋·蘇軾

部分答案提示字

箭	雨	過	傾	在	蜂	出	雲	山	知	緣
過	舟	水	崖	木	火	市	蘭	玉	分	在

◆ 141

橫向題目

1. 〈自夏口至鸚洲夕望岳陽寄源中丞〉唐・劉長卿

2. 〈洞仙歌〉宋・蘇軾

3. 〈麗人行〉唐・杜甫

4. 〈秋登巴陵望洞庭〉唐・李白

5. 〈麗人行〉唐・杜甫

6. 〈送楊氏女〉唐・韋應物

7. 〈瑞龍吟・大石春景〉宋・周邦彦

8. 〈訴衷情令〉宋 · 黃庭堅
9. 〈兵車行〉唐 · 杜甫
10. 〈折桂令 · 讀史〉元 · 李致遠

縱向題目

A. 〈春寒〉明 · 王九思
B. 〈麗人行〉唐 · 杜甫
C. 〈蘇幕遮〉宋 · 范仲淹
D. 〈麗人行〉唐 · 杜甫
E. 《詩經 · 車攻》
F. 〈兵車行〉唐 · 杜甫
G. 〈擬古 · 其五〉宋 · 朱熹
H. 〈應天長〉唐 · 韋莊

部分答案提示字

白	處	臣	帯	中	嶺	寒	深	悠	綠	無
盡	說	烏	金	途	鱗	正	窮	在	寒	煙

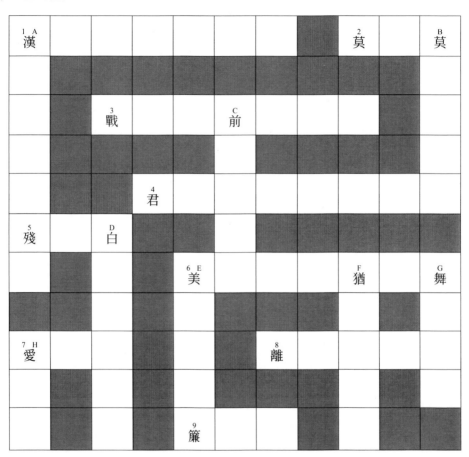

◆ 142

橫向題目

1. ⟨燕歌行⟩唐・高適

2. ⟨釵頭鳳⟩宋・陸游

3. ⟨燕歌行⟩唐・高適

4. ⟨燕歌行⟩唐・高適

5. ⟨酒泉子⟩南唐・馮延巳

6. ⟨燕歌行⟩唐・高適

7. ⟨一七令・茶⟩唐・元稹

8.〈荷花〉唐·李商隱

9.〈春閨怨〉元·喬吉

縱向題目

A.〈燕歌行〉唐·高適

B.〈蝶戀花〉宋·朱淑真

C.〈登幽州臺歌〉唐·陳子昂

D.〈清平樂·村居〉宋·辛棄疾

E.〈怨情〉唐·李白

F.〈秋日赴闕題潼關驛樓〉唐·許渾

G.〈永遇樂·京口北固亭懷古〉宋·辛棄疾

H.〈訴衷情令·和俞秀老鶴詞〉宋·王安石

部分答案提示字

雲	居	人	翁	捲	漁	也	家	煙	僧	家
閒	歌	苦	媼	珠	樵	愁	夢	棹	控	鉤

●【詩人故事】—— 至死難平愛國心

　　六十八歲的辛棄疾正在病重的時候，朝廷又來詔命，要他出來任職。在病床上聽完了詔書後，辛棄疾的心又劇烈的跳動了起來。想起年輕時在義軍中的戰場生活，槍林箭雨之中的衝殺，是多麼痛快啊！可是，在朝廷中，向朝廷上《美芹十論》，陳說恢復大計，可是正像自己詞中說的，「卻將萬字平戎策，換得東家種樹書。」帶湖閒居十年，重新起用後不久又是被罷官，又是整整八年的閒退生涯，晚年再起用，每次不是受阻撓，便是被罷官，做不成事業。如今，朝廷北伐，這些人為了私心而倉促用兵，遭到大敗，現在又要辛棄疾做什麼呢？撐持門面還是真正想將北伐進行到底呢？

　　兒女們看著辛棄疾的病越來越嚴重，都小心的照看著他。九月十日，辛棄疾憔悴的臉上忽然現出了一些神采，他此時如同又飛騎在戰場上，對著金人砍

殺，馬兒不停的奔跑著，身後成千上萬的大軍跟著自己向北衝鋒，旌旗飄揚，殺聲震天：「殺賊！殺賊！殺賊！殺……」兒女們聽得辛棄疾的大聲叫喊忽然停了，再看，他已經停止了呼吸。

◆ 143

1 A 一		B 興			2 朝		C 黃			
										D 留
3 好						4 千				
					E 遙				F 夜	
			5 周							
		G 根								
	6 我									
							7 H 一			
	8 屏									
						9 琴				

橫向題目

1. 〈齊天樂·題滕王閣〉宋·龍紫蓬
2. 〈廬山謠寄盧侍御虛舟〉唐·李白
3. 〈廬山謠寄盧侍御虛舟〉唐·李白
4. 〈卜算子·送鮑浩然之浙東〉宋·王觀
5. 〈次韻張昌言給事省中直宿〉宋·蘇轍
6. 〈廬山謠寄盧侍御虛舟〉唐·李白
7. 〈眼兒媚·題九里橋〉宋·危昂霄

8.〈廬山謠寄盧侍御虛舟〉唐·李白

9.〈沁園春·詠七字〉清·張玉珍

縱向題目

A.〈廬山謠寄盧侍御虛舟〉唐·李白

B.〈廬山謠寄盧侍御虛舟〉唐·李白

C.〈廬山謠寄盧侍御虛舟〉唐·李白

D.〈蜀溪春·黃海棠〉宋·曹勛

E.〈廬山謠寄盧侍御虛舟〉唐·李白

F.〈沉醉東風·秋景〉元·盧摯

G.〈楊花〉唐·齊己

H.〈水調歌頭·題於彥明新居〉元·李孝光

部分答案提示字

番	住	本	風	雲	霾	靜	灘	朗	廬	見
廢	春	屬	流	帆	張	弦	低	撥	月	風

◆ 144

¹黯			A臨		■	²寂		B又		C殘
■	■	■		■	■	■		■	
■	D晚	■		■	E公		■		
³昔						■			
■		■				⁴ F戲		■	
■				■				■	
■			⁵次				■		■
⁶孤					■		■		G捕
■		■		■		⁷曲			
■	⁸恨						■		

橫向題目

1. 〈塞下曲〉唐・王昌齡

2. 〈太常引・餞齊參議歸山東〉元・劉燕歌

3. 〈觀公孫大娘弟子舞劍器行並序〉唐・杜甫

4. 〈採桑子〉宋・晏殊

5. 〈永遇樂〉宋・李清照

6. 〈驀山溪・梅〉宋・曹組

7.〈永遇樂·彭城夜宿燕子樓〉宋·蘇軾

8.〈節婦吟·寄東平李司空師道〉唐·張籍

縱向題目

A.〈觀公孫大娘弟子舞劍器行並序〉唐·杜甫

B.〈探芳信·春溪即事〉清·黃之雋

C.〈陽春曲·春景〉元·胡祇遹

D.〈觀公孫大娘弟子舞劍器行並序〉唐·杜甫

E.〈觀公孫大娘弟子舞劍器行並序〉唐·杜甫

F.〈哀江頭〉唐·杜甫

G.〈小桃紅·雜詠〉元·盍西村

部分答案提示字

趁	魚	釀	芬	穎	第	豈	黯	見	蝶	遊
人	舟	蜂	芳	美	春	寞	一	世	港	跳

●【詩人故事】── 郎才女貌

　　據說李清照在閨閣之中時，就名動京城，引得太學生趙明誠為她大做相思之夢。據《瑯嬛記》卷中引〈外傳〉，趙明誠小時候，一日做夢，在夢中朗誦一首詩，醒來只記得三句話：「言與司合，安上已脫，芝芙草拔。」百思不得其解，就向父親討教。他的父親聽了哈哈大笑：「吾兒要得一能文詞婦也。」明誠大惑不解。他父親說：「『言與司合』，是『詞』字，『安上已脫』，是『女』字，『芝芙草拔』是『之夫』二字。合起來就是『詞女之夫』。」雖說是傳說，但也顯示李清照在當時的名氣之大，趙家父子對這位女詞人的傾慕之情。再以兩家的身分背景以及兩人的才學與容貌，成婚也就成了一種必然。

◆ 145

	柳A		死1	節B		來C		顧D		
一2 E								周3		
		人F					詔G			路H
當4										
				少5	年I					
		吉J								
		願6								

橫向題目

1. 〈燕歌行〉唐·高適
2. 〈老將行〉唐·王維
3. 〈水調歌頭·聞採石戰勝〉宋·張孝祥
4. 〈晚秋旅舍寄苗員外〉唐·李端
5. 〈老將行〉唐·王維
6. 〈老將行〉唐·王維

縱向題目

- A.〈醉垂鞭〉宋·張先
- B.〈老將行〉唐·王維
- C.〈喜遷鶯·春壽太守〉宋·無名氏
- D.《詩經·邶風》
- E.〈老將行〉唐·王維
- F.〈更漏子〉南唐·馮延巳
- G.〈老將行〉唐·王維
- H.〈老將行〉唐·王維
- I.〈感興·其五〉元·陳高
- J.《詩經·六月》

部分答案提示字

歲	腰	獨	射	喜	甫	侯	長	年	與	謝
里	身	坐	策	去	燕	瓜	勛	秋	道	瞻

◆ 146

				愛^A		春^B		溪²		右^C
漁¹										
誓^D		昔^E		風³				天⁴	蒼^F	
				兩^{5 G}						
出⁶								草⁷		
							獸^H			
							煙⁸			
只⁹						心¹⁰				

橫向題目

1. 〈桃源行〉唐・王維
2. 〈滿江紅・壽趙茂嘉郎中前章記廣濟倉事〉宋・辛棄疾
3. 〈花心動・競渡〉宋・史浩
4. 〈敕勒歌〉北朝民歌
5. 〈桃源行〉唐・王維
6. 〈桃源行〉唐・王維
7. 〈江神子〉宋・謝逸

8.〈鶴沖天〉宋・柳永

9.〈虞美人〉南唐・李煜

10.〈風雨〉唐・李商隱

縱向題目

A.〈宴瓊林・上元〉宋・黃裳

B.〈桃源行〉唐・王維

C.〈江城子・密州出獵〉宋・蘇軾

D.〈老將行〉唐・王維

E.〈老將行〉唐・王維

F.〈老將行〉唐・王維

G.〈嘉定丁卯余守檇李召還郡人見餞於三塔灣偶至此寺因名有感〉宋・岳珂

H.〈少年遊〉宋・周邦彥

部分答案提示字

州	無	涉	令	全	斷	新	夾	古	光	遍
隔	改	名	疏	目	勒	津	花	巷	連	空

●【詩詞知識】── 江城子

〈江城子〉，詞牌名，又名〈村意遠〉、〈江神子〉、〈水晶簾〉。興起於晚唐，來源於唐著詞曲調，由文人韋莊最早依調創作，此後所作均為單調，直至北宋蘇軾時始變單調為雙調。有單調四體，字數有三十五、三十六、三十七三種；雙調一體，七十字，上下片各七句，五平韻。格律多為平韻格，雙調體偶有填仄韻者。代表作有蘇軾〈江城子・密州出獵〉、〈江城子・乙卯正月二十日夜記夢〉等。

〈江城子・密州出獵〉宋・蘇軾

老夫聊發少年狂，左牽黃，右擎蒼。錦帽貂裘，千騎卷平岡。為報傾城隨太守，親射虎，看孫郎。

酒酣胸膽尚開張，鬢微霜，又何妨！持節雲中，何日遣馮唐？會挽雕弓如滿月，西北望，射天狼。

◆ 147

	A 亂			1 我		B 今		C 君		
2 棄										
				3 D 昨						
4 E 仁										
					5 多				F 年
6 心										
							G 萬		
		H 衡		I 殘					
	7 鹿								
8 興					9 江				

橫向題目

1. 〈八月十五夜贈張功曹〉唐・韓愈
2. 〈宣州謝朓樓餞別校書叔雲〉唐・李白
3. 〈宣州謝朓樓餞別校書叔雲〉唐・李白
4. 〈水調歌頭・壽段知事時方旱祈雨大作〉宋・胡幼黃
5. 〈豐年有高廩詩〉宋・蘇軾
6. 〈和仲遠新池〉宋・曹勛
7. 〈夜歸鹿門山歌〉唐・孟浩然

8. 〈尋西山隱者不遇〉唐‧邱為
9. 〈漢江臨泛〉唐‧王維

縱向題目

A. 〈宣州謝朓樓餞別校書叔雲〉唐‧李白
B. 〈宣州謝朓樓餞別校書叔雲〉唐‧李白
C. 〈書海陵滕從事文會堂〉宋‧范仲淹
D. 〈長安遇馮著〉唐‧韋應物
E. 〈生查子〉唐‧牛希濟
F. 〈古從軍行〉唐‧李頎
G. 〈送梓州李使君〉唐‧王維
H. 《詩經‧衡門》
I. 〈迷神引〉宋‧柳永

部分答案提示字

獨	照	門	埋	塹	殊	科	賞	殊	者	壽
樂	滿	之	荒	樹	盡	方	不	已	黍	豐

◆ 148

						A 月		B 悲		C 鈿
D 今		E 但			1 人					
				F 待						
2 何										
	G 捨									
3 死								H 于		
			4 別	I 時						
5 春										
		6 覺				7 靡				

橫向題目

1. 〈水調歌頭〉宋・蘇軾
2. 〈水調歌頭〉宋・蘇軾
3. 〈沒蕃故人〉唐・張籍
4. 〈浪淘沙令〉南唐・李煜
5. 〈釵頭鳳〉宋・陸游
6. 〈思越人〉南唐・馮延巳
7. 《詩經・桑柔》

縱向題目

A.〈水調歌頭〉宋‧蘇軾
B.〈虞美人‧聽雨〉宋‧蔣捷
C.〈長恨歌〉唐‧白居易
D.〈水調歌頭〉宋‧蘇軾
E.〈水調歌頭〉宋‧蘇軾
F.〈普天樂‧別友〉元‧姚燧
G.〈烈女操〉唐‧孟郊
H.《詩經‧公劉》
I.〈六州歌頭〉宋‧張孝祥

部分答案提示字

合	將	釵	時	生	怎	易	如	舊	來	失
金	去	寄	廬	亦	忍	難	有	此	旅	力

●【詩詞趣話】── 小孟郊巧對欽差

　　一年冬天，有個欽差大臣來到武康縣了解民情。縣太爺大擺宴席，為欽差大人接風。正當縣太爺舉杯說「請」，欽差大人點頭應酬的辰光，身穿破爛綠色衣衫的小孟郊走了進來。縣太爺一見很不高興，眼珠一瞪喝道：「去去去，來了小叫花子，真掃雅興。」

　　小孟郊氣憤的頂了一句：「家貧人不平，離地三盡有神仙。」

　　「唷！小叫花子，你別獅子開大口，我倒要考考你。我出個上聯，你若對得出，就在這裡吃飯。若是對不出，我就判你個私闖公堂，打斷你的狗腿。」欽差大臣陰陽怪氣的說。

　　「請吧。」小孟郊一點也不害怕。

　　這欽差大人自恃才高，又見對方是個小孩，便搖頭晃腦的說：「小小青蛙穿綠衣。」小孟郊見這位欽差大臣身穿大紅蟒袍，又見席桌上有一道燒螃蟹，略一

沉思，對道：「大大螃蟹著紅袍。」

欽差一聽，氣得渾身發抖。

◆ 149

¹ ᴬ 千				ᴮ 人			² 大			ᶜ 去	
		³ ᴰ 江				于					
				⁵ ᴱ 一		ᶠ 還		ᴳ 江			
⁶ 水											
					⁷ 多						
⁸ ᴴ 錦						⁹ 誰				
衾											
¹⁰ 寒					¹¹ 少						

橫向題目

1. 〈念奴嬌‧赤壁懷古〉宋‧蘇軾
2. 〈念奴嬌‧赤壁懷古〉宋‧蘇軾
3. 〈念奴嬌‧赤壁懷古〉宋‧蘇軾
4. 《詩經‧采蘩》
5. 〈念奴嬌‧赤壁懷古〉宋‧蘇軾
6. 〈八六子〉宋‧秦觀
7. 〈念奴嬌‧赤壁懷古〉宋‧蘇軾

8.〈點絳唇·別代棲隱〉宋·向子諲

9.《詩經·伯兮》

10.〈賊平後送人北歸〉唐·司空曙

11.〈李端公〉唐·盧綸

縱向題目

A.〈題四皓廟〉唐·劉滄

B.〈念奴嬌·赤壁懷古〉宋·蘇軾

C.〈中秋月下作贈呂祕校〉宋·徐積

D.〈鹿苑寺〉元·張翥

E.〈念奴嬌·赤壁懷古〉宋·蘇軾

F.〈念奴嬌〉宋·鄭元秀

G.〈送張生〉宋·歐陽脩

H.〈更漏子〉唐·溫庭筠

部分答案提示字

古	寥	口	紅	照	個	分	時	秋	又	年
寂	雲	山	寒	沒	鱗	邊	袂	月	重	中

●【詩詞知識】── 點絳唇

　　〈點絳唇〉，詞牌名，又名〈點櫻桃〉、〈十八香〉、〈南浦月〉、〈沙頭雨〉、〈尋瑤草〉等。調名用南朝江淹〈詠美人春遊詩〉：「江南二月春，東風轉綠蘋。不知誰家子，看花桃李津。白雪凝瓊貌，明珠點絳唇。行人成息駕，爭擬洛川神。」以馮延巳〈點絳唇·蔭綠圍紅〉為正體，雙調四十一字，前段四句三仄韻，後段五句四仄韻。另有四十一字前後段各五句四仄韻，四十三字前段四句三仄韻，後段五句四仄韻的變體。代表作有蘇軾〈點絳唇·紅杏飄香〉等。

題目

〈點絳唇〉南唐・馮延巳

　　蔭綠圍紅，夢瓊家在桃源住。畫橋當路，臨水雙朱戶。

　　柳徑春深，行到關情處。顰不語，意憑風絮，吹向郎邊去。

150

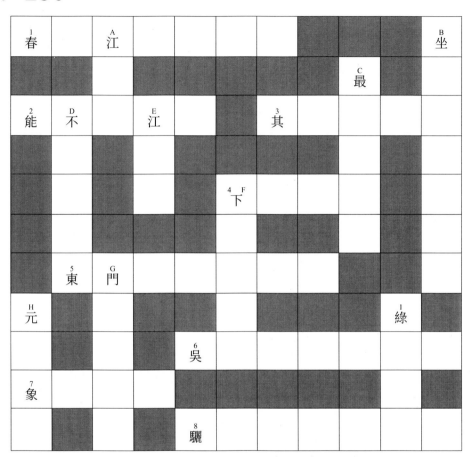

横向題目

1. 〈憶江南·其一〉唐·白居易

2. 〈憶江南·其一〉唐·白居易

3. 〈憶江南·其三〉唐·白居易

4. 〈蟾宮曲·西湖〉元·奧敦周卿

5. 〈送陳章甫〉唐·李頎

6. 〈憶江南·其三〉唐·白居易

7.《詩經・采薇》

8.〈長恨歌〉唐・白居易

縱向題目

A.〈憶江南・其二〉唐・白居易

B.〈韓碑〉唐・李商隱

C.〈憶江南・其二〉唐・白居易

D.〈晚春過崔駙馬東園〉唐・張籍

E.〈憶江南・其一〉唐・白居易

F.〈送別〉唐・王維

G.〈旅宿〉唐・杜牧

H.《詩經・泮水》

I.《詩經・淇奧》

部分答案提示字

法	四	中	意	街	魚	服	竹	酤	酒	曹
宮	夷	朝	在	龜	齒	弭	青	我	有	蘇

解答

◆ 001 答案

蘭[1]	葉	春[A]	葳	蕤		莫[B]		花[2]	謝[C]	後
		花				往			公	
桂[3]	華	秋	皎	潔		莫			行	
		月			古[4]	來	相[D]	送	處	
君[5]	家	何	處	住			攜		蒼	
		時			花[E]		及		苔	
	才[6]	了	蠶[F]	桑	又	插	田		沒	
		飢		落		家				濟[G]
啼[7]	時	驚	妾	夢		江[H]		留[I]		有
		欲				南[8]	冠	客	思	深
蓬[9]	山	此	去	無	多	路		醉		涉

◆ 002 答案

欣[1]	欣	此[A]	生	意	▓	美[B]	▓	只[C]	▓	當[D]
▓	▓	恨	▓	▓	▓	無[2]	為	在	歧	路
一[3][E]	聲	何	滿	子[F]	▓	度	▓	此	▓	誰
體	▓	時	▓	規	▓	▓	▓	山	▓	相
君	▓	已	▓	聲[4]	喧	亂	石	中	▓	假
臣	▓	▓	▓	裡	▓	▓	▓	▓	河[G]	▓
祭	▓	▓	夜[5]	雨	聞	鈴	腸[H]	斷	聲	▓
祀	▓	野[I]	▓	如	▓	▓	斷	▓	入	▓
同	▓	有	▓	煙	▓	濤[6]	白	橫	海	鯤
▓	▓	蔓	▓	▓	▓	▓	蘋	▓	遙	▓
▓	芳[7]	草	萋	萋	鸚	鵡	洲	▓	▓	▓

◆ 003 答案

自[1]	爾	為[A]	佳	節	█	牆[2]	角[B]	數	枝	梅[C]
█	█	有	█	█	█	█	聲	█	█	須
野[3][D]	徑	雲	俱	黑	█	書[4]	滿	架	█	遜
渡	█	屏	█	█	█	天	█	█	█	雪
無[5]	冬	無	夏	█	如[6]	三	秋	兮	█	三
人	█	限	█	█	色	█	█	█	█	分
舟	嬌[7]	兒	惡	臥	踏	裡	裂	█	█	白
自	█	█	█	█	█	█	█	█	深[E]	█
橫[8]	看[F]	成	嶺	側	成[G]	峰	█	春[9]	意	動
█	孫	█	█	█	往	█	█	█	難	█
杜[10]	郎	俊	賞	█	事[11]	事	四	五	通	█

◆ 004 答案

誰 (1,A)	知	林 (B)	棲	者		亂 (C)		何 (D)		空 (E)
之		暗				我		求		山
永		草 (2)	木	有	本	心		美		不
號		驚				曲 (3)	終	人	不	見
	聞 (4,F)	風	坐	相	悅			折		人
	道						西 (G)			
	漢 (5)	家	煙	塵	在	東	北			騰 (H)
	家						望			蛇
受 (6)	天	百	祿		初 (I)		長			乘
	子			不 (7)	見	長	安	見	塵	霧
無 (8)	使	君	勞		雁					

005 答案

A大		B自			1處	C處	聞	啼	鳥
2江	南	有	丹	橘		處			
茫		歲			3對	黃	花	D人	自	E羞
茫		寒				蘆		百		顏
去		4心	心	視	F春	草		其		未
不					風			身		嘗
還			5循	環	不	可	G尋			開
	H反			相		郎		I遠	
6卻	是	舊	時	相	識		去		水
	不				7隱	處	唯	孤	雲
8正	思	婦	無	眠				雲	

◆ 006 答案

經[1]	冬[A]	猶	綠[B]	林	■	坐[2]	觀[C]	垂	釣	者
■	至	■	蟻	■	■	■	經	■	■	■
■	陽	■	新	■	雲[3]	間	鴻	雁	悲	鳴
■	生	■	醅	■	■	■	都	■	■	■
■	春	■	酒[4]	酣	胸	膽	尚	開	張[D]	■
■	又	■	■	■	■	■	填	■	生	■
魂[5][E]	來	楓[F]	林	青	■	■	咽	■	手	■
返	■	葉	■	夏[G]	■	■	■	■	持	■
關	■	落[6]	月	滿	屋	梁	■	望[7]	石	城
塞	■	紛	■	渠	■	■	■	■	鼓	■
黑	■	紛	■	渠	■	■	儀[8]	刑	文	王

◆ 007 答案

名(A)		天(B)		風(1 C)	吹	柳	花	滿	店	香(D)
豈(2)	伊	地	氣	暖						爐
文		一		鳥(3)	宿	池(E)	邊	樹(F)		瀑
章		沙		聲		月		杪		布
著		鷗		碎		漸		百		遙
	雁(G)		垂(H)			東		重		相
開(4)	來	垂	釣	碧	溪	上		泉		望
	音	將						其(I)		
信	已(5)	似	長(J)	沙	傅			釣		
無	矣	相						維		
憑			相(6)	思	相	見	知	何	日	

◆ 008 答案

可(1,A)	以	薦	嘉	客(B)	▓	笑(2,C)	從	雙(D)	臉	生(E)
憐	▓	▓	從	▓	▓	問	▓	飛	▓	事
九	遂(3)	令	東	山	▓	客	▓	西	▓	且
馬	▓	▓	方	▓	▓	從	▓	園	▓	瀰
爭	▓	如(F)	來	▓	▓	何	▓	草	▓	漫
神(4)	之	聽	之	▓	▓	處	▓	▓	雲(G)	▓
駿	▓	仙	▓	失(5)	向	來	之(H)	煙	霞	▓
▓	安(6)	樂	窩	▓	▓	▓	子	▓	出	▓
鬢(I)	▓	耳	▓	秋(7)	以	為	期	▓	海	▓
先	▓	暫	▓	▓	▓	▓	宿	▓	曙	▓
秋(8)	月	明	▓	卻(9)	顧	所	來	徑	▓	▓

◆ 009 答案

奈[1]	何[A]	阻	重	深	▓	清[2,B]	川	澹	如[C]	此
▓	事	▓	▓	▓	▓	秋	▓	▓	聽	▓
散[3]	入	珠	簾	濕	羅	幕	▓	家[4]	萬	里
▓	羅	▓	▓	▓	▓	府	▓	▓	壑	▓
▓	幬	▓	妾[5]	心[D]	古	井	水	▓	松	▓
▓	▓	將[E]	▓	輕	▓	梧	▓	▓	▓	晴[F]
寂[G]	▓	老	▓	萬	▓	寒[6]	山	轉	蒼	翠
寂[7]	寞	身	後	事	▓	▓	▓	▓	▓	接
竟	▓	反	▓	皆	▓	天[8]	兵	下	北	荒
何	▓	累	▓	鴻	▓	▓	▓	▓	▓	城
待	▓	▓	馬[9]	毛	帶	雪	汗	氣	蒸	▓

◆ 010 答案

運[1,A]	命	惟	所[B]	遇	■	狂[C]	■	唱[2]	曲[D]	兒
移	■	■	守	■	■	歌	■	■	盡	■
漢	■	■	或[3]	從	十	五	北	防	河	■
祚	■	■	匪	■	■	柳	■	■	星	■
終	■	■	親	■	樓[4]	前	柳	■	稀	■
難	■	水[E]	■	醒[F]	■	■	■	坎[G]	■	素[H]
復[5]	值	接	輿	醉	■	大[I]	■	坎	■	弦
■	平	■	■	更[6]	堪	江	上	鼓	鼙	聲
明[J]	■	蕪	■	無	■	溯	■	我	■	斷
月	■	■	■	時	■	輕	■	■	■	■
共[7]	醉	重	陽	節	■	舟[8]	楫	恐	失	墜

解答

◆ 011 答案

徒(1)	言(A)	樹	桃	李		雨(2,B)	中	黃	葉(C)	樹
	入				送			底		
怕(3)	黃	昏	忽(D)	地	又	黃	昏		黃	
	花		然			昏		黃(4)	鸝	曉
	川		遭		桃(5)	花	落		一	
山(E)			時			易			兩	
晚(6)	雲	都(F)	變	露		落		簫(7,G)	聲	咽(H)
望		付						管		淚
晴		與(8)	君	歌	一	曲		備		裝
空		黃						舉		歡
	黃(9)	昏	胡	騎	塵	滿	城			

348

◆ 012 答案

此(1)	木(A)	豈	無	陰		此(B)				
	葉				有(2)	時	高	遏	行	雲
漢(3)	下	白	登	道		無				
	君				一(4)	聲	畫	角	譙	門
在(5,C)	山	泉(D)	水	清(E)		勝				
天		眼		淮(6)	西	有	賊	五	十	載
願		無		奉		聲				
作		聲		使			招(F)		呦(G)	
比		惜		千			招		呦	
翼		細		余/餘(7)	亦	乘	舟	歸	鹿	門
鳥		流		里			子		鳴	

◆ 013 答案

¹ᴬ春	眠	不	覺	曉		²ᴮ日	暮	倚	修	竹
江						居				
潮		³ᶜ不	知	乘	月	幾	ᴰ人	歸		
水		知		諸		生		ᴱ江		
連		江		ꟳ江		⁴百	代	風	流	
⁵海	上	明	月	共	潮	生	代	宛		
平		待		漾			無	轉		
	ᴳ殘	何				ᴴ新	窮	繞		
⁶應	照	離	人	妝	鏡	臺	已	芳		
	當					有		甸		
⁷妝	樓	顒	望		⁸更	灑	菰	蒲	雨	

014 答案

處(1A)	處(B)	聞	啼	鳥		林(2)	月	低	向	後(C)
處		道								宮
鳥		漢(3)	皇	重	色	思	傾	國		佳
衛		家								麗
飛		天(4)	生	麗	質	難	自(D)	棄		三
		子					言			千
冠(5E)	蓋	使		官(F)		我(6)	本	楚	狂	人
直			恨(7)	應	同		是			
縫		樓(G)		老		京(8)	室	之	婦	
	謫(9)	居	臥	病	潯	陽	城			
		共		休			女(10)	子	有	行

◆ 015 答案

[1A]夜	來	[B]風	雨	聲	■	■	[2]夙	[C]夜	在	[D]公
半	■	吹	■	■	■	[E]兩	■	雨	■	從
無	■	[3]仙	樂	[F]風	飄	處	處	聞	■	何
人	■	袂	■	頭	■	茫	■	鈴	■	處
私	■	飄	■	如	■	茫	■	腸	■	得
語	■	飄	■	刀	■	皆	■	斷	■	紙
時	■	舉	■	面	■	不	■	聲	■	本
■	[G]于	■	■	如	■	見	■	■	[H]求	■
[4]麝	以	香	[I]聞	割	臍	■	[5]南	[J]潤	之	濱
■	求	■	天	■	■	■	山	■	不	■
■	之	■	[6]語	罷	暮	天	鐘	■	得	■

016 答案

花(1A)	落	知	多	少		朝(2)	別	黃(B)	鶴	樓(C)
冠				人(D)			河			閣
不(3)	重	生	男	重	生	女		遠		玲
整				自			上			瓏
下		峨(E)	今(4)	古	恨		白			五
堂		嵋		誰			雲			雲
來		山(5)	在	虛	無	縹	緲	間		起
		下		死						
接(F)		少		歡(G)	相(6H)	攜	及	田	家	
天(7)	上	人	間	會	相	見				
流		行		少		難(8)	於	上	青	天

◆ 017 答案

白[1]	日[A]	依	山	盡[B]	■	應[2]	共	冤	魂[C]	語
■	猶	■	■	日	■	■	■	■	魄	■
■	長	■	■	君[3]	王	掩	面	救	不	得
■	■	為[D]	■	王	■	■	■	■	曾	■
春[E]	■	感	■	看	■	■	將[4]	其	來	食
從[5]	此	君	王	不	早	朝	■	■	入	■
春	■	王	■	足	■	■	立[F]	■	夢	■
遊	■	輾	■	■	■	■	雙	■	■	悠[G]
夜	■	轉[6]	教	小	玉	報	雙	成	■	悠
專	■	思	■	■	■	■	鷗	■	■	蒼
夜	■	■	■	一[7]	行	白	鷺	上	青	天

018 答案

1	2	3	4	5	6	7	8	9	10	11
■	黃(1,A)	河	入	海	流	■	伊(2)	于	胡(B)	底
■	埃	■	■	■	■	七(C)	■	■	不	■
飄(3)	散	歌	聲	■	曷(4)	月	予	還	歸	哉
■	漫	■	■	梨(D)	■	七	■	■	■	■
春(5)	風	桃	李	花	開	日	■	射(6)	天(E)	狼
■	蕭	■	■	一	■	長	■	■	長	■
弦(7,F)	索	斷	■	枝	■	生	■	天(8)	地	樂
斷	■	■	■	春	■	殿	■	■	久	■
有(9)	誰	知	■	帶	■	■	黃(G)	■	有	■
誰	■	■	秋(10)	雨	梧	桐	葉	落	時	■
聽(11)	幾	片	■	■	■	■	地	■	盡	■

355

◆ 019 答案

[1][A] 欲	窮	千	里	目						[B] 交
上					[2][C] 有	幾	個	[D] 省	部	交
青					女			中		時
[3] 天	街	小	雨	潤	如	酥		啼		作
攬					玉			鳥		弄
[4] 明	月	幾	時	[E] 有		[5] 門	外	吏		機
月				暗				人		聲
	[6] 為	有	暗	香	來		[7] 依	稀	記	
				盈		[F] 今				[G] 愁
[8] 錦	衣	穿	翠	袖	梳	頭				千
						[9] 白	髮	三	千	丈

◆ 020 答案

更	上	一(A)	層	樓	█	波(2)	瀾	動	遠	空(B)
█	█	去	█	█	█	█	█	█	█	走
有(3)	懷	二	人	█	長(4 C)	記	小	妝	才	了
█	█	三	█	█	安	█	█	█	█	千
█	千(5 D)	里	江	陵	一	日	還	█	█	遭
█	嶂	█	█	█	片	█	情(6 E)	千	█	萬
萬(7 F)	里	歸	心	對	月	明	█	緒	█	遭
戶	█	█	█	█	█	█	█	年	█	█
搗	█	年(G)	█	█	人(H)	█	豐(8)	年	穰	穰
衣(9)	帶	漸	寬	終	不	悔	█	相	█	█
聲	█	晚	█	█	寐	█	以(10)	似	以	續

◆ 021 答案

床[1]	前[A]	明	月[B]	光	▓	蟬[2][C]	鳴	空	桑	林
▓	不	▓	明	▓	▓	休	▓	▓	▓	▓
但[3]	見	新	人	笑	▓	露[4]	從	今	夜	白
▓	古	▓	倚	▓	▓	滿	▓	▓	▓	▓
▓	人	▓	樓[5]	上[D]	花	枝	笑	獨[E]	眠	▓
▓	▓	▓	▓	有	▓	▓	▓	憐	▓	悵[F]
▓	溪[G]	▓	▓	黃	▓	從[6]	來	幽	并	客
枝[7]	上	有	黃	鷳	▓	▓	▓	草	▓	裡
▓	青	▓	▓	深	應[H]	▓	潤	▓	▓	▓
颺[8]	青	旗	▓	樹	念[9]	橋	邊	紅	藥	▓
▓	草	▓	▓	鳴	我	▓	生	▓	▓	▓

022 答案

疑[1]	是[A]	地	上[B]	霜	■	花[2]	市	光[C]	相	射[D]
■	妾	■	有	■	■	■	價	■	■	殺
■	斷	■	六	■	畏[E]	■	豈	■	■	山
■	腸	■	龍	■	途	■	止	■	■	中
■	時	■	回	■	巉	■	百	■	■	白
■	■	■	日	■	岩	■	倍	■	■	額
黃[3][F]	鶴	之	飛	尚	不	得	過	■	■	虎
金	■	高	■	■	可	■	■	■	■	■
燃	■	標	■	■	攀[4]	折	更[G]	攀	折	■
桂	■	■	■	■	■	■	吹	■	■	■
不[5]	盡	長	江	滾	滾	來	■	落[6]	塵	籠

◆ 023 答案

¹舉	頭	望	明	ᴬ月		ᴮ鐵				ᶜ夜
				既		²衣	上	灞	陵	雨
³ᴰ五	嶽	ᴱ尋	仙	不	辭	遠				剪
陵		聲		解		戍		ꜰ青		春
北		暗		飲		辛		楓		韭
原		問			⁴殷	勤	紅	葉	詩	
上		⁵彈	棋	局		久		赤		ᴳ不
		者						天		得
⁶當	ᴴ路	誰	相	假		⁷晴	風	雨	氣	收
	迢							霜		骨
	⁸遙	看	瀑	布	掛	前	川			肉

◆ 024 答案

低[1][A]	頭	思[B]	故	鄉	█	鶯[C]	█	█	█	█
眉	█	隨	█	█	█	枕[2]	損	釵	頭	鳳[D]
信	█	流	█	潯[E]	孤	█	█	█	█	閣
手	█	水	█	陽	█	█	█	繞[F]	█	龍
續	█	去[3]	來	江	口	守	空	船	█	樓
續	█	茫	█	頭	█	█	█	月	█	連
彈	█	茫[4]	茫	夜	正	長	█	明	█	霄
█	牧[G]	█	█	送	█	█	如[5]	江	如	漢
主[6]	人	下	馬	客	在	船	█	水	█	█
█	乃	█	█	█	█	█	█	寒[7]	相	催
█	夢[8]	啼	妝	淚	紅	闌	干	█	█	█

◆ 025 答案

千〔1,A〕	山	鳥	飛	絕			能〔B〕		
呼				映〔2〕	帶	幾	點	歸	鴻〔C〕
萬〔3〕	里	別		只〔D〕		日			飛
喚				恐		別〔E〕	楓〔F〕		冥
始〔4〕	是	新〔G〕	承	恩	澤	時	葉		冥
出		鬼	情		茫		荻		日
來		煩			茫		花		月
		冤	唯〔5,H〕	見	江	心	秋	月	白
易〔1〕		舊	只		浸		瑟		
成		鬼	見		月		瑟〔6〕	難	工
傷〔7〕	時	哭							

026 答案

詩[A]		主[B]				不[C]		空[D]		
萬[1]	徑	人	蹤	滅		達		知[2]	音	少
卷		忘				時		返		
		歸[3]	來	池	苑	皆	依	舊		猶[E]
		客				笑		林		疑
駕[4][F]	鴦	不	獨	宿		屈				照
瓦		發				原				顏
寒				天[5][G]	子	非	常	賜	顏[H]	色
生		背[I]		實					如	
	在[6]	地	願	為	連	理	枝		舜	
	裡		之				殘[7]	英	小	

◆ 027 答案

1 A 孤	舟	蓑	笠	翁		2 羊	B 公	碑	尚	C 在
燈							日			天
挑		3 今	日	垂	D 楊	生	左	肘		願
盡					家		之			作
4 未	成	E 曲	調	先	有	情		F 蜉		比
成		終			女		5 蜉	蝣	之	翼
眠		收		6 人	初	靜	之			鳥
		撥			長		7 G 翠	羽	帔	
8 H 殘	月	當	門		成		峰			I 無
霞	心						9 如	有	隱	憂
在		10 畫	圖	難	足		簇			愁

◆ 028 答案

孤[A]		春[B]								有[C]
獨[1]	釣	寒	江	雪[D]		情[2]	親	見	君	意
異		賜		膚						能
鄉		浴		花[3]	鈿	委	地	無	人	收
春		華		貌						放
		清		參		高[4]	城	望	斷[E]	
醉[F]		池		差					腸	
眼			同[5][G]	是	天	涯	淪	落	人	
渺			我						在	
河			婦			母[6]	也	天		只
洛[7]	陽	行	子	空	嘆	息			涯	

◆ 029 答案

道 (A)			醉 (B)			我 (C)				
向 (1)	晚	意	不	適		暮 (2)	從	碧	山 (D)	下
我			成		無 (E)	去			在	
	今 (3 F)	年	歡	笑	復	明	年		虛	
	夕		慘		射		辭		無	
	復		將		蛟		帝		縹	
	何		別		江		京		緲	
	夕				水				間	
美 (G)		說 (4 H)	盡	心 (I)	中	無 (J)	限	事		吟 (K)
如		不		不		計				警
英 (5)	靈	盡	來	歸		向 (6)	來	吟	秀	句

◆ 030 答案

驅[1]	車[A]	登	古	原					焉[B]	
	走						國[2]	人	知	之
凍[3]	雷	驚	筍	欲[C]	抽	芽			二	
	聲			把			十[D]		十	
	語		淮[4]	西	有	賊	五	十	載	
胡[5]	未	滅		湖			始			
	通		無[6]	比	況		展[7]	矣	君[E]	子
瀟[F]		日[G]		西			眉		自	
瀟[8]	瀟	暮	雨	子	規	啼		念[9]	故	人
雨		桑							鄉	
歇		榆		唯[10]	有	幽	人	自	來	去

◆ 031 答案

¹ᴬ夕	陽	無	限	好		²ᴮ兩	別	泣	不	休
陽						兩				
³度	簾	ᶜ幕	中	間		⁴時	見	歸	ᴰ村	人
西		中				禽			南	
嶺		草				噪		⁵花	村	外
	⁶羽	檄	交	馳	日	夕	聞		北	
ᴱ玉		硯				陽		⁷人	響	絕
容		水		ᶠ王					繰	
⁸含	情	凝	睇	謝	君	王		⁹向	車	ᴳ中
恨			鄰							原
	¹⁰黃	雲	萬	里	動	風	色			亂

◆ 032 答案

只 (1,A)	是	近	黃	昏			一 (B)		聞 (C)
應				清 (2,D)	風	半	夜	鳴	蟬
守 (3)	著	窗	兒 (E)	心			飛		但
寂			女	拂			度		益
寞		皆 (4)	共	沙	塵	老	鏡		悲
			沾	服			湖		
羽 (5)	扇	綸	巾		我 (6,F)	歌	月	徘	徊
					舞				
雲 (7)	破	月 (G)	來	花	弄	影		鬥 (H)	
		未			零 (8)	落	依	草	木
砌 (9)	下	落	梅	如	雪	亂		聚	

◆ 033 答案

空[1][A]	山	不	見	人		蓬[2][B]	萊	山	在	
中						萊				
聞		愁[C]				方[3]	知	大	蕃	地
天[4]	臺	四	萬	八	千[D]	丈				
雞		望			岩		遼[E]		淥[F]	
			古[5]	來	萬	事	東	流	水	
送[G]		眼[H]			轉		小		蕩	
我[6]	欲	穿	花	尋	路		婦		漾	
至		仍			不		年		清	
剡		欲			定		十		猿	
溪		歸[7]	騎	晚			五		啼	

◆ 034 答案

		A越					B孤			
1C但	聞	人	語	響		2官	高	何	足	D論
屈		語			E洞		聳			功
指		3天	姥	連	天	向	天	橫		還
西		姥			石		宮			欲
風			F斜		扉					請
4幾	度	夕	陽	紅		5G感	子	H故	意	長
時			獨			君		人		纓
來			倚			心		入		
	6牛	渚	西	江	夜			我		
			樓		7天	寒	夢	澤	深	

◆ 035 答案

¹返	ᴬ景	入	深	林		²ᴮ傷	麟	怨	ᶜ道	窮
	陽					行			是	
³行	宮	見	月	ᴰ傷	心	色		⁴思	無	窮
	井			心				晴		
⁵又	聞	此	語	重	唧	唧		卻		
	何							有		
⁶ᴱ商	人	重	利	輕	別	離		⁷ᶠ晚	晴	ᴳ天
略								風		寒
⁸黃	蘆	苦	竹	繞	宅	生		吹		翠
昏								行		袖
雨		⁹明	朝	散	髮	弄	扁	舟		薄

◆ 036 答案

復[1]	照[A]	青	苔	上	▩	▩	門[2,B]	掩	梨[C]	花
▩	花	▩	▩	▩	畫[3]	堂	前	▩	園	▩
門[4]	前	遲	行	跡	▩	▩	過	▩	子	▩
▩	後	▩	▩	雲[D]	▩	▩	▩	▩	弟	▩
曉[5,E]	鏡	但	愁	雲	鬢	改	▩	被[6]	白	髮
汲	▩	▩	▩	半	▩	風[F]	▩	髮	▩	▩
清[7]	酒	百[G]	壺	▩	偏[8]	驚	物	候	新	▩
湘	▩	種	▩	▩	新	▩	向	▩	▩	盡[H]
燃	▩	千	▩	▩	睡	▩	秋[9]	日	淒	淒
楚	▩	般	▩	▩	覺	▩	瀟	▩	▩	涼
燭	▩	巧[10]	縈	回	▩	▩	灑[11]	吟	髭	▩

037 答案

紅¹ᴬ	豆	生ᴮ	南	國ᶜ		春ᴰ				
桃		當		破²	紙	窗	間	自	語	
綠		作		山		曙				綠ᴱ
柳		人		河		滅³	燭	憐ᶠ	光	滿
垂		傑		在		九		君		山
簷						微		何		川
向		丹⁴ᴳ	灶	初	開	火		事		聞
		嶂						到		杜
落⁵	日	五	湖	春		吹ᴴ		天		宇
		丁			望⁶	盡	天	涯	路	
童⁷	稚	開	荊	扉		也				

◆ 038 答案

春[1]	來[A]	發	幾	枝[B]						溫[C]
	日			上[2]	窮	碧	落[D]	下	黃	泉
	綺			柳			葉			水
瑣[3]	窗	中		綿		塵[4]	滿	面		滑
	前			吹			階			洗
興[E]		亂[5][F]	之	又	生		紅			凝
與		山	少				不			脂
廢[6]	為	殘	賊		家[7]	童	掃	蘿	徑[G]	
	雪		別[H]						幽	
今[8]	夜	聞	君	琵	琶	語			香	
			時					風[9]	細	細

◆ 039 答案

願[1]	君[A]	多	採	擷		去[2][B]	世	法	舟	輕[C]
	不					時				舟
遙[3]	見	仙	人	彩	雲	裡/里		曉[D]		已
	走					正[4]	梳	妝		過
下[5]	馬	飲	君	酒		與		鮮		萬
	川					裏				重
沙[6]	行	渡	頭	歇		頭[7]	應	白[E]		山
	雪				至[F]			雲		
	海		筎[G]		於		大[8]	無	信	也
四[9]	邊	伐	鼓	雪	海	湧		盡		
			動		邦		于[10]	時	語	語

◆ 040 答案

¹ᴬ此	物	最	相	思		²主	稱	會	面	ᴮ難
去										於
³隨	山	ᶜ將	萬	轉		⁴請	留	盤	石	上
所		老								青
偶		身		ᴰ生		⁵昭	ᴱ回	於	天	
		⁶反	是	生	女	好		頭		
ꜰ青		累		猶		⁷才	下	眉	頭	
山			ᴳ身	得			望			
依		⁸老	大	嫁	作	商	人	婦		
舊		滄		比			寰			
⁹在	河	之	洲		鄰		¹⁰兩	處	閒	愁

041 答案

松(1A)	下	問(B)	童	子			燦(2)	燦	蟾	孤(C)
月		君			美(D)					帆
生		何(3)	當	載	酒	來		碧(4)	雲	天
夜		所			聊					際
涼		之		合(5)	共	神	仙	一(E)	樣	看
			江(F)		揮			生		
能(G)			湖			襄(6)	陽	好	風	日(H)
忘(7)	我	實	多		所(I)			入		晏
遲			風		可			名		猶
暮		白(8)	波	九	道	流	雪	山		得
心					也			遊		眠

◆ 042 答案

言[1]	師	採[A]	藥	去	■	行[B]	■	■	■	■
■	■	菊	■	■	美[2]	人	病	來	遮	面
步[3,C]	出	東	齋	讀[D]	但	■	■	■	■	■
行	■	籬	■	罷	云	■	■	我[E]	■	相[F]
奪	■	下	■	淚[4]	痕	點	點	寄	相	思
得	■	■	■	沾	■	行	■	愁	■	始
胡	■	樵[G]	■	襟	■	頻	■	心	■	覺
馬	■	人	■	以[H]	■	■	■	與	■	海
騎	■	歸	■	佐	■	■	■	明	■	非
■	■	欲[5]	上	青	天	攬	明	月	■	深
浪[6]	淘	盡	■	■	子	■	■	■	■	■

043 答案

[1][A]只	在	此	山	中				[B]歸		[C]停
是				[2]一	帶	江	山	如	畫	
[3]當	[D]君	懷	歸	[E]日				深		橈
時		君		[4]照	野	瀰	瀰	淺	浪	
已		屬		香				去		[F]城
惘		秋		爐						春
然		夜		[5]生	男	埋	沒	[G]隨	百	草
	[H]芙			紫				風		木
[6]芙	蓉	旌	旗	煙	霧	落		潛		深
	將							入		
[7]持	謝	鄰	家	子		[8]數	問	夜	如	何

◆ 044 答案

¹雲	ᴬ深	不	ᴮ知	處	▦	²ᶜ世	情	惡	衰	歇
▦	林	▦	音	▦	▦	事	▦	▦	▦	▦
▦	人	▦	³世	事	兩	茫	茫	▦	▦	ᴰ孔
▦	不	▦	所	▦	▦	茫	▦	ᴱ天	▦	武
▦	知	▦	稀	▦	▦	難	▦	假	▦	有
▦	▦	ᶠ柳	▦	⁴扶	持	自	是	神	明	力
⁵煙	花	巷	陌	▦	▦	料	▦	柄	▦	▦
▦	▦	聞	▦	▦	ᴳ以	▦	⁶內	專	窮	理
⁷輸	與	鶯	鶯	燕	燕	▦	▦	其	▦	▦
▦	▦	▦	▦	⁸天	地	英	雄	氣	▦	▦
▦	⁹得	罪	於	天	子	▦	▦	▦	▦	▦

◆ 045 答案

少[1]	小	離[A]	家	老	大	回	■	山[2]	欲[B]	暝
■	■	離	■	■	■	■	猶[C]	■	他	■
■	灞[3]	原	風	雨	定[D]	■	壓	■	征	■
宮[E]	■	上	■	■	不	■	香	■	夫	■
花	■	草	■	辜[4]	負	香	衾	事	早	朝
寂	■	■	聽[F]	■	相	■	臥	■	歸	■
寞	■	街	■	■	思	■	絕[5]	■	來	音[G]
紅[6]	杏[H]	枝	頭	春	意	鬧	■	■	■	書
■	園	■	賣	■	■	■	天[7]	下	應	無
■	風	■	杏	■	■	■	■	■	■	箇
■	細	■	花[8]	徑	不	曾	緣	客	掃	■

◆ 046 答案

1 A 鄉	音	無	改	鬢	毛	衰	▓	B 萬	▓	▓
書	▓	▓	▓	▓	▓	▓	2 萬	里	丹	霄
3 何	以	有	C 羽	翼	▓	D 出	▓	歸	▓	▓
處	▓	▓	人	▓	▓	門	▓	4 心	徒	E 壯
達	▓	5 人	稀	到	▓	搔	▓	對	▓	士
▓	▓	▓	少	▓	▓	白	▓	月	▓	淚
▓	6 F 故	國	不	堪	回	首	月	明	G 中	▓
▓	人	▓	在	▓	▓	▓	▓	▓	宵	▓
▓	江	▓	旁	▓	7 誰	在	玉	關	勞	苦
8 人	海	闊	▓	▓	▓	▓	▓	▓	夢	▓
▓	別	▓	▓	9 雲	想	衣	裳	花	想	容

◆ 047 答案

兒 (1 A)	童	相 (B)	見	不	相	識	■	遠 (2 C)	條	且 (D)
女	■	見	■	■	■	■	■	遠	■	欲
忽	■	時 (3)	見	松	櫪 (E)	皆	十	圍	■	竟
成	■	難	■	■	笑	■	牆	■	■	尋
行	■	別	■	近 (F)	汝	■	■	■	■	彭
■	余 (4)	亦	謝	時	去	■	與 (5)	子	同	澤
■	難	■	郭	■	見 (G)	■	■	■	■	宰
■	道 (H)	■	國 (6)	家	成	敗	吾	豈	敢	■
■	之	■	獅	■	葉	■	■	■	■	斜 (I)
自 (7)	云	良	家	子	■	零	■	■	■	陽
■	遠	■	■	花	■	亂 (8)	花	飛	絮	裡

◆ 048 答案

¹ ᴬ 笑	問	客	從	何	處	來		ᴮ 青	
時							² 如	山	如	河
³ 猶	似	霓	裳	羽	衣	ᶜ 舞		空	
帶						⁴ 低	頭	向	暗	壁
⁵ 嶺	猿	同	旦	暮		楊		人	
梅					⁶ 楊	柳	岸		ᴰ 何
⁷ 香	霧	雲	鬟	溼		樓		ᴱ 鴻	時
						⁸ 心	隨	雁	飛	滅
⁹ ꜰ 莫	使	金	樽	空	對	月		幾	
等							¹⁰ 于	時	保	之
¹¹ 閒	窺	石	鏡	清	我	心		到	

049 答案

1	2	3	4	5	6	7	8	9	10	11
獨 (1 A)	在	異 (B)	鄉	為	異	客		十 (C)		雲 (D)
酌		日					鐘 (2)	鼓	樂	之
無		圖				有 (E)		只		君
相		將 (3)	軍	得	名	三	十	載		兮
親		好				秋		數		紛
		清 (4 F)	景	無	限	桂		駱		紛
		輝				子		駝		而
雲 (5)	淡	簾	篩	月 (G)	華					來
	水			圓	可 (6 H)	憐	宵			下
樹 (7)	木	猶	為	人	愛	惜				
			缺		許 (8)	國	家	無		戀

◆ 050 答案

[1][A]每	逢	佳	節	倍	思	[B]親				[C]無
逐						朋		[D]忘		人
青		[E]皆			[2]春	無	蹤	跡	誰	知
[3]溪	花	與	禪	意		一		世		是
水		此				字		所		荔
		圖			[F]靖			逐		枝
[4][G]況	復	筋	骸	粗	康	健				來
乃		骨			恥			[H]不		
未		[5]同	心	事		[6][I]好	雨	知	時	節
休						春		德		
[7]兵	氣	銷	為	日	月	光		[8]行	路	難

◆ 051 答案

遙 [1][A]	知	兄	弟	登	高	處	■	半 [B]	■	迴 [C]
見	■	■	■	■	■	■	翠 [2]	壁	丹	崖
仙 [3]	之	人	兮	列	如	麻 [D]	■	見	■	杳
人	■	■	■	■	苧	■	■	海	■	嶂
彩 [4]	雲	蕭 [E]	史	駐	裙	■	■	日	■	凌
雲	■	條	■	■	衫	■	■	■	■	蒼
裡	■	異	■	獨 [F]	■	鬢 [5]	髮	各	已 [G]	蒼
■	■	代	■	恨	■	髮	■	■	似	■
多 [H]	■	不 [6]	念	人	■	焦	■	■	長	■
歧	■	同	■	成	■	■	水 [7]	邊	沙	外
路 [8]	旁	時	賣	故	侯	瓜	■	■	傅	■

052 答案

遍[1][A]	插	茱	萸	少	一	人[B]	▓	▓	▓	▓
池	▓	▓	▓	▓	▓	生[2]	兒	不	象	賢
塘	▓	萬[3]	事	隨	轉	燭	▓	▓	▓	▓
水	▓	▓	▓	▓	▓	上[4]	國	隨[C]	緣	住[D]
閣[5]	道[E]	回	看	上	苑	花	▓	風	▓	近
▓	旁	▓	▓	▓	▓	▓	▓	滿	▓	溢
▓	過	▓	牆[F]	▓	▓	愧[G]	▓	地	▓	江
長[6]	者	雖	有	問	▓	君	▓	石	▓	地
▓	問	▓	茨	▓	▓	相	▓	亂[7]	雲	低
▓	行	▓	▓	▓	▓	見	▓	走	▓	溼
行[8]	人	但	云	點	行	頻	▓	▓	▓	▓

◆ 053 答案

葡[1]	萄	美[A]	酒	夜	光	杯				最[B]
		人					汀[2][C]	樹	紅	愁
子[3]	之	清	揚		願[D]		上			苦
		江			逐		白		鴻[E]	
	江[4][F]	畔	洲	如	月		沙[5]	上	雁	
	畔				華		看		長	
	何		空[6]	裡	流	霜	不	覺	飛	
	人				照		見		光	
厥[7]	初	生	民		君				不	
	見						予[8]	忖	度	之
江[9]	月	何	年	初	照	人				

◆ 054 答案

欲[1]	飲	琵[A]	琶	馬	上	催			又[B]	
		琶					憑[2][C]	欄	卻	怕
	尋[3]	聲	暗	問	彈	者	誰		怨	
棹[D]		停					問			十[E]
舉[4]	酒	欲	飲	無	管	弦[F]		苦[5]	再	三
帆		語				弦				學
開		遲		君[6]	王	掩	面	救[G]	不	得
						抑		人		琵
忽[7]	聞	水	上	琵	琶	聲		危		琶
						聲		患		成
為[8]	感	君	王	輾	轉	思				

◆ 055 答案

醉[1 A]	臥	沙[B]	場	君	莫	笑		膩[2]	雲[C]	鬟
後		口					蒼[D]		雨	
各		石		煙[3]	濤	微	茫	信	難	求
分		凍					雲		忘	
散		馬		又[E]			海		日	
	霜[4]	蹄	蹴	踏	長	楸	間		月	
對[F]		脫		楊					新	
影			林[5]	花	謝	了	春[G]	紅		琴[H]
成[6]	嘆	息		過			到			瑟
三				謝[7]	公	宿	處	今	尚	在
人[8]	語	驛	邊	橋						御

◆ 056 答案

¹ᴬ古	來	ᴮ征	戰	幾	人	回		²ᶜ齊	應	和
來		人						魯		
材		薊		ᴰ頭		³ᴱ萬	古	青	濛	濛
大		⁴北	山	白	雲	裡/里		未		
難		空		鴛		浮		了		ꟳ莊
為		回		鴦		雲				生
用		首		失		⁵陰	陽	割	昏	曉
	ᴳ曷			伴		且				夢
⁶青	雲	羨	鳥	飛		⁷晴	雲	斷		迷
	能									蝴
⁸新	來	瘦		⁹富	貴	三	更	枕	上	蝶

◆ 057 答案

¹ᴬ 故	人	西	辭	黃	鶴	樓	■	ᴮ 憶	■	ᶜ 海
人	■	■	■	■	■	■	² 文	王	在	上
³ 從	臣	ᴰ 才	藝	咸	第	一	■	孫	■	生
軍	■	薄	■	■	■	■	■	■	■	明
在	■	將	■	■	■	⁴ 長	ᴱ 安	一	片	月
右	■	⁵ 奈	芳	蘭	歇	■	能	■	■	■
輔	■	石	■	■	■	■	⁶ 以	勖	寡	ᶠ 人
■	⁷ 石	鼓	之	歌	ᴳ 止	於	此	■	■	生
ᴴ 更	■	何	■	■	於	■	上	■	■	不
長	■	■	■	■	丘	■	論	■	■	相
⁸ 門	外	垂	楊	岸	側	■	列	■	■	見

◆ 058 答案

1	2	3	4	5	6	7	8	9	10	11
煙 (1,A)	花	三 (B)	月	下	揚	州	■	點 (C)	■	■
鳥	■	月	■	■	■	■	■	竄	■	今 (D)
棲	■	三 (2)	夜	頻	夢	君 (E)	■	堯	■	朝
初	■	日	■	■	■	今 (3)	來	典	斯	郡
定	■	天	■	二 (F)	■	在	■	舜	■	齋
■	■	氣	■	水	■	羅	■	典	■	冷
草 (4)	色 (G)	新	雨	中	■	網	■	字	■	■
■	靜	■	■	分	■	■	■	■	■	淹 (H)
■	深	■	■	白 (5)	髮	書	生	神	州	淚
短 (6)	松	岡	■	鷺	■	■	■	■	■	眼
■	裡	■	汀 (7)	洲	無	浪	復	無	煙	■

◆ 059 答案

1A 孤	帆	遠	影	碧	空	B 盡	■	C 綠	■	D 養
城	■	■	■	■	■	入	■	竹	■	在
2 當	時	浣	紗	E 伴	■	3 漁	歌	入	浦	深
落	■	■	■	潯	■	樵	■	幽	■	閨
暉	■	■	■	陽	■	閒	■	徑	■	人
■	4 人	知	其	一	■	話	■	■	■	未
■	■	■	■	派	■	■	F 常	■	■	識
■	5G 文	采	風	流	今	尚	存	■	H 維	■
■	武	■	■	■	■	■	抱	■	柞	■
6 吉	吉	利	利	■	■	■	柱	■	之	■
■	甫	■	■	7 風	波	不	信	菱	枝	弱

◆ 060 答案

唯[1][A]	見	長[B]	江	天	際	流[C]	■	■	共[D]	■
將	■	相	■	■	■	傳[2]	聞	至	此	回
舊[3]	國	見	青	山[E]	漢	■	■	■	燈	■
物	■	■	■	月	地	■	■	■	燭	■
表	尚[F]	■	■	隨	曲	■	■	素[4][G]	光	同
深	想[5]	佳	■	人	轉	■	■	手	■	■
情	舊	■	■	歸	奇	■	■	玉[6]	鞭	長[H]
■	情	■	■	在[I]	■	■	■	房	■	歌
不[7][J]	如	憐	取	眼	前	人	■	前	■	吟
勝	■	婢	■	上	■	■	■	■	■	松
悲	■	僕	■	何[8]	處	西	南	任	好	風

◆ 061 答案

朝 [1 A]	辭	白	帝	彩	雲	間	■	機 [B]	■	禾 [C]
為	■	■	■	■	■	■	丘 [2]	中	有	麻
越 [3]	間	阻	越	情 [D]	忱	■	■	錦	■	菽
溪	■	■	■	人	■	一 [E]	■	字	■	麥
女	■	分 [4 F]	明	怨	恨	曲	中	論	■	■
■	■	鶯	■	遙	紅	■	■	長 [5]	亭	路 [G]
雙 [6 H]	飛	燕	■	夜	綃	■	■	恨	■	遙
照	■	■	有 [I]	■	不	■	■	■	■	歸
淚	估 [7]	客	畫	眠	知	浪	靜	■	■	夢
痕	■	■	有	■	數	■	■	■	■	難
乾	■	倦 [8]	客	思	家	■	我 [9]	服	既	成

◆ 062 答案

千[1,A]	里	江	陵	一	日	還		國[B]		逢[C]
秋								初		彼
萬		登[D]		孔[E]		于[2]	以	用		之
歲[3]	夜	高	堂	列	明	燭		來		怒
名		壯		廟			畫			
		觀	門[4]	前	冷	落	鞍	馬	稀	
有[5,F]	救	天	畢		有		馬			
人		地		老					東[G]	
樓		間	松[6]	柏	一[H]	逕	趨	靈	宮	
上					夜				之	
愁[7]	心	碎	時	窗	外	雨		好[8]	弟	妹

◆ 063 答案

兩(1A)	岸	猿	聲	啼	不	住		垂(2)	玉(B)	佩
個							與(C)		樹	
黃		內(D)		星(3E)	宮	之	君	醉	瓊	漿
鸝		府		月			別		枝	
鳴		殷		掩		是(F)		彼(4)	作	矣
翠(5)	影	紅	霞	映	朝	日			煙	
柳		瑪		雲		牽			蘿	
		瑙		瞳		來		維(G)		天(H)
叔(1)		盤		矓		赤(6)	日	石	林	氣
適						墀		岩		初
野(7)	鹿	呦	呦	走	堂	下		岩		肅

◆ 064 答案

¹輕	ᴬ舟	已	過	萬	重	山			ᴮ妝	
	人						²ᶜ儀	既	成	兮
	³指	揮	若	定	失	蕭	曹		每	
	點						外		被	
⁴行	到	水	窮	處			郎		秋	
	今				ᴰ東		載		娘	
	疑		ᴱ不		風		筆		妒	
ᶠ載			⁵自	有	暗	塵	隨	馬		ᴳ漢
驅			著		換					有
薄			羅		⁶年	少	從	我	追	遊/游
⁷薄	浣	我	衣		華					女

065 答案

月	落	烏	啼	霜	滿	天	■	日	■	以
出	■	■	■	■	■	■	七	月	流	火
寒	聲	一	夜	傳	刁	斗	■	照	■	來
通	■	■	■	■	■	■	■	耀	■	照
雪	上	空	留	馬	行	處	■	金	■	所
山	■	山	■	■	■	■	■	銀	■	見
白	■	百	年	多	病	獨	登	臺	■	稀
■	■	鳥	■	■	■	■	臨	■	■	■
之	■	散	■	廬	山	秀	出	南	斗	傍
子	之	還	兮	■	有	■	世	■	尖	■
歸	■	合	■	■	榛	■	界	■	新	■

◆ 066 答案

[1]江	楓	[A]漁	火	對	[B]愁	眠		[C]曉		[D]日
		陽			無		[2]天	寒	日	暮
[E]連		鼙		比			輕			復
峰		鼓		[F]添						何
去		動		酒			[3]式	穀	[G]似	之
[4]天	旋	地	轉	回	龍	馭			訴	
不		來		燈					平	
盈			[5]九	重	城	闕	煙	塵	生	
尺		[H]才		開					不	
	[6]承	歡	侍	宴	無	閒	暇		得	
	悅							[7]傷	志	節

◆ 067 答案

姑[1]	蘇[A]	城	外	寒	山	寺[B]				不[C]
	武					無[2]	使	蛟[D]	龍	得
消[3]	魂	當	此	際		僧		龍		顧
	銷					狐		出		采
江[4]	漢	曾	為	客[E]		狸		沒		薇
	使			舍		樣		猩		
	前			似		瓦		鼺		誰[F]
俄[G]		宜[5H]	爾	家	室		維[6]	號	斯	言
頃		其		家		布[1]				寸
飛		家		似[7]	牽	衣	待	話		草
瓊[8]	玖	室		寄		中				心

068 答案

夜	半	鐘	聲	到	客	船		彼		後
	夜					頭	上	何	所	有
將	軍	夜	引	弓		閣		人		韋
	行			刀		在		哉		諷
	戈			千		沙		軒		前
鎮	相	隨		騎		灘		與		支
	撥			成		上		義		盾
比		許		何					陟	
物	是	人	非	事	事	休		到	彼	岸
四		尤			難				南	
驪		之		不	論	平	地	與	山	尖

◆ 069 答案

1A 青	山	隱	隱	水	迢	迢	■	2 三	生	B 夢
蘿	■	■	■	■	■	■	C 主	■	■	到
3 拂	了	D 一	身	還	滿	■	人	■	■	消
行	■	覽	■	■	■	4 應	有	未	招	魂
衣	■	眾	■	■	E 北	■	酒	■	■	處
■	5 隔	山	望	南	斗	■	6 歡	情	薄	■
F 清	■	小	■	■	闌	■	今	■	■	G 雁
輝	■	■	7 憑	闌	干	望	夕	陽	西	下
8 玉	香	球	■	■	南	■	■	■	■	蘆
臂	■	■	■	■	斗	■	9 淮	有	三	洲
10 寒	林	空	見	日	斜	時	■	■	■	白

◆ 070 答案

秋[1,A]	盡	江	南	草	未	凋			遊[B]	
色							之[2]	子	于	歸
從[3]	今	又	幾[C]	年				北		
西			時		三[4]	百	座[D]	名	園	
來			杯				中			夕[E]
	滿[5,F]	座	重	聞	皆	掩	泣			避
	地		把				下			長
看[6]	黃	昏		海[7]	漫	漫	誰	是	龍	蛇
	花		背[G]				最			
	堆		西[8]	宮	南	內	多	秋	草	
	積		風							

◆ 071 答案

¹ᴬ二	十	ᴮ四	橋	明	月	ᶜ夜				ᴰ別
月		角				榜		ᴱ杜		有
春		礙		²千	山	響	杜	鵑		幽
風		白				溪		啼		愁
似		³日	西	匿		石		血		暗
剪								猿		恨
刀		ꜰ遠		⁴邐	娑	ᴳ沙	塵	哀	怨	生
		慰				場		鳴		
	⁵長	風	萬	里	送	秋	雁		ᴴ山	
		雨				點			如	
⁶平	海	夕	漫	漫		⁷兵	衛	森	畫	戟

◆ 072 答案

1A 玉	人	何	處	教	吹	簫		B 交		C 問
花								加		我
2 卻	坐	促	D 弦	弦	E 轉	急		曉		來
在			弦		軸		3 吉	夢	維	何
御			掩		撥			啼		方
榻			抑		4 弦	上	F 黃	鶯	語	
上			聲		三		昏			G 舊
	H 昔		聲		兩		5 獨	為	匪	民
6 今	我	來	思		聲		倚			苦
	往						朱			
7 甚	矣	吾	衰	矣		8 酒	闌	聞	塞	笛

◆ 073 答案

¹君	^A問	歸	期	未	有	期		^B女		
	答						²君	子	好	逑
³欸	乃	一	聲	山	水	^C綠		今		
	未					⁴樹	若	有	情	^D時
⁵ᴱ鬢	已	ᶠ星	ᴳ星	也		村		行		難
雲		星		無		邊				年
欲		鬢		風		合		^H兩		荒
度		影		雨				兩		世
香		今		⁶也	擬	泛	輕	舟		業
腮		如		無				人		空
雪		許		⁷晴	日	暖		語		

◆ 074 答案

¹巴	ᴬ山	夜	雨	漲	秋	ᴮ池		ᶜ摘		ᴰ一
	林					²上	林	花	滿	枝
	³二	ᴱ分	塵	土		於	不			紅
	十		埃			今	插			杏
	年		不			有	髮			出
ꟳ真			見		⁴金	鳳	舞			牆
⁵乃	心	在	咸	陽		毛				來
上			陽					ᴳ明		
有			⁶橋	上	酸	風	射	眸	子	
⁷天	明	去						皓		
堂				⁸沙	鷗	看	皓	齒	明	眸

◆ 075 答案

何[1,A]	當[B]	共	剪	西	窗	燭[C]		將[2,D]	遠	恨
如		來				明		軍		
此		百	一[3,E]	線	香	飄		金	獸	
處		越	個		暗	畫		甲		春[F]
學		文	飲		畫			夜[4]	半	來
長		身	羊		堂			不		江
生		地	羔		深			脫		水
			紅			為[G]				綠
	衣[5]	潤	費	爐	煙		問[6]	汝	何	如
			暖				新			藍
遍[7]	池	塘	水	閣		閒[8]	愁	最	苦	

◆ 076 答案

卻	話	巴	山	夜	雨	時		雙		冠
看		人						照		蓋
妻		訟		點	點	行	行	淚	痕	滿
子		芋		溪				痕		京
愁		田	夫	荷	鋤	立		乾		華
何				葉		根				
在		輕		疊		原		可		遠
		浪		青		在		惜	流	芳
業	復	五	銖	錢		破		許		侵
		更				岩				古
浩	浩	風	起	波		中	歲	頗	好	道

077 答案

1A 渭	城	B 朝	雨	浥	C 輕	塵		2 春	D 近	也
水		別			生	E 又			得	
自		黃		3 第	一	是	早	早	歸	來
縈		鶴			劍		蜂		京	
秦		樓			知		兒		邑	
塞			F 漁				鬧			G 暖
4 曲	項	H 向	天	歌		I 告		J 把		酥
		來		5 唱	罷	歸	來	酒	未	消
K 灑		吟		入		常		問		
6 蒹	葭	秀		蘆		局		7 青	箬	笠
葭		句		花		促		天		

◆ 078 答案

客	舍	青	青	柳	色	新		絕		
心								代		相
洗	手	作	羹	湯		井	稅	有	常	期
流		個		日				佳		邀
水		煙	銷	日	出	不	見	人		雲
		霞			霧		梨			漢
舉	酬	逸	逸		露		花		忽	
杯		客			餘		初		念	
邀			一			一	帶	青	山	送
明	月	別	枝	驚	鵲		夜		中	
月			新			山	月	隨	客	來

◆ 079 答案

勸〔1A〕	君	更〔B〕	盡	一	杯〔C〕	酒		晴〔D〕		
我		有			渡		雨〔2〕	雪	霏	霏
識		明			不		飛			
作		朝		驚〔3〕	起	一〔E〕	灘	鷗	鷺	
石		恨		鷗		舉				
鼓			看〔F〕			累		沉〔G〕		
歌〔4〕	聲〔H〕	起	暮	鷗		十		醉		
	聲		鷺		十〔5〕	觸	亦	不	醉	
	啼		莫〔6〕	閒	愁			知		
	乳		遊		決〔7〕	皆	入	歸	鳥	
林〔8〕	鴉	起		戲				路		

◆ 080 答案

西[1]	出[A]	陽	關[B]	無	故	人	■	月[2]	將[C]	沉
■	山	■	中	■	■	兒[D]	■	■	軍	■
■	泉	■	昔[3]	別	君[E]	未	婚	■	畫	■
■	水	■	喪	■	不	■	女[4]	子	善	懷
■	濁	■	敗	■	見	■	嫁	■	蓋	■
置[F]	■	■	■	■	沙	■	■	摽[5]	有	梅
酒	■	世[6][G]	事	一	場	大	夢	■	神	■
長[7]	門	事	■	■	征	■	■	■	■	載[H]
安	■	波	■	■	戰	■	■	芳[I]	■	獫
道	■	上	■	■	苦[8]	恨	芳	菲	都	歇
■	造[9]	舟	為	梁	■	■	■	■	歇	驕

◆ 081 答案

秦[1A]	時	明[B]	月	漢[C]	時	關	■	老[D]	■	先[E]
桑	■	眸	■	使	■	■	■	去	■	拂
低	■	皓	斷[2]	絕	胡[F]	兒	戀	母	■	聲
綠	■	齒	腸	■	人	■	明	■	■	弦
枝	■	今	對	■	落[3]	花	時	■	■	後
■	■	何	歸	■	淚	■	■	■	■	角
身[4G]	健	在	客	■	沾	■	氣[H]	■	■	羽
登	■	■	有[1]	天[5]	邊	樹	若	薺	■	■
青[6]	山	橫	北	郭	草	■	游	■	■	春[J]
雲	■	■	不	■	■	素[7]	絲	五	■	總
梯	■	已[8]	受	君	恩	顧	■	■	■	在

◆ 082 答案

¹ᴬ萬	里	長	ᴮ征	人	ᶜ未	還		ᴰ遊		ᴱ梨
里			人		幾			子		花
歸			薊	²拂	了	一	身	還		滿
來			北	荊			上			地
顏			空	扉			衣			不
愈		³空	回	首		ꜰ一				開
少			首		⁴ᴳ畫	角	聲	斷	譙	門
	ᴴ夙				船		畫			
	興		ᴵ杏		聽		角			ᴶ到
⁵昨	夜	南	園	風	雨		譙			黃
	寐		風		眠		⁶門	掩	黃	昏

◆ 083 答案

但	使	龍	城	飛	將	在		從	夏	南
		池			軍		漁	水		
因		十		李	白	乘	舟	將	欲	行
何	多	日	也		髮		逐		滿	
風		飛			征		水		君	
絮		霹			夫		愛		山	
落		靂			淚		山	眉	青	小
溪			蘭				春			園
津	口	停	舟	渡	不	得		未		花
			催				莫	肯	念	亂
六	軍	不	發	無	奈	何		負		飛

084 答案

¹不	ᴬ教	胡	馬	度	陰	ᴮ山	■	²ᶜ貴	何	ᴰ如
■	妾	■	■	■	■	帶	■	戚	■	何
³迴	若	寒	ᴱ空	雜	煙	雪	■	權	■	向
■	為	■	山	■	■	■	■	門	■	■
■	容	■	松	■	■	⁴ᶠ便	似	得	班	超
ᴳ巧	■	⁵遊	子	久	不	至	■	筆	■	■
笑	■	落	■	■	■	四	■	跡	■	ᴴ細
⁶東	堂	ᴵ桂	■	ᴶ彼	■	十	■	■	■	草
鄰	■	影	■	汾	■	⁷西	施	寧	久	微
女	■	扶	■	一	■	營	■	■	■	風
伴	■	⁸疏	籬	曲	徑	田	家	小	■	岸

◆ 085 答案

黃(1A)	河	遠(B)	上	白	雲	間		又(2C)	何	妨
塵		樹						恐		
足		帶(3)	月	披	星	擔	驚	怕		終(D)
今		行						爹		非
古		客		金(E)		花(F)		娘		吾
	霧(G)		宮(4)	關	萬	間	都	做	了	土
	冥			前		一		猜		
冥(5)	冥	花	正	開		壺			蓋(H)	
				二		酒(6)	深	情	亦	深
	分(7)	野	中	峰	變				勿	
				長		滿(8)	眼	相	思	淚

086 答案

[1][A] 一	片	[B] 孤	城	萬	仞	山	■	[C] 令	■
一	■	琴	■	■	■	[2] 倬	彼	雲	[D] 漢
生	■	[3] 候	火	[E] 雲	峰	峻	征	■	口
綠	■	蘿	橫	■	■	■	斂	■	夕
苔	■	徑	秦	■	[F] 飛	■	者	■	陽
■	[G] 更	■	[4] 江	嶺	作	流	人	■	斜
[5] 山	無	陵	■	家	■	直	[H] 屈	■	渡
■	一	■	■	何	[6] 下	窺	指	高	鳥
[7] 千	點	淚	■	在	三	■	數	■	■
■	風	■	■	■	千	■	[8] 興	亡	事
[9] 黛	色	參	天	二	千	尺	■	亡	■

解答

087 答案

¹羌	ᴬ笛	何	須	怨	楊	ᴮ柳		ᶜ其		ᴰ三
	弄					下		險		湘
²旱	晚	下	ᴱ三	巴		³桃	花	也	解	愁
	風		千			蹊	如			鬢
	三		寵				此			逢
	四		⁴愛	上	層	樓				秋
	聲		在					ᶠ武		色
ᴳ孔			⁵一	朝	選	在	君	王	側	
⁶淑	慎	其	身					任		ᴴ眼
不				⁷青	冥	浩	蕩	不	見	底
⁸逆	境	難	排					差		情

◆ 088 答案

春(1A)	風	不	度	玉	門	關(B)		通(C)	
鳩					城(2)	小	賊	不	屠
鳴		抬(D)		西(E)		樹	虜		
何(3)	處	望	神	州		色	懷		平(F)
處		眼		路		催	奸		陽
						寒	誑		歌
武(4)	侯	祠	屋	常(G)	鄰	近		君(5)	莫	舞
				存						新
清(6H)	江	一(I)	曲	抱	村	流		人(J)		承
漏		生		柱				道		寵
移		休		信(7)	著	全	無	是	處	

◆ 089 答案

勸 (1,A)	君	莫 (B)	惜	金	縷	衣		玉 (2)	人	歌 (C)
君		慰								一
惜		母		莫 (3,D)	辭	更	坐 (E)	彈	一	曲
取		心		待			玉			
少				無			石 (4)	女 (F)	簪	花 (G)
年 (5)	年	歲	歲	花	相	似 (H)		樂		開
時				空		花		餘		堪
				折		還		姿		折
攢 (6)	到	北	邊	枝		似		映		直
						非		寒		須
霜 (7)	葉	紅	於	二	月	花		日		折

◆ 090 答案

雲 [1][A]	淡	風	輕	近	午 [B]	天	■	■	■
青	■	■	■	醉	■	願 [C]	■	悲 [D]	■
青	■	與 [E]	■	醒 [2]	時	同	交	歡	■
兮	以 [3]	爾	車	來	塵	■	■	離	■
欲	■	同	■	愁	與	■	■	合	■
雨	■	銷	■	未	灰	■	■	總	■
■	憑 [F]	萬	■	醒	■	■	■	無	■
■	欄	古	■	■	永 [4][G]	結	無 [H]	情	遊/游 [I]
處 [5]	處	伴	愁	顏	言	■	以	■	環
■	■	■	■	■	保	■	下	■	脅
盼 [6]	千	金	遊	子	何	之	體	■	驅

091 答案

傍[1]	花	隨[A]	柳	過	前	川[B]			指[C]	
		意				為[2]	我	一	揮	手
我[D]		春		暮[E]	靜				若	
欲[3]	尋	芳	草	去	其		無[4]	定		處
乘		歇		朝	波				失	
風			記[5]	來	時		彼[6]	采	蕭	兮
歸		性[F]		顏		八[G]			曹	
去		達		色		月		黃[H]		春[I]
		形		故[7]	疊	蕭	蕭	蘆	荻	秋
		跡				關		苦		匪
茫[8]	然	忘	了	邯	鄲	道		竹		解

◆ 092 答案

時[1A]	人	不	識[B]	余	心	樂	■	開[C]	■	願[D]
有	■	■	破	■	■	■	■	軒	■	天
落	■	猶[2]	抱	琵	琶	半	遮	面	■	下
花	■	■	官	■	■	■	■	場	■	有
至	■	■	囚	■	黃[3]	花	老[E]	圍	詩	情
■	■	一[F]	■	■	■	■	夫	■	■	底
■	點[4]	點	猩	紅	小	■	不	■	■	都
忍[G]	■	明	■	■	深[5]	知	名	節	■	似
把[6]	風	月	都	熏	透	■	其	■	■	你
浮	■	窺	■	■	■	■	所	■	■	者
名	■	人[7]	世	幾	回	傷	往	事	■	■

093 答案

將[1]	謂	偷[A]	閒	學	少	年[B]		問[C]		殘[D]
		得				深[2]	山	何	處	鐘
行[3][E]	當	浮	桂	棹		豈		人		廣
軍		生				免		又		陵
司		半[4]	夜	心		有		卸		樹
馬		日				缺			故[F]	
智		閒		幹/干[5][G]	惟	畫	肉	不	畫	骨
且				羽					作	
勇		如[6]	今	方	表	名	蹤		遠	
			懷						山	
既[7]	至	金	門	遠		男[8]	兒	事	長	征

430

◆ 094 答案

勝(1A)	日	尋(B)	芳	泗	水(C)	濱	■	■	■	林(D)
因	■	尋	■	■	深	■	■	忍(E)	■	臥
夙	■	覓	■	煙(2)	波	江	上	使	人	愁
所	■	覓	■	■	浪	■	■	驊	■	春
宗	■	■	于/於(3F)	嗟	闊	兮	■	騮	■	盡
■	美(G)	■	今	■	■	■	劍(4)	氣	豪	■
美(5)	人	胡	為	隔	秋(H)	水	■	凋	■	良(I)
■	病	■	庶	■	風	■	■	喪	■	人
算(6)	來	都	為	■	吹	■	一(J)	■	■	罷
■	遮	■	青	■	不(7)	忍	登	高	臨	遠
■	面	■	門	■	盡	■	樓	■	■	征

◆ 095 答案

無 (1A)	邊 (B)	光	景	一 (C)	時	新		憐 (2)	恰 (D)	好
邊		價	冬			大 (E)		滾		
落		豈	不 (3)	盡	長	江	滾	滾	來	
木		止	見			溯		桑		
蕭		百	梅			輕		田		
蕭		倍	花			舟		浪		
下		過	面 (4)	蒼 (F)	然			驚 (5I)	起	望
	簾 (G)		出 (H)	蒼				起		
男 (6)	兒	本	自	重	橫	行		卻 (7)	匆	匆
	底		東	翠				回		
	下		方	微			釵 (8)	頭	顫	嫋

◆ 096 答案

等[1]	閒[A]	識	得	東	風	面[B]	■	待[2]	如	何[C]
■	敲	■	■	■	■	皮	■	■	■	處
對[3]	棋	陪	謝	傅	■	不[4]	見	有[D]	人	還
■	子	■	■	■	■	受	■	時	■	相
水[5]	落	魚	梁	淺	■	時	■	空	■	遇
■	燈	■	■	征[6]	人	一	望	鄉	■	■
折[7]	花	門[E]	前	劇	■	唾	■	孤	■	吾[F]
■	掩	■	王[G]	■	白[8]	雲	相	■	■	愛
開[9][H]	到	荼	蘼	花	事	了	■	高	■	孟
一	■	蘼	■	■	多	■	■	■	■	夫
徑	■	院	■	多[10]	難	識	君	遲	■	子

◆ 097 答案

萬	紫	千	紅	總	是	春				
牛		喚				色		幽		請
回		不	覺	碧	山	暮		咽		君
首		一			引			泉		為
丘		回	看	血	淚	相	和	流		我
山			燕					冰		傾
重			燕					下		耳
	夕			嘔	啞	嘲	哳	難	為	聽
夕	陽	低	送						王	
	西		歸	來	看	取	明	鏡	前	
	下		妾						驅	

◆ 098 答案

¹爆	ᴬ竹	聲	中	一	歲	除		ᴮ畫	ᶜ翠
	露							²眉	蹙	黛
³水	滴	銅	ᴰ龍	畫	ᴱ漏	長		深		倚
	清		媒		斷			淺		門
	響		⁴去	年	人	面		入		相
			盡		初			時		送
ᶠ談			鳥		⁵靜	夜	ᴳ四	無	鄰	
⁶笑	籬	落	呼	燈			圍			
無			風		⁷人	面	不	知	何	處
還							盡			
⁸期	我	乎	桑	中		⁹青	山	澹	吾	廬

◆ 099 答案

春[1 A]	風	送	暖[B]	入	屠	蘇		誓[C]	清[D]
風			雨					令	月
得		倒[2]	晴	光	金	縷	扶	疏	出
意			風				勒		嶺
馬			初		繼[E]		月[3]	出	之	光
蹄		彈[4]	破	莊	周	夢	飛		入
疾			凍		八		泉		扉
	我[F]				代			思[G]	
春[5]	心	莫	共	花	爭	發		上[6]	馬	便
	則				戰			斯	
見[7]	說	道		曲[8]	罷	曾	教	善	才	服

◆ 100 答案

千[1]	門	萬	戶[A]	瞳	瞳	日	▪	溪[2]	水	西[B]
▪	▪	▪	外	▪	▪	▪	▪	▪	▪	出
▪	叙[3][C]	留	一	股	合	一[D]	扇	▪	▪	都
▪	擎	峰	▪	▪	別	▪	少[E]	▪	▪	門
▪	黃	秀	▪	▪	音	▪	年	▪	▪	百
拂[4]	金	徽	▪	才[5]	可	容	顏	十	五	餘
▪	合	▪	自[F]	▪	▪	兩	▪	五	▪	里
勢[6]	分	三	足	鼎	▪	渺	▪	二	▪	▪
▪	鈿	▪	蕩	▪	▪	茫	▪	十	▪	無[G]
▪	▪	▪	心[7]	難	捨	▪	于[8]	時	處	處
采[9]	采	卷	耳	▪	▪	▪	▪	▪	▪	閃

◆ 101 答案

1A 總	把	B 新	桃	換	舊	符		C 近	D 酌
是		人						綠	飲
玉		2 美	人	娟	娟	E 隔	秋	水	四
關		如			水				座
情		玉		3 與	余	問	答	F 既	有	以
					樵		言		散
4G 壯	歲	旌	旗	擁	萬	夫		定	愁
志								先	
5 逐	客	H 無	消	息		6I 寸	心	言	不	J 盡
年		一				腸		定	春
衰		個		7 心	如	結	兮		殘

◆ 102 答案

[1]兩	個	黃	鸝	[A]鳴	翠	柳	▓	[2]遍	[B]九	陌
▓	▓	▓	▓	箏	▓	▓	[C]岩	▓	華	▓
[D]別	▓	[E]相	▓	金	▓	▓	扉	▓	帳	▓
[3]君	不	見	金	粟	堆	前	松	柏	裡	▓
去	▓	語	▓	柱	▓	▓	徑	▓	夢	▓
兮	▓	依	▓	[4]吾	非	長	夜	▓	魂	▓
何	▓	依	▓	[F]竟	▓	▓	寂	▓	驚	▓
時	▓	▓	▓	夕	▓	▓	寥	▓	▓	[G]煙
[5]還	從	物	外	起	田	[H]園	▓	[6][I]花	非	花
▓	▓	▓	▓	相	▓	有	▓	半	▓	伴
[7]柳	線	縈	離	思	▓	[8]桃	杏	拆	▓	侶

◆ 103 答案

一[1A]	行	白	鷺[B]	上	青	天				
洗			鷥			天[C]				烏[D]
萬			腿	青[E]		盡[2]	挹	西		江
古[3]	臺	直	上		泥	頭				岸
凡			劈		何			錦[F]		消
馬		水[4]	精	之	盤	行	素	鱗		磨
空			肉		盤			魚		了
		八[G]		玉[H]		矜[5]	誇	紫	驢	好
秦[6I]	樓	月		容			蟹			漢
樓		斷[7]	無	消	息	石	榴	紅		
阻		壺		酒			蝦[8]	須	卷	

◆ 104 答案

窗	含	西	嶺	千	秋	雪	■	■	那	■
外	■	■	■	里	■	飛	埃	萬	里/裡	侵
曉	耕	翻	露	草	■	炎	■	■	也	■
鶯	■	■	重	■	湖	海	平	生	豪	氣
啼	鳥	自	飛	來	■	變	■	■	氣	■
■	飛	■	難	■	倚	清	秋	■	張	■
豈	不	知	進	退	■	涼	■	■	華	■
■	到	■	■	處	■	■	■	瞻	■	東
■	吳	■	■	固	■	後	■	彼	■	方
青	天	無	片	雲/云	■	人	■	日	■	自
■	長	■	■	樂	極	哀	來	月	東	出

解答

105 答案

門(1A)	泊	東(B)	吳	萬	里	船(C)	■	永(D)	■	建(E)
前	■	方	■	■	■	小	■	矢	■	業
學	■	明	■	微(F)	■	難	■	弗	■	暮
種	■	矣	■	雨(2)	花	開	講	過	晨	鐘
先	■	■	■	燕	■	紅	■	■	■	時
生	■	不(3G)	把	雙	眉	鬥/斗	畫	長(H)	■	■
柳	■	辭	■	飛	■	帳	■	亭	■	春(I)
■	■	遍	■	■	有(J)	■	■	柳	■	意
■	休(4)	唱	徹	■	美	■	■	色	■	空
■	陽	■	■	一(5)	自	多	才	間	闊	
為(6)	此	春	酒	■	人	■	■	黃	■	■

106 答案

¹ᴬ清	明	時	ᴮ節	雨	紛	紛	▓	ᶜ前	▓	▓
溪	▓	▓	使	▓	▓	▓	²如	月	之	恆
深	▓	▓	三	▓	ᴰ直	▓	浮	▓	▓	
不	▓	³銀	河	倒	掛	三	石	梁	▓	ᴱ但
測	▓	▓	募	▓	雲	▓	買	▓		看
▓	⁴妻	豐	年	▓	帆	▓	茶	▓		古
ᶠ醉	▓	▓	少	▓	濟	▓	⁵ᴳ年	去	歲	來
睹	▓	ᴴ了	▓	▓	滄	▓	年	▓	▓	盛
⁶銀	稜	了	東	大	海	▓	越	▓	▓	名
河	▓	了	▓	▓	▓	▓	溪	▓	▓	下
▓	▓	▓	⁷夜	深	月	過	女	牆	來	▓

◆ 107 答案

路	上	行	人	欲	斷	魂		天		知
遠				取			謂	地	蓋	厚
不		春	鳩	鳴	何	處		一		意
可	憐	風		琴				孤		
測		又		彈	琴	復	長	嘯		讀
		綠				令				書
山		江		知	書	識	字			人
光		南		有		者		強		都
忽		岸		前		久	為	簪	組	累
西				期		嘆		巾		倒
落	葉	人	何	在		嗟		幘		

444

108 答案

借	問	酒	家	何	處	有		人		鄉
問								歸		淚
苦	道	來	不	易		偶	似	山	林	客
心			水					郭		中
愛		黃	雲	蕭	條	白	日	暗		盡
者			蕭							
誰		金	闕	西	廂	叩	玉	扃		看
	惹			風						取
	鴛	鴦	瓦	冷	霜	華	重			蓮
	鴦						陽			花
交	結	五	都	雄		遠	近	山	河	淨

◆ 109 答案

[1A]牧	童	遙	指	杏	花	村	■	[B]鳥	■	[C]造
童	■	■	■	■	■	■	■	亦	■	化
[2]敲	門	[D]都	不	應	■	[3]蕭	寺	罷	疏	鍾
火	■	護	■	■	[E]步	■	其	■	■	神
牛	■	[4]鐵	騎	突	出	刀	槍	鳴	■	秀
礪	■	衣	■	東	■	■	■	■	■	■
角	■	冷	■	齋	■	■	[F]徒	■	■	[G]奔
■	■	難	■	[5]不	讀	書	有	權	■	湊
[6H]東	君	著	意	■	■	■	羨	■	■	如
池	■	■	■	[7]便	休	題	魚	龍	市	朝
[8]宴	爾	新	婚	■	■	■	情	■	■	東

◆ 110 答案

千	里	鶯	啼	綠	映	紅		覺		
		啼	葉			行	道	遲	遲	
淡		送	成				資			
掃		客	陰	氣	晦	昧	無	清	風	
蛾		聞	子				窮		休	
眉			綠	滿	微	風	岸		住	
朝		江	枝			邊		蒼		
至	於	海	邦		西	湖	煙	水	茫	茫
尊		寄	形			柳		澤	國	
	空	餘	舊	跡	鬱	蒼	蒼		國	
		生		異		蒼	蒼		東	

解答

◆ 111 答案

水[1]	村[A]	山	郭	酒	旗	風[B]	■	忽[C]	■	泉[D]
■	南	■	■	■	■	隨[2]	山	到	水	源
西[3]	村	日	長	人	事	少	■	龐	■	在
■	北	■	■	■	■	女	■	公	■	庭
餘[4]	響	入	霜	鐘	■	至	■	棲	■	戶
■	繰	■	■	■	夢[E]	■	■	隱	■	■
香[5]	車	繫/系[F]	在	誰	家	樹	■	處	■	氣[G]
■	■	取	■	■	山	■	自[H]	■	■	蒸
■	■	天	■	翻[6]	身	向	天	仰	射	雲
維[7]	莠	驕	驕	■	異	■	子	■	■	夢
■	■	種	■	還[8]	鄉	何	所	有	■	澤

112 答案

南(1A)	朝	四	百	八(B)	十	寺	■	新(C)	■	■
極	■	■	■	月	■	■	重(2)	來	凝	碧(D)
老	■	一(E)	■	蝴	■	體(F)	■	雁	■	湖
人	■	片(3)	片	蝶	衣	輕	■	闊	■	湖
應	■	春	■	來	■	唯	■	雲	■	上
壽	■	愁	■	■	若(4)	有	知	音	見	采
昌	■	待(5)	從	頭	■	主	■	■	■	芙
■	■	酒	■	■	■	人	■	正(G)	■	蓉
美(H)	■	澆	■	君(6I)	憐	無	是	非	■	■
如	■	■	■	試	■	■	四	■	■	■
玉(7)	指	幾	回	拈	看	■	土(8)	國	城	漕

解答

◆ 113 答案

¹ᴬ多	少	樓	ᴮ臺	煙	雨	中		²楚	山	ᶜ青
病			榭				ᴰ願			春
故		³山	映	斜	陽	天	接	水		作
人			秋				盧			伴
疏			千				敖			好
		ᴱ天		⁴ᶠ問	君	西	遊	何	時	還
ᴳ斯		將		訊			太			鄉
人		蠟		湖			清			
⁵獨	去	做	江	邊	漁	父		⁶新	妝	ᴴ臉
憔		梅		春						消
悴		花		⁷色	難	腥	腐	餐	楓	香

◆ 114 答案

應[1 A]	憐	屐	齒	印	蒼	苔[B]		朝[2 C]	思	歸[D]
是						色		朝		來
釣[3]	艇	青	山	渡[E]		連		空		視
秋				遠		深		自		幼
水		群[F]		荊		竹[4]	喧	歸	浣	女
	洞[5]	壑	當	門	前					
聽[G]		倏		外		鄉[H]		雲[I]		鏡[J]
鐘[6]	聲	已	過			書		樹		裡
未		暝		使[7]	我	不	得	開	心	顏
眠						可		清		凋
客[8]	舍	似	家	家	似	寄		曉		

◆ 115 答案

小[1A]	扣	柴[B]	扉	久	不	開		預[C]		一[D]
弦		門					方[2]	將	萬	舞
切		紅[3]	顏	棄	軒	冕		書		劍
切		樹						報		器
如		村[4]	莊	兒	女	各	當[E]	家		動
私							流			四
語		三[5F]	國	周	郎	赤	壁			方
	梨[G]	朝				足		顧[H]		
	花[6]	枝	出	建	章		踏		我	
	先		入			緣[7]	澗	還	復	去
	雪		榮[8]	華	事		石		我	

◆ 116 答案

春[1A]	色[B]	滿	園	關	不	住	■	他[2C]	年	事
日	■	眼	■	■	■	■	■	得	■	■
宴	■	相	若[3D]	負	平	生	志	■	■	甚[E]
■	■	思	非	■	■	■	笑	■	■	情
揮[4F]	手	淚	沾	巾	■	惹[5G]	住	閒	情	緒
手	■	■	柴	■	■	得	人	■	■	燈
自	■	漏[H]	車	■	■	詩	■	■	■	前
茲[6]	之	永	嘆	■	道[7]	人	庭	宇	靜	■
去	■	更	■	■	說	■	■	■	■	菊[I]
■	駕[8]	長	車	■	到	■	■	■	■	花
■	■	■	■	蓬[9]	門	今	始	為	君	開

◆ 117 答案

①一	A枝	紅	杏	出	牆	來		B韶		
	枝						②白	華	菅	兮
③落	葉	滿	空	山		C一	不			
	葉				④一	旦	歸	為	臣	D虜
⑤別	離	在	E今	晨		從		少		騎
	情		之			羈		年		聞
F春		⑥嘆	新	豐	逆	旅	淹	留		之
歸			圖							應
⑦在	心	常	有	辨		⑧至	今	G殘	破	膽
客			二					絮		懾
⑨先	帝	天	馬	玉	花	驄		盡		

118 答案

山(1A)	外	青	山	樓	外	樓(B)		世(C)		衡(D)
頭						高		亂		陽
落(2)	帆	逗	淮	鎮		莫(3)	得	同	車	歸
日						近		南		雁
半(4)	羞	還	半	喜		危		去		幾
輪						闌				封
明(5)	月(E)	樓	高	休(F)	獨	倚		喜(6)	琴	書
	邊			即			謝(G)			
寒(7)	梅	著	花	未			于		暗(H)	
				能(8)	以	精	誠	致	魂	魄
萬(9)	萬	物	華	休		歸			銷	

◆ 119 答案

西(1,A)	湖	歌	舞	幾	時	休			也(B)	
山						乃(2)	立	應	門	
鷺(3)	翔	鳳(C)	翥	眾(D)	仙	下			無	
鶴		歌		裡			桃(E)		計	
群		笑		尋(4)	得	桃	源	好	避	秦
		孔		他			望		征	
秋(F)		丘		千			斷		徭	
雲				百(5)	舌	欲	無	語		彼(G)
暗(6)	裡	韶	光	度			尋			人
幾					堪(7)	愛	處	最	好	是
重(8)	上	君	子	堂						哉

◆ 120 答案

暖(1 A)	風	熏	得	遊	人	醉		終(2 B)	不	似(C)
雨								古		之
晴(3)	光	轉(D)	綠	蘋		尚(4 E)	許	垂	綸	否
風		於				有		楊		
初		僮		不(5)	信	相	看	有	斷	腸(F)
破		僕			思		暮			斷
凍		親(6)	朋	無(G)	一	字		鴉		春
	相(H)			才			田(I)			江
幽(7)	映	每	白	日		聞(8)	祖	父		欲
	遠			衰			有			盡
		廟(9)	內	老	人	識	神	意		頭

解答

121 答案

直(1A)	把	杭	州	作	汴	州	■	長(B)	■	■
上	■	■	■	■	■	■	居(2)	河	之	廉
三(3)	軍	大	呼(C)	陰	山	動(D)	■	浪	■	■
十	■	■	兒	■	■	如	■	頭	■	紫(E)
里	■	■	將	■	■	參(4)	差	連	曲	陌
■	駕(5F)	言	出	遊	■	與	■	天	■	紅
■	此	■	換	■	■	商	■	黑	■	塵
■	一(6)	回	美	■	風(G)	■	■	■	■	拂
■	輪	■	酒(7)	醒	簾	幕	低	垂	■	面
垂(8)	玉	腕	■	■	翠	■	■	■	■	來
■	■	■	清(9)	秋	幕	府	井	梧	寒	■

◆ 122 答案

畢¹ᴬ	竟	西	湖ᴮ	六	月	中		潭ᶜ		吳ᴰ
竟			月					煙		宮
還		月²	照	城	頭	烏ᴱ	半	飛		花
我			我			孫		溶		草
萬			影			部		溶		埋
夫³	詩	者		蘭⁴	爐	落				幽
雄						家⁵	童	掃	蘿	徑
	亂⁶ᶠ	況	斯	削ᴳ		鄉				
	靡			鐵⁷	衣	遠	戍	辛	勤	久
問⁸	有	酒		針						
	定		鈿⁹	頭	銀	篦	擊	節	碎	

123 答案

¹風	ᴬ光	不	與	四	時	同			ᴮ是	
	陰						²微	我	無	酒
³一	寸	光	陰	一	寸	ᶜ金			比	
	隙					陵			英	
⁴傷	流	景		⁵ᴰ江	東	子	弟	ᴱ多	才	俊
	如			南		弟		情		
	電			瘴		來		⁶卻	又	ᶠ是
ᴳ匪		ᴴ西		癘		相		似		夜
⁷由	來	征	戰	地		送		總		越
勿		客						無		吟
語			⁸畫	樓	中	有	人	情	正	苦

124 答案

接[1A]	天	蓮[B]	葉	無	窮[C]	碧		簫[D]		
松		動			到		擊[2]	鼓	其	鎧
徑		下			白		喧			
寒		漁[3]	梁	渡	頭	爭	渡	喧		道[E]
雲		舟			年			漢		我
綠			不[F]		使[4G]	臣	將	王		命
苔			可		行		營			運
	豈[5H]	必	局	束	為	人	犧			乖
	日		也		到				相[I]	
	無				此[6]	州	獨	見	全	
羅[7]	衣	特	地	春	寒				難	

解答

125 答案

映 (1A)	日	荷 (B)	花	別 (C)	樣	紅		江 (2D)	南	好
階		風		意			流			
碧		送		與 (3)	君	歌	一	曲		苦 (E)
草		香		之			似			無
自		氣		誰		月 (4)	傍	九	霄	多
春				短			迴			舊
色		未 (5)	折	長	條	先	斷	腸		時
	歸 (F)									枝
	唁		塵 (G)		船 (H)			富 (I)		葉
	衛		土 (6)	牛	兒	載	將	春	到	也
公 (7)	侯	之	事		去			秋		

126 答案

煙(1A)	籠	寒(B)	水	月	籠	沙		為(C)		
樹		磬						乘		不(D)
晚		滿(2)	城	風(E)	雨	近	重	陽		知
		空		枝			氣			來
栗(3)	深(F)	林	兮	驚	層	巔		行		歲
	山			暗			奉(4)	時	辰	牡
	竊		鳲(5)	鵲	樓	高(G)		令		丹
傾(6)	聽	處				臥				時
	來		少(7)	婦	城	南	欲	斷	腸	
	妖					齋				
陰(8)	精	此	淪	惑		時(9)	清	獨	北	還

◆ 127 答案

夜[1]	泊	秦[A]	淮	近[B]	酒	家	■	月[C]	■	傷[D]
■	■	娥	■	看	■	■	維[2]	是	褊	心
早[E]	■	夢	■	江	■	奔[F]	■	故	■	切
抽[3]	刀	斷	水	水	更	流	■	鄉	■	■
身	■	秦	■	淺	■	到[4]	清	明	時[G]	候
■	秦[5]	樓	月	■	■	海	■	■	時	■
■	■	月	■	留[H]	■	不	■	金[6]	盞	酒
無[I]	■	■	我[7]	醉	君	復	樂	■	裡	■
妨[8]	花	逕	■	與	■	回	■	平[9]	生	事
為	■	■	■	山	■	■	■	■	紅	■
伊[10]	呂	兩	衰	翁	■	輕[11]	風	生	浪	遲

128 答案

商[1A]	女	不	知	亡	國	恨		山[2]	僧[B]	道
量									來	
不		莫[C]			幽[3D]	居	在	空	谷/穀	
定[4]	不	負	相	思	意				雨	
		東		無[5]	弦	曲[E]			茶	
黃[6F]	添	籬	落	斷		徑				
鸝		菊		凝[7G]	絕	不	通	聲	暫[H]	歇
又		蕊		情			幽		伴	
啼		黃		自		何[8]	處	明	月	灣
數				悄					將	
聲[9]	名	豈	偶	然		日[10]	高	花	影	重

129 答案

隔(1A)	江	猶	唱(B)	後	庭	花(C)	■	文(D)	■	■
葉	■	■	徹	■	■	遊(2)	宦	成	羈	旅
黃	■	■	五	■	■	易	■	破	■	■
鸝	■	五(3)	更	疏	欲(E)	斷	■	體	■	擬(F)
空	■	天	■	辯	■	錦(4)	書	難	■	託
好	■	月(5)	未	到	誠	齋	■	在	■	良
音	■	曉	■	難	■	■	紙	■	■	媒
■	■	我(G)	■	言	■	功(H)	■	■	■	益
一(6I)	舉	入	高	空(J)	■	名	■	■	■	自
丸	■	自	■	感(7)	時	撫	事	增	惋	傷
小(8)	橋	外	■	慨	■	■	了	■	■	■

130 答案

春(1A)	風	春(B)	醞	透	人(C)	懷	■	盈(D)	■	■
盤	■	燕	■	■	遠	■	不(2)	盈	頃	筐
宜	■	斜(3)	陽	滿	地	鋪	■	粉	■	■
剪	■	簪	■	■	形	■	■	淚(4)	珠(E)	滴
三(5)	分	七	國	■	曠	■	■	■	箔	■
生	■	寶	■	齊(F)	■	早(6G)	雁	拂	銀	河
菜	■	釵	■	唱	■	與	■	■	屏	■
■	奈(H)	■	■	喜	■	安	■	■	迤	■
■	何	■	■	春(7)	宴	排	■	迤(8)	邐	度
問(9)	客	何	為	來	■	金	■	■	開	■
■	里	■	■	■	茅(10)	屋	衡	門	■	■

◆ 131 答案

蜀[1]	道	之	難[A]	■	■	■	兩[2][B]	字	功	名[C]
■	■	■	於	■	砅[D]	■	岸	■	■	圜
施[3]	于	松	上	■	崖	■	青[4]	童	捧	露
■	■	■	青	■	轉	■	山	■	■	飲
■	然[5]	後	天	梯	石	棧	相	鉤	連[E]	■
隨[F]	■	■	■	■	萬	■	送	■	峰	■
分	■	■	嘆[G]	■	壑	■	迎	■	去	■
家[6]	童	鼻	息	已	雷	鳴	■	遍[7]	天	涯
常	■	未	■	■	■	■	膽[H]	■	不	■
飯	■	應	■	■	斗[8]	尖	新	■	盈	■
■	東[9]	城	閒	步	■	■	魚[10]	傳	尺	素

132 答案

A方			B下			C驚			D倚	
丈		1上	有	六	龍	回	日	之	高	標
渾			衝			千			樓	
2連	山	若	波	濤		里				E下
水			逆		3誰	夢	中	原	塊	土
	F被		折							是
	4黃	鶴	之	飛	尚	G不	得	過		冒
	花		回			如			H春	
	數		川		5又	早	蜂	兒	鬧	
6花	叢	裡				還			枝	
			7長	在	漢	家	營		頭	

解答

133 答案

越(1A)	人	語	天(B)	姥		長(2C)	歌	楚	天	碧(D)
聰			姥			風				雲
明			連			幾				深
越			天(3)	臺	四	萬	八	千(E)	丈	
運			向			里		岩		恰(F)
蹇		洞(4)	天	石	扉			萬(5)	風	流
	賦(G)		橫			蒼(H)		轉		鶯
題(6)	詩	句		青(I)		穹		路		花
	何			青(7)	冥	浩	蕩	不	見	底
何(8)	必	待	之	子		茫		定		叮
	多					茫				嚀

470

134 答案

恰[1]	似	一	江	春	水[A]	向	東	流		風[B]
					澹					流
安[C]				澹		紛[D]				天
能		雲[2][E]	之	君	兮	紛	紛	而	來	下
摧		青			生		如			聞
眉		青[3]	草	如	煙		秋		送[F]	送
折		兮				湖[4][G]	月	照	我	影
腰		欲				天			至	
事		雨[5]	止	天	大	風			剡	
權						月[6]	出	似	溪	中
貴[7]	來	方	悟	稀			秋			

◆ 135 答案

君(1)	不(A)	見	走	馬(B)	川	行	雪(C)	海	邊	
	到			毛			垂			
	愁			帶			垂(2)	帶	悷	兮
四(3)	邊	伐	鼓	雪	海	湧				
				汗				秋(4)	風(D)	清
	虜(5)	塞	兵	氣	連	雲(E)	屯		頭	
臨(F)				蒸		容		月(6)	如	鉤
衝					驀(7)	忽	地		刀	
閑(8)	持	貝	葉	書(G)		破			面	
閑				一(9)	川	碎	石	大	如	斗
	功(10)	名	半	紙					割	

◆ 136 答案

	富¹ ᴬ	何	如		輪ᴮ			遠ᶜ		
	貴			輪²	臺	東	門	送	君	去ᴰ
叔³	于／於	田			九			從		時
	我		半ᴱ		月		恖⁴	此	雨	雪
忽⁵	如	一	夜	春	風	來		別		滿
	浮		軍		夜					天
如⁶ ᶠ	雲	之	行		吼		我⁷ ᴳ	徂	東	山
聽			戈				何			路
萬		亞⁸	相	勤	王	甘	苦	辛		
墾			撥				哀			
松⁹	露	冷			別¹⁰	有	傷	心	無	數

◆ 137 答案

輪(1A)	臺	城(B)	頭	夜	吹(C)	角		欲(D)		
臺		上			簫			憑		今(E)
城		雲		古(2)	來	青	史	誰	不	見
北		霧		紫						功
旄		開(3)	口	詠	鳳	凰		戍(F)		名
頭								樓		勝
落		單(4)	于/於(G)	已	在	金	山	西(H)		古
	玉(I)		茲		輕		望(5)	故	人	
	骨		鍊		孰		煙			
	冰		金(6)	山	西	見	煙	塵	飛	
冰(7)	肌	玉	骨		多		黑			

◆ 138 答案

c1	c2	c3	c4	c5	c6	c7	c8	c9	c10	c11
冥[A]			在[1]	長[B]	安		以[2]	先[C]	啟	行
冥				相		奇[D]		生		
孤[3]	燈	不[E]	明	思	欲	絕		真		角[F]
高		信				處[4]	處	是	泉	聲
多		妾			下[G]			古		滿
烈		腸		上[5]	有	青	冥	之	長	天
風[6]	敲	斷	竹		淥			真		秋
				河[7]	水	洋	洋			色
依[8]	稀	記[H]			之			似[9][I]	夢	裡
		昔[10]	日	橫	波	目	笑			
婁[11]	豐	年			瀾		嗟[12]	我	懷	人

◆ 139 答案

君 [1A]	不	見 [B]	黃	河	之	水	天 [C]	上	來	■
不	■	說	■	■	■	■	生	■	■	俯 [D]
見	■	江	■	請 [2]	君 [E]	為	我	傾	耳	聽
高	■	頭	■	■	為	■	材	■	■	聞
堂 [3]	下	春	雨	■	縣	■	必	■	■	驚
明	■	浪	■	號 [4]	令	頗	有	前	賢 [F]	風
鏡	■	淼	■	■	元	■	用	■	和	■
悲	■	■	子 [5]	之	豐	兮	■	■	愚	■
白	■	丹 [G]	■	■	中	■	德 [6]	音	無	良
髮	■	丘	■	■	■	■	■	■	分	■
■	人 [7]	生	得	意	須	盡	歡	■	辨	■

◆ 140 答案

1	2	3	4	5	6	7	8	9	10	11
牽[1,A]	牛	織	女		行[B]		一[C]		人[D]	
衣				行[2]	人	弓	箭	各	在	腰
頓		只[E]		但			過		木	
足[3]	知	緣	分	在	雲/云	山		生[4]	蘭	玉
攔		雨		點					舟	
道[5]	旁	過	者	問	行	人		反[F]		東[G]
哭		水		頻				是		風
		傾		不[H]		信[6]	知	生	男	惡
斷[7]	石[I]	崖	蜂	出				女		
	中			正[8]	是	江	南	好	風	景
燈[9]	火	市		兮						

141 答案

孤[1A]	城	背[B]	嶺	寒	吹	角	■	金[2]	波[C]	淡
臣	■	後	■	■	■	■	■	■	上	■
頭[3]	上	何	所	有	■	水[4D]	綠	無	寒	煙
白	■	所	■	■	■	精	■	■	煙	■
盡	■	見	■	紫[5]	駝	之	峰	出	翠	釜
■	■	■	赤[E]	■	■	盤	■	■	■	■
縣[F]	■	■	苐	■	出[6]	行	復	悠[G]	悠	■
官[7]	柳	低	金	縷	■	素	■	悠	■	無[H]
急	■	■	烏	■	錦[8]	鱗	正	在	深	處
索	■	■	■	■	■	■	■	中	■	說
租[9]	稅	從	何	出	■	莫[10]	泣	途	窮	■

◆ 142 答案

[1A]漢	家	煙	塵	在	東	北	█	[2]莫	莫	[B]莫
將	█	█	█	█	█	█	█	█	█	也
辭	█	[3]戰	士	軍	[C]前	半	死	生	█	愁
家	█	█	█	不	█	█	█	█	█	人
破	█	[4]君	不	見	沙	場	征	戰	█	苦
[5]殘	雪	[D]白	█	█	古	█	█	█	█	█
賊	█	髮	█	[6E]美	人	帳	下	[F]猶	歌	[G]舞
█	█	誰	█	人	█	█	█	自	█	榭
[7H]愛	僧	家	█	捲	█	[8]離	居	夢	棹	歌
雲	█	翁	█	珠	█	█	█	漁	█	臺
閒	█	媼	█	[9]簾	控	鉤	█	樵	█	█

解答

143 答案

一(1A)	番	興(B)	廢		朝(2)	別	黃(C)	鶴	樓	
生		因					雲			留(D)
好(3)	為	廬	山	謠		千(4)	萬	和	春	住
入		山				里				春
名		發			遙(E)		動		夜(F)	
山			周(5)	廬	見	月	風	霾	靜	
遊		根(G)			仙		色		雲	
	我(6)	本	楚	狂	人				帆	
		屬			彩	一(7H)	灘	月	朗	
	屏(8)	風	九	疊	雲	錦	張		影	
		流			裡		琴(9)	弦	低	撥

144 答案

¹黯	黯	見	ᴬ臨	洮		²寂	寞	ᴮ又	春	ꟲ殘
			穎					趁		花
	ᴰ晚		美		ᴱ公			人		醞
³昔	有	佳	人	公	孫	氏		蝴		釀
	弟		在		劍	⁴ꟳ戲	蝶	遊		蜂
	子		白		器	罷				兒
	傳		帝		初	曾				蜜
	芬			⁵次	第	豈	無	風	雨	
⁶孤	芳	一	世		一	理				ꟲ捕
						⁷曲	港	跳		魚
	⁸恨	不	相	逢	未	嫁	時			舟

解答

145 答案

	柳 A		死 1	節 B	從	來 C	豈	顧 D	勛	
	腰			使		歲		瞻		
一 2 E	身	轉	戰	三	千	里		周 3	與	謝
劍				河				道		
曾		人 F		募			詔 G			路 H
當 4	秋	獨	長	年			書			旁
百		坐		少 5	年 I	十	五	二	十	時
萬			吉 J		年		道			賣
師			甫		去		出			故
	願 6	得	燕	弓	射	大	將			侯
		喜		策		軍				瓜

482

◆ 146 答案

1	2	3	4	5	6	7	8	9	10	11
[1]漁	舟	逐	水	[A]愛	山	[B]春	■	[2]溪	左	[C]右
■	■	■	■	東	■	來	■	■	■	擎
[D]誓	■	[E]昔	[3]風	光	遍	■	■	[4]天	[F]蒼	蒼
令	■	時	■	■	是	■	■	■	茫	■
疏	■	飛	[5][G]兩	岸	桃	花	夾	古	津	■
勒	■	箭	州	■	花	■	■	木	■	■
[6]出	洞	無	論	隔	山	水	■	[7]草	連	空
飛	■	全	涉	■	■	■	[H]獸	■	窮	■
泉	■	目	名	■	■	■	[8]煙	花	巷	陌
■	■	■	無	■	■	■	不	■	■	■
[9]只	是	朱	顏	改	■	[10]心	斷	新	豐	酒

解答

◆ 147 答案

	亂[A]			我[1]	歌	今[B]	與	君[C]	殊	科
棄[2]	我	去	者			日		子		
	心		昨[3,D]	日	之	日	不	可	留	
仁[4,E]	者	壽		別		日		獨		年[F]
在				今		多[5]	黍	樂	豐	年
心[6]	賞	殊	不	已		煩				年
兒				春		憂		萬[G]		戰
裡			衡[H]		殘[I]			墾		骨
		鹿[7]	門	月	照	開	煙	樹		埋
		之		滿				參		荒
興[8]	盡	方	下	山		江[9]	流	天	地	外

◆ 148 答案

						A月		B悲		C鈿
D今		E但			人	有	悲	歡	離	合
夕		願		F待		陰		離		金
是		人		離		晴		合		釵
2何	事	長	向	別	時	圓		總		寄
年		久		怎		缺		無		將
	G捨			忍				情		去
3死	生	長	別	離				H于		
	亦		4別	1時	容	易	見	時		難
5春	如	舊		易				廬		
	此		6覺	來	失	7靡	有	旅		力

◆ 149 答案

						A月		B悲		C鈿
D今		E但			1人	有	悲	歡	離	合
夕		願		F待		陰		離		金
是		人		離		晴		合		釵
2何	事	長	向	別	時	圓		總		寄
年		久		怎		缺		無		將
		G捨		忍				情		去
3死	生	長	別	離					H于	
	亦			4別	1時	容	易	見	時	難
5春	如	舊			易			盧		
	此		6覺	來	失		7靡	有	旅	力

150 答案

春[1]	來	江[A]	水	綠	如	藍	▓	▓	▓	坐[B]
▓	▓	南	▓	▓	▓	▓	▓	最[C]	▓	法
能[2]	不[D]	憶	江[E]	南	▓	其[3]	次	憶	吳	宮
▓	意	▓	南	▓	▓	▓	▓	是	▓	中
▓	在	▓	好	▓	下[4][F]	有	蘇	杭	▓	朝
▓	街	▓	▓	▓	馬	▓	▓	州	▓	四
▓	▓	東[5]	門[G]	酤	酒	飲	我	曹	▓	夷
元[H]	▓	繫	▓	▓	▓	君	▓	▓	綠[I]	▓
龜	▓	釣	▓	吳[6]	酒	一	杯	春	竹	葉
象[7]	弭	魚	服	▓	▓	▓	▓	▓	青	▓
齒	▓	船	▓	驪[8]	宮	高	處	入	青	雲

橫向讀，縱向看！詩詞背誦好簡單：
知識 × 故事 × 趣話，150 道古詩訓練題，經典名句張口就提！

編　　著：張祥斌

發 行 人：黃振庭

出 版 者：崧燁文化事業有限公司

發 行 者：崧燁文化事業有限公司

E-mail：sonbookservice@gmail.com

粉 絲 頁：https://www.facebook.com/
　　　　　sonbookss/

網　　址：https://sonbook.net/

地　　址：台北市中正區重慶南路一段六十一號八
　　　　　樓 815 室

Rm. 815, 8F., No.61, Sec. 1, Chongqing S. Rd.,
Zhongzheng Dist., Taipei City 100, Taiwan

電　　話：(02)2370-3310

傳　　真：(02)2388-1990

印　　刷：京峯數位服務有限公司

律師顧問：廣華律師事務所 張珮琦律師

定　　價：650 元

發行日期：2023 年 08 月第一版

◎本書以 POD 印製

Design Assets from Freepik.com

國家圖書館出版品預行編目資料

橫向讀，縱向看！詩詞背誦好簡單：
知識 × 故事 × 趣話，150 道古詩
訓練題，經典名句張口就提！ / 張
祥斌 編著，-- 第一版 . -- 臺北市：
崧燁文化事業有限公司 , 2023.08
面；　公分
POD 版
ISBN 978-626-357-519-6(平裝)
1.CST: 詩詞 2.CST: 填字遊戲
831.999 112011039

電子書購買

臉書